rowohlt

Ulla Lachauer

Der Akazienkavalier

Von Menschen und Gärten

Rowohlt

1. Auflage April 2008

Lektorat Uwe Naumann
Satz aus der Dante PostScript, InDesign,
bei Pinkuin Satz und Datentechnik, Berlin
Druck und Bindung GGP Media GmbH, Pößneck
Printed in Germany
ISBN 978 3 498 03927 1

Meinen Eltern,
die einen wunderbaren Garten geschaffen haben,
und für meinen Mann Winfried

Inhalt

Erster Teil

Raumfressende Pflanzen 11

Gladiolenzeit 22

Hänschen und das Apfelei 28

Zweiter Teil

Feuerborns Birnbaum 37

Blumenscheins Paprika 58

Die blinde Gärtnerin 73

Der Gartenmann 110

«Schissbeeren», Weimar 126
Zu Besuch bei dem Dichter Wulf Kirsten

Wüstengarten, Stuttgart 145
Zu Besuch bei dem Schauspieler Walter Sittler

Der Wald in der Fahrschule 156

Dritter Teil

Der Akazienkavalier 163

Ostpreußische Wolkengärten 175

Im Bernsteinwald 184

Bettlers Geheimnis 191

Andalusische Laube 196

Buon Enrico 206

Jäten beim Feind 216
Hitlerjungen in französischer Kriegsgefangenschaft

Paris aus meinem Fenster 252

Nachwort und Dank 268

Erster Teil

Raumfressende Pflanzen

Eines Tages im November war es so weit. Es wollte und wollte nicht hell werden, der Himmel über den umliegenden Mietshäusern war graulila, so etwas gibt es hier, in Mannheim. Ich war allein zu Haus, Einsprüche waren nicht zu befürchten, die klassische Situation für eine hinterhältige Tat. Sie war überfällig.

«Er wird verschwinden!»

Dachte ich, ganz wohl war mir nicht dabei. Um mir Mut zu machen, sagte ich es noch einmal laut, in die betreffende Richtung: «Du wirst verschwinden!»

Den Baum aus unserer Küche rauszutragen war nach Lage der Dinge unmöglich. Ohne eine Säge oder Ähnliches, das ihn in Stücke teilte, würde es nicht gehen. Meine Wahl fiel auf den kleinen stabilen Fuchsschwanz, ein bewährtes Stück, mit dem mein Vater früher westfälische Kirschbäume beschnitt.

Ich schaute das riesenhafte grüne Wesen noch einmal an, verbeugte mich leicht vor ihm, immerhin hatte es einige Jahre unseres Lebens begleitet. Und legte los. Probeweise sägte ich erst mal einige Zentimeter von der Spitze ab. Aus der Schnittstelle trat eine weiße Flüssigkeit. Zwei, drei Tropfen fielen – das Monster blutete.

Der Baum, ein «Ficus benjamini», war der letzte Überlebende. Ein halbes Dutzend anderer Wohnungsgenossen hatte längst das Zeitliche gesegnet, zwei Drachenbäume, eine Yucca-Palme, ein rosa blühender Kaktus, was eben so angeschleppt wurde von Freunden und Verwandten. Nicht zu vergessen die Euphorbia splendens, auch Christusbaum genannt, von einer Tante, deren Namen ich lieber nicht nenne. Sie starben, während wir auf Reisen waren, vertrockneten, weil die schöne, ewig verliebte Studentin von nebenan sie vergaß. Oder ertranken, wenn der alte Ingenieur von gegenüber sie in Pflege nahm; er lebte seit dem Tod seiner Frau hauptsächlich in seiner Kindheit, in Mährisch-Ostrau, und goss, wann immer er kurz in die Gegenwart zurückkehrte, gedankenverloren, bis zu fünfmal pro Tag. Schlimmer als in unserer Mansardenetage konnten es Pflanzen wohl kaum treffen. Dürre, Sintflut, ausgiebiges Lüften zur Winterzeit, allein der Ficus ertrug es geduldig, um nicht zu sagen mit Grandezza. Dabei hatte auch er seine Kindheit in einem holländischen Gewächshaus zugebracht, war, wie alle anderen, im Grunde nur für ein begrenztes, kränkelndes Leben ausgestattet.

Er schien unsere kleine, helle, nach Süden gewandte Küche zu lieben. Vielleicht war das Klima dem seiner indischen Urheimat ein wenig ähnlich? In den schwülen Sommern am Oberrhein, wenn wir immer matter wurden, drehte er richtig auf. Anfangs, aber nur sehr kurz, schoss er in die Höhe. Dann hatte er, fast im rechten Winkel, einen Knick gemacht, lichtwärts. Seitdem wuchs der Ficus beharrlich aufs Fenster zu, immer weiter, an unserem mächtigen hundertjährigen Küchenschrank vorbei, und umfing diesen auf halber Höhe mit seinem grünen Arm. Erst versperrte er die Tür, hinter der Nudeln, Reis und Konserven lagern, später Besteckschubladen und Geschirrfächer. Um die Teetassen herauszubugsieren, musste man sich mit ihm anlegen.

«Gestatten, Madame?»

Jeden Morgen dasselbe Ritual, dieselbe Frage, ein fester Griff. Ob man ihn nach oben oder unten bog, er fand blitzschnell, fast ohne Nachwippen, in die Ausgangsposition zurück. Mein Mann hielt den Eigensinnigen für weiblich, ich natürlich für männlich.

«Gestatten, Monsieur?»

Mit der Zeit wurde der Ton rau.

«Olles Kamuffel!»

«Hundling, elendiger!»

Wer sich flach auf den Bauch legen muss, um an Bratpfannen und Töpfe zu gelangen, greift im Reich der Geschöpfe schon mal daneben. Wir selbst fühlten uns manchmal in unserer Küche wie Tiere, Kriechtiere.

Ein Gast, der uns einmal bäuchlings sah, tippte sich an die Stirn. Er hatte recht: Wir waren im Begriff, närrisch zu werden. Eine überraschende Entdeckung auf einer Israelreise tat ein Übriges. In einer Allee in Tel Aviv hatten wir beim Spazierengehen ovale, ledrige Blätter gefunden, unzweifelhaft von einem «Ficus benjamini». Die Bäume, die sie abgeworfen hatten, waren haushoch. Von da an wussten wir in etwa, was auf uns noch alles zukommen könnte.

Bei unserer Rückkehr hatte sich das häusliche Exemplar, das laut Botanikbuch zur Familie der Maulbeerbaumgewächse gehört, der Gewürze bemächtigt, der letzten Abteilung des Küchenschrankes, und verdeckte bereits das Foto von «Wine», des Buben in Lederhosen, der mein Mann wurde. Vier Wochen, und Piero della Francescas schwangere Madonna war so gut wie verschwunden. Eine weit zurückliegende Italienerinnerung an Monterchi, kein Morgen verging ohne einen Blick auf das verblichene Plakat, zur Muttergottes und den Engeln. Nur Marias demütig gesenkter Kopf und der zarte, auberginefarbene Baldachin ragten jetzt noch übers Grün.

Was tun? Nach den Gesetzen der Statik hätte unser Ficus längst umkippen müssen. In dem viel zu kleinen Terrakottatopf stand er da wie ein gedrungener Akrobat, der ein überdimensioniert langes Bein ins Nirgendwo reckt. Er wuchs ungestüm, geradezu tollkühn weiter, und er behielt die Balance. Im folgenden Dezember legte sich das erste Blatt auf das Kofferradio, zu Silvester berührte es die Fensterscheibe. Der Baum fraß unsere Küche, das Praktische, das Schöne, er verdrängte uns. Wann endlich würde er stürzen?

«Wohin des Wegs?»

Witzelten wir manchmal. Da, wo der grüne Geselle hinwollte, jenseits des Fensters, ist nichts. Ein Hinterhof nur, Dächer von Tiefgaragen, drei Bäume, wovon zwei, die Kastanie und der Kirschbaum, krank sind, einige noch nicht vergiftete Tauben. Ein schon lange ansässiges Elsternpaar, das vielleicht ist sehenswert. Hier und da ein Meislein. Und sommers – die einzige wirkliche Sensation – die Mauersegler, die sich zu Hunderten schreiend, rasend schnell in die hässliche Häuserschlucht stürzen und beim Aufsteigen bizarre Muster in die Lüfte schreiben.

Wir hielten uns tapfer, unterdrückten die aufkommenden Mordgelüste.

«Ich täte es!»

Der Rat kam aus Westfalen. In den berühmten «Haubenbriefen» (Briefen, die meine Schwiegermutter jeden Freitag beim Friseur, unter der Haube, an uns schrieb) kam das Thema immer häufiger zur Sprache. «Da würd ich mich nicht dranhängen.» Irgendwann fiel am Telefon der denkwürdige Satz: «An Pflanzen soll man sich ergötzen, nicht erquälen.» Anlass war, soweit ich mich erinnere, unser Verdacht, der Ficus könnte den Mehlmotten, die nach etlichen Feldzügen kurz vor der Ausrottung standen, Asyl geben. Ganz aus der Luft gegriffen war das nicht, immerhin waren seine Vorfahren in Indien Wirtsbäume für Schildlackläuse gewesen. Nur, wer von uns würde es tun?

«Frauen sind beherzter.» Wieder so ein Satz aus Westfalen.

An Blut hatte ich, als ich mir schließlich im November ein Herz fasste, allerdings nicht gedacht. Es floss reichlich aus der kleinen Wunde, beim nächsten Schnitt würde es bestimmt mehr sein. Ich zögerte. Plötzlich, ohne das leiseste vorherige Zittern, fiel der Baum um. Der Terrakottatopf zersprang mit einem Riesengetöse und gab einen festen, vielfach verknäulten Wurzelballen frei, in dem zu meiner Verwunderung nur ein paar Krümel Erde hingen. Es gab kein Zurück mehr. Alle dreißig Zentimeter etwa setzte ich den Fuchsschwanz an, systematisch, Stück für Stück, Stamm, Äste und Ästchen, das weiße Blut klebte zäh an den Händen. Es lief weiter, als ich am Ende des Gemetzels die Teile in blaue Müllsäcke packte, sieben oder acht stopfte ich voll. Ich war schweißgebadet. Glücklicherweise hatte mein Denken ausgesetzt. Ab und zu blitzte eine Szene aus dem Hitchcockfilm «Fenster zum Hof» durch den Kopf.

«Der Hinterhof! Natürlich!»

Finster musste es sein. Und kein James Stewart durfte mehr am Fenster sitzen und beobachten, ob der Nachbar vielleicht seine zerstückelte Frau im Hof vergräbt. Es war eine sternlose Nacht, auf leisen Sohlen trug ich die Säcke zu den Mülltonnen.

Mein Mann war voller Anerkennung, geradezu überschwänglich dankbar. Offenbar ahnte er was, er wollte nämlich über die Einzelheiten des Verschwindens nichts wissen. Wir waren nun wieder im Vollbesitz unserer 12 Quadratmeter großen Küche. Doch irgendwie, weiß der Himmel warum, ließ uns der Baum nicht in Ruh. Wir merkten es zuerst daran, dass wir seine frühere Anwesenheit, all die Malaisen mit ihm, hartnäckig beschwiegen.

Es dauerte nicht lange, und wir entdeckten sie allüberall in der Stadt: die monströsesten Geschöpfe. Im Seniorenheim um die Ecke war ein Ficus benjamini gerade im Begriff, den Fensterrahmen auszuhebeln. An einem hellen Julitag sahen wir im Zeichensaal der Realschule die Lampen brennen, weil ein Dutzend Schefflera das Sonnenlicht abschirmten. Wuchernde, oft aberwitzig verkrüppelte Naturen, plötzlich hatten wir einen Blick für sie. Bei Freunden blockierte eine die Klotür, sie war nicht mehr zu schließen, und das beschwor einen Familienstreit herauf: «Scheißhaus oder Gewächshaus?» Vornehmer ausgedrückt: «Privatheit» contra «Lebensrecht der Pflanze»? Wir lächelten dazu, ein wenig beklommen. Wenn im verrauchten Café die Kellnerinnen stritten, ob man die lästigen, armseligen Bewohner der mit Zigarettenkippen gespickten Blumentöpfe nicht lieber «abmurksen» sollte, anstatt ihren «natürlichen Tod» abzuwarten, spitzten wir die Ohren.

Einmal sahen wir in einer Benediktinerabtei einen Priester, der sich auf dem Weg vom Altar zum Tabernakel und zurück durch einen wahren Urwald kämpfen musste. Seelenruhig, schicksalergeben. Ähnliches ließe sich von dem Besitzer der Würstchenbude sagen, der Ketchup und Majo hinter grünen Bajonetten, sprich: Sansevierien, aufbewahrte und x-mal am Tag den Umstand und die Verletzungsgefahr, sie von dort hervorzuholen, auf sich nahm.

«Raumfressende Pflanzen», eines schönen Tages hatten wir den Begriff zum Phänomen gefunden – auf Küchenlatein «planta spatium devorans». Die Haltung ihrer Besitzer gegenüber den damit verbundenen Unbequemlichkeiten wurde uns allerdings immer rätselhafter. Es schien, dass die meisten Zeitgenossen, anders als wir, dazu neigten, sich mit ihnen abzufinden. Beziehungsweise die Schwierigkeiten weniger hassten, als dass sie deren Verursacher respektierten oder sogar liebten. So wie sie sich selbst liebten oder geliebt werden wollten, unvollkommen und degeneriert, wie sie waren, sich gegenseitig immerzu im Wege standen und voneinander nicht loskamen.

«Er hatte», heißt es bei Albert Camus, «immer nur das Notwendige geliebt.»

Eine Zeit lang verfiel ich der Marotte, Gedanken von Dichtern und Philosophen über die Liebe, die mir gefielen, auf das mysteriöse Verhältnis Mensch und Zimmerpflanze anzuwenden. «Er hatte letzten Endes nichts von dem geliebt, was er gewählt hatte, außer dem, was sich ihm durch die Umstände allmählich aufgedrängt hatte.» Ich zitiere weiter, Camus möge mir verzeihen: «Die wahre Liebe ist weder eine Wahl noch eine Freiheit. Das Herz, vor allem das Herz ist nicht frei. Es ist das Unvermeidliche und die Erkenntnis des Unvermeidlichen. Und er hatte von ganzem Herzen wirklich nie etwas anderes als das Unvermeidliche geliebt.»

Übrigens, auch in seinem Frankreich, im Land der geometrischen, penibel gestutzten Gärten, gibt es diese bizarren Hausgemeinschaften von Menschen und raumfressenden Pflanzen. Die eindrucksvollste sah ich in Paris, in einer Conciergerie im vornehmen 16. Arrondissement. Hinter der wachsamen Dame, die mich aus ihrer Luke musterte: ein Bambusdschungel! Der Raum, in dem sie auch kochte und zu gewissen Zeiten schlief, war etwa so groß wie unsere Küche.

Ein Kuriosum am Rande? Eine Fußnote nur im großen Buch der Wohlstands- und Wegwerfgesellschaft? Irgendetwas im Menschen scheint sich dem Trend, vielleicht der Vernunft überhaupt entgegenzustellen. Mit der Zeit verflüchtigte sich bei mir das Nachdenken darüber, es blieb die Lust, solche Beobachtungen zu sammeln.

Die Zeit verging – am Amazonas wurden weiterhin die Regenwälder abgeholzt, in Astrachan stand der Stör kurz vor der Ausrottung, und ich fand mich weit entfernt von zu Hause wieder, in der kasachischen Steppe mit ihren Wermutgerüchen, in der sibirischen Taiga, und mit dem Erlebnis der gewaltigen Natur war das kleine Grün ganz aus dem Sinn. Bis zu jenem Februartag, kurz nach der Jahrtausendwende, als ich, gerade noch rechtzeitig, bevor der Schneesturm einsetzte und die Stadt Samara lahmlegte, in meinem Hotelzimmer landete. An der Bar fünf oder sechs «Schwalben», so nennt man hier die Damen, die käufliche Liebe anbieten – und keine Freier da. Ich war in dieser Nacht der einzige Gast in diesem zauberhaften Belle-Époque-Hotel, das sich nur mühsam aufrecht hielt. Am nächsten Morgen sah ich sie, immer noch in Arbeitskleidung, Minirock und tiefdekolletiertem Top, alle zusammen im Flur, interessiert über etwas gebeugt, das ich erst sehen konnte, als ich mich zu ihnen stellte: ein wassergefülltes Gurkenglas, in dem ein Geranienreis

Wurzeln geschlagen hatte. Ich habe nicht alles verstanden, was sie sagten, es schien eine Art Streit um die richtige Blumenpflege zu sein, pro und contra, wer zu Hause welche Topfpflanzen besaß. Sie kicherten viel und rieben sich die schwarzumrandeten Augen, verschmierten dabei die Wimperntusche, dass sie allmählich aussahen wie Eulen. Dann redeten sie von ihren Großmüttern auf dem Lande, und ich konnte jetzt sehen, wie jung sie waren. Irgendwie schien das Glück auf, das sie sich wünschten. So kam in Samara an der Wolga das schon fast vergessene Thema zu mir zurück, nach Mannheim.

«Wie kam das Grün ins Haus?»

Hörten wir eines Sonntags eine weibliche, sehr schwäbische Stimme aus dem Radio fragen. Ein Vortrag aus der Reihe «Die Aula», wir saßen gerade beim Frühstück in der Küche. «Zunächst einmal: Wie kam das Grün in *mein* Haus?» Die Dame, eine Volkskundlerin, Frau Professor Köhle-Hezinger, erzählte, wie sie zu ihren Topfblumen kam, von grünen, angeblich pflegeleichten Geschenken, und wie sie es schaffte, sie totzukriegen. Sie schien uns zu meinen, wir waren wie elektrisiert. Die Anekdoten waren Vorwort zu einem weitausholenden Spaziergang auf einem, wie sie sagte, «weißen Fleck der Forschungs-Landkarte». Die grundsätzliche These dazu hatte sie von ihrer bäuerlichen Mutter entlehnt, die rigoros die Auffassung vertrat, Grün gehöre nicht aufs Fensterbrett, sondern in den Garten. Die Tanne in Wald und Gebirge, der Wein auf den Acker und allenfalls ans Haus etc. Pflanzen *im* Haus, das sei «Materie am falschen Ort». In der Geschichte, so die Volkskundlerin, habe es in allen Kulturen eine klare Trennung von draußen und drinnen, Pflanze und Mensch gegeben.

«Bis ins 19. Jahrhundert hinein war die Stube (Kammern und Küche sowieso) pflanzenfrei, sieht man von Getrocknetem ab, also Kräuter- und Palmbüscheln, Zweiglein von Buchsbaum und Palmkätzchen. Sie steckten am Kruzifix, hinter Bildern, an Uhr oder Spiegel.» Die schwäbische Stimme sprach munter und viel zu rasch, deswegen ließen wir uns später das Manuskript der Sendung kommen.

Wir lasen und staunten: «Tiere fanden früher und bedenkenloser ihre Heimstatt in der Stube als Pflanzen. Sie waren, wie der Kükenkäfig unter der Stubenbank, Teil der bäuerlichen Wirtschaft, sie gehörten zur Überlebensökonomie und -strategie, sie waren nützlich, dienlich, verwertbar. Ihre Gerüche, Geräusche und Exkremente waren, aus solcher Sicht, kein Problem.» Wir erfuhren, dass erst mit dem historischen Rückzug des Bäuerlichen, der jahrhundertelang vorherrschenden Lebensform, die «Verhäuslichung des Grüns» beginnt. Der Vortrag schildert, soweit bekannt, die Stationen: die Orangerien und Wintergärten des Adels – eine Art Zwischenreich, nicht drinnen, nicht draußen; das Aufkommen des Blumentisches in den Salons des bürgerlichen Paris; schließlich, um 1900, halten Blumen und Zierbäumchen Einzug in katholische Kirchen, zu Ehren vor allem der Muttergottes. Um dieselbe Zeit verbreitet sich das eingetopfte Grün in den Haushaltungen aller Gesellschaftsschichten. Das geht ziemlich schnell, aber keineswegs unwidersprochen. Prominenteste Kritiker sind die Innenarchitekten des Bauhauses, für die Blumentöpfe zur Kategorie «Tingeltangel» bzw. «Gerümpel» zählen. Befürworter und Gegner liefern sich immer wieder erbitterte Schlachten, eine der letzten um 1968. Damals werfen revolutionäre Studenten massenweise die Blumenampeln und Gummibäume ihrer Eltern fort, ein symbolischer Akt; er gilt dem ganzen Plüsch, der überlebten Konvention, hinter denen sich die faschistische Vergangenheit verbirgt.

Beim Lesen des Vortrags stellten sich plötzlich die fast vergessenen Bilder des novemberlichen Gemetzels wieder ein. Vielleicht war es kein Teufel, der mich damals geritten hat, sondern die bäuerliche Vernunft meiner Großmutter? Ich kannte die Mutter meines Vaters nicht, weder sie, Maria, noch meinen Großvater Anton. Aber es könnte doch sein, dass in mir noch unbewusste Antriebskräfte früherer Generationen stecken. Schließlich sind wir fast alle Kinder, Enkel oder Urenkel von Bauern – man vergisst dies oft.

Und dann kam alles, wie es kommen musste. Das Grün hat sich wieder in unsere Küche eingeschlichen, diesmal auf besonders nette Weise: Wir hatten einer lieben Kollegin, die eine Aufheiterung nötig hatte, aus dem Supermarkt eine Tüte Feuerbohnen mitgebracht und ihr von dem italienischen Adeligen aus dem 18. Jahrhundert erzählt, der sich jeden Tag eine Handvoll solcher Bohnen in die linke Hosentasche steckte und, wann immer er etwas Positives erlebte, eine herausnahm und in die rechte Hosentasche tat. Abends zählte er das Gute und ließ es noch einmal genüsslich Revue passieren. Das probierte die Kollegin sogleich aus, es funktionierte. Zum Dank steckte sie einige Feuerbohnen in Blumentöpfe und schenkte uns zwei schon kräftig herangewachsene Ranken.

Gladiolenzeit

«Ich heirate in zwei Jahren, juchhu!»

«Und ich in vier!»

In zwei Jahren werde ich Braut sein. Annegret, an deren Pusteblume zwei weiße Flieger mehr geblieben waren, in vier. Was ist eigentlich besser? Wer ist die Siegerin? Wir konnten damals mühelos bis zehn zählen, ständig zählten wir irgendwas, Grashalme, Kuckucksschreie, Himbeerbonbons, aber wir hatten keinerlei Vorstellung von Zeit.

Die Pusteblumen sind da, die Mutter hat das Spiel dazu gelehrt. Auf einmal sind sie nicht mehr da, dafür blüht es an der Olfe, am Bach bei Großmutters Haus, gelb. Vor dem alten Gartenhäuschen ist es bunt, ich rupfe und sammle. Alles gehört mir, mir, mir! Bis jemand «Halt!» schreit oder «Pfui!». Gänseblümchen pflücken «ja», ihre großen Schwestern, die die Erwachsenen Margeriten nennen, «nein» – zu verstehen ist das nicht.

Der Erinnerung sind diese frühen Jahre weitgehend entzogen. Doch ist unsere erste Beziehung zu Blumen, zur Natur fürs ganze Leben prägend. Eine ungemähte Wiese – das Kind bahnt sich den Weg durch Gras und Mohn, die hohe, streng duftende Schafgarbe verstellt ihm den Weg, seine Freude schlägt in Angst um, und weil es den Vater in Rufweite weiß und der erscheint, ist alles gut.

Viele Kinder mögen am liebsten kleine Blumen, das

Vergissmeinnicht mit seinen winzigen Blüten, Schneeglöckchen und Veilchen, die ihre Hände leicht zu fassen kriegen. Wichtiger als Schönheit ist das Praktische. Ein Rhabarberblatt ist ein prima Sonnenschirm, an der Hagebutte interessiert das Juckpulver. Zur Beerdigung einer toten Meise oder Drossel braucht man Blumen, die in den Sarg, einen Schuhkarton oder eine Zigarrenschachtel, hineinpassen.

Lieben kleine Kinder Blumen? Liebe ist wohl nicht das richtige Wort, denn sie setzt einen gewissen Grad von Bewusstheit voraus, ebenso wie die Fähigkeit zum Gegenteil, dem Hass. Bei mir begann dies mit fünf oder sechs Jahren, ich war noch kein Schulkind. Damals hatte ich, soweit ich mich erinnere, zum ersten Mal eine bewusste Beziehung zu einer Blume. Das heißt, ich hatte eine feste Meinung über sie: Ich konnte sie nicht ausstehen, diese Gladiolen.

Es hatte mit meiner Großtante Minchen zu tun, die sie über alles liebte. Im Sommer musste ich ihr jeden Sonntagmorgen vor der Messe aus dem elterlichen Garten einen Strauß Gladiolen bringen. Fünf oder sieben («Blumen für die Vase müssen immer unpaar sein», hieß es) von diesen Riesenbiestern, die entsetzlich lang und ebenso schwer waren. Trug ich sie mit den Blüten nach oben, waren meine dünnen Arme schon an der nächsten Straßenecke müde; wenn ich sie kopfunter transportierte, schleiften sie auf dem Bürgersteig. Von unserer Parkstraße bis zu Tante Minchens Weststraße war es ziemlich weit, und da Heulen und Protest nichts nützten, das «Ämtchen» war mir aufgetragen und basta, half ich mir selbst. Ich zählte meine Schritte. Nach je zehn Schritten nahm ich einen Positionswechsel vor, Strauß hoch, zehn Schritte, Strauß runter, zehn Schritte, Strauß hoch, so war es leichter. Noch besser ging es, seit ich einen Zauberspruch erfunden hatte: «Gladiole, blöde Dohle, schwer wie Kohle, flieg!»

Wege, die man sich einteilt, erscheinen kürzer – eine wichtige Lektion über die Zeit. Blumen haben ihre Zeit, auch das lernte ich durch die Gladiolen. Im Garten unterbrach ich oft meine Spiele und schlich um das Beet herum, wo sie ungeheuer zahlreich und farbenfroh wuchsen. Ich beobachtete kritisch ihre Zustände und versuchte abzuschätzen, wie lange es noch dauern könnte, bis die letzten verblüht sein würden und ich befreit.

Der nächste Juni kam und mit ihm die von Tante Minchen ersehnten Gladiolen, der übernächste und noch einer. Fünf Sommer lang versah ich mein Sonntagsämtchen. Ich war elf, als die Großtante starb – im April 1962, vor der Gladiolenzeit. An ihr Gesicht habe ich nur eine vage Erinnerung, es war rundlich und gutmütig. Deutlicher ist mir ihre Frisur, streng zurückgekämmte weiße Haare, im Nacken zu einem Dutt verschlungen, und vor allem ihr weicher, großer Busen. Gegenwärtig blieb mir die Atmosphäre ihres Zimmers, seine Gerüche, eine Mischung von Uralt-Lavendel und Mottenkugeln, und einige weibliche Porzellanfigürchen, die Hut oder Spitzentaschentuch schwenkten. Diese jungen Damen und meine Tante Minchen schienen dieselben Ideale zu haben: «Gerade halten!» oder: «Ein Mädchen schneidet keine Grimassen!» Sätze, die aus Tante Minchens Jugend stammten, als der Kaiser noch lebte, sie sagte «unser Kaiser», und «Sedanstag» gefeiert wurde, ein Fest mit viel «Tschingderassabum und Blumenschmuck, leider Gottes außerhalb der Gladiolenzeit». Etwas darüber zu fragen oder ihr zu widersprechen hatte wenig Zweck, Tante Minchen war fast taub.

Erst sehr viel später habe ich begriffen: Ich war in einem anderen Zeitalter zu Besuch.

Mit dem Erwachsenwerden verbesserte sich auch mein Verhältnis zu Gladiolen. Ich entdeckte die Skala ihrer Farben, Rottöne in großer Zahl, von unglaublicher Delikatesse, die Zartheit des Rosa, des Gelb, schreiendes Lila. Mir gefiel, wie sie sich räkelten und eigenwillig verdrehten. Kaum eine Blume widersetzt sich so sehr gärtnerischem Bemühen, sie gerade zu biegen. Irgendwann fing ich an, sie gernzuhaben.

Dann sah ich in New York die Bilder von Chaim Soutine, dem Maler aus dem weißrussischen Stetl: ein Gladiolenstrauß in einem Krug, viel zu klein, um die kräftigen, tanzenden Stängel zu halten, ein Blütenrot wie das verwesende Fleisch von Schlachtvieh, das er auch malte, in Paris, anno 1919 – nature morte, beide Motive erzählen von der Sterblichkeit des Menschen und indirekt vom Wahnsinn des Ersten Weltkriegs. Beim Betrachten musste ich an Tante Minchen denken und dass sie, als unverheiratete Frau von Mitte dreißig, diese Erschütterungen miterlebt hat. Die ärgste war der Tod von Eugen, ihres jüngeren Bruders, 1914, ihm wurde an der französischen Front der halbe Schädel weggeschossen.

Bunte Schwerter, bei mir in der Nähe wachsen sie oft in ganzen Armeen – kein Feld am Straßenrand, an dem ich nicht anhalte. In der Saison kaufe ich fast jeden Samstag auf dem Markt Gladiolen. Ihr Blütenstand ist wie eine Zeitleiste: Unten sind sie schon vergangen, unterdessen blühen sie weiter oben auf, an der Spitze eine noch verschlossene Knospe. Manchmal ordne ich den Blüten einer Gladiole Namen aus meiner Familie zu. Meine Großtante Minchen, bürgerlich Wilhelmine Beumer, Jahrgang 1882, ist immer die unterste, zuerst verschrumpelnde, darüber meine Eltern Marianne und Karl und so weiter bis ins 21. Jahrhundert. Jedes Mal bin ich verblüfft von dem Gedanken, wie sehr ich, über meine eigene Lebenszeit hinaus, von fernen Zeitaltern beeinflusst bin, bis zurück ins Wilhelminische, das in Gestalt «wilhelminischer» Erzählungen über mich kam.

Minchens jüngere, ebenfalls ledige Schwester Mimy setzte diese ausführlich und, weil ich sie liebte, sehr wirksam fort. Ich akzeptierte ihre vorsintflutlichen Ansichten völlig, wie sie umgekehrt meinen Minirock und meine verzweifelte Sehnsucht nach Freiheit. Für meine Geschwister und mich war das abgedunkelte Zimmer der beinahe blinden Großtante Mimy eine Insel außerhalb der Zeit. Wir fanden sie immer in dem großen Sessel am Fenster, ich sehe sie jetzt beim Schreiben vor mir – sehr gerade, sehr dünn, in einem hochgeschlossenen, dunklen, trotz sommerlicher Hitze langärmeligen Kleid. Im Profil ähnelt sie einem schönen Vogel, den Kopf ein wenig vorgeneigt, sie wartet auf Besuch, auf mich.

Als Mimy starb, war ich beinahe dreißig. Sollte ich das von der Statistik errechnete Durchschnittsalter von 84 erreichen, werden am Ende in meinem armen Kopf Geschichten aus etwa 150 Jahren herumgeistern.

Damals, als ich Gladiolen hasste, ahnte ich noch nicht, dass auch Erwachsene sich oft verloren fühlen. Der Garten meiner Kindheit, weiß ich heute, ist einmal Tante Minchens Garten gewesen, aus ihrer Perspektive handelt die Geschichte, die ich hier erzähle: vom Altwerden. Es setzte bei ihr während des Zweiten Weltkriegs ein. Wilhelmine Beumer, die tüchtige Chefeinkäuferin im Textilkaufhaus ihres Bruders, meines Großvaters, war im Chaos geschäftlich unterwegs gewesen. Güterzüge, Tiefflieger, dreckige, verwanzte Hotels in Berlin, Düsseldorf, das alles hatte die alte Dame, das «Fräulein» Beumer, auf diese Anrede legte sie größten Wert, tapfer und mit allen Kräften, die ihr geblieben waren, auf sich genommen. Nach 1945 drängte man sie aus dem Geschäft. Du bist schwerhörig, hieß es, aber es war wohl eher so, dass sie nicht in die neue Zeit passte. Hinzu kam, dass jetzt drei ausgebombte Cousinen aus Hannover und Breslau in der Wohnung lebten, ihr blieb nur ein Zimmerchen übrig. Also stürzte sich Tante Minchen auf den Garten der Beumers, mit großem Furor, so wurde mir berichtet. Sie hackte, säte, pflückte. Erdbeeren soll sie akkurat nach Sorten getrennt haben, «Mieze Schindler» seien ihr die liebsten gewesen. Drei, vier Jahre dauerte ihre Freude, dann bauten meine Eltern auf dem Gartengrundstück ein Haus. Anfangs besuchte sie uns noch ab und zu, beäugte kritisch, mit dem Blick eines anderen Zeitalters, die Beete. Nach einem Oberschenkelhalsbruch konnte sie ihr Zimmer nicht mehr verlassen. Zu diesem Zeitpunkt begann mein Gladiolen-Ämtchen.

Hänschen und das Apfelei

Wie die verrückte Geschichte ins Rollen kam, weiß heute niemand mehr. Ob unsere Mutter meinen kleinen Bruder Hans einfach nur in den April schicken wollte. Oder dieser von sich aus fragte: «Mutter, wie wächst eigentlich Apfelnkompott?» Hans, der lispelte und sich als Kind in den ersten Jahren überhaupt schwertat mit dem Sprechen, brachte uns oft zum Lachen, indem er das schwierige Wort, seine Lieblingsspeise, um einen zusätzlichen Buchstaben komplizierte. «Apfelnkompott», beim «n» rutschte ihm manchmal vor lauter Begeisterung die Zunge ein Stückchen heraus. Er war ein Leckermaul und dazu über die Maßen gutgläubig, was Eltern und Geschwister immer wieder in Versuchung führte, ihn auf den Arm zu nehmen.

«Apfelnkompott wächst aus Samen», antwortete Mutter. – «Und hart gekochte Eier?» – «Natürlich auch aus Samen.»

Hans quengelte. Mutter Marianne lachte und vertröstete ihn. Eines Tages war eine Dose mit Samen da – flache, klebrige Dinger in zwei grellbunten Farben, eine sogenannte «Apfelei-Mischung». Auf der Gebrauchsanweisung, die Mutter ihm vorlas, stand, man müsse abends je ein Samenkorn drei Zentimeter tief in der Erde vergraben, ein gelbes für Apfelkompott, ein orangenes für das Ei, anderntags könne man dann das Gewünschte ernten. An diesem

Tag, mit der ersten Aussaat, begann ein ganz besonderer Sommer.

Jubel jeden Morgen! Eine weiße emaillierte Schale gefüllt mit Kompott stand da, mittendrin ein hart gekochtes Ei. Solange Hans den Samen in sein Beetchen pflanzte, war das Wunder leicht zu bewerkstelligen. Hinten im Garten, bei den Haselnussbüschen, hatte jedes Kind ein eigenes Stück Land, vier nebeneinanderliegende schmale Streifen, in der Reihenfolge des Alters: Ursula, Brigitte, Hans und Helmut. Da unsere Mutter immer als Erste aufstand, konnte sie ungestört dorthin gehen und die am Vorabend gekochte Speise auf Beet Nummer drei stellen.

Nach ungefähr einer Woche verkündete Hans, er werde ausprobieren, ob der Samen «anderswo noch besser» wüchse. Jetzt hatte unsere wundertätige Mutter ein Problem. Sie brauchte jemanden, der auf der Lauer lag, wenn Hans am Abend in den Garten ging, und ihn unauffällig beobachtete. Also wurden die Töchter, wer sonst, als Spione verpflichtet. Das war zunächst ganz amüsant, sogar unser Vater und das Kindermädchen Ella machten mit, eine regelrechte Verschwörung.

Hans war auf der Suche nach einem geeigneten Platz zum Aussäen meist unschlüssig. Es konnte passieren, dass endlich, nach langem Anmarsch, sein runder Po hinter den Johannisbeerbüschen verschwand. Und er eine Viertelstunde später wieder auftauchte – unverrichteter Dinge, sich ins Gras setzte und sich dann erneut auf Rundgang begab. Anscheinend dachte er intensiv nach.

Unter den Kirschbäumen? In deren Zweigen spektakelten die gefräßigen Stare. An der Himbeerhecke? Da stand die Kastenfalle, womöglich würde das Kaninchen, bevor es hineintappte, sein «Apfelnkompott» probieren.

Am besten regengeschützt, also unter dem Efeu am alten Gartenhaus? Dort allerdings war es nicht ganz geheuer, drinnen zwischen den Gartengeräten wohnte in unseren Kinderspielen die Hexe Kaukaukau. Zu Füßen der gerade hochgebundenen Erbsen und Bohnen? Mutters Reich. Oder sonnig und leicht erhöht, im Spargelhügel? Über den herrschte Vater – sich dem interessantesten aller Gemüse zu nähern, war strengstens verboten.

Es wurde Frühsommer, das abendliche Ritual allmählich lästig. Es setzte sich fort in den Juli hinein, am 3. des Monats wurde Hans fünf. Ich erinnere mich, dass sich, während ich den Bruder verfolgte, meine Wahrnehmung des Gartens allmählich veränderte. Er war anders als beim Purzelbaumschlagen, beim Herumtoben und Klettern, anders als beim Erdbeerpflücken. Das Schleichen und Verharren, eine Art Versteckspiel mit ungewohnten Regeln, ich durfte Hans nicht verlieren, musste zugleich für ihn unsichtbar sein, und meine vergeblichen Versuche, mit seinen Augen zu sehen, die Gedanken unter seinem blonden Pony zu erraten, verwirrten mich. Offenbar war der Garten von Hans ein anderer als meiner. Ich war achteinhalb, und in diesem Sommer 1959 ahnte ich zum ersten Mal, dass *der* Garten eigentlich viele Gärten waren: Jedes Familienmitglied hatte seinen.

Ich spürte, dass er für alle äußerst wichtig war, bedeutsamer vielleicht als das neuerrichtete ziegelrote Haus. Nach dem Bauen – Richtfest war kurz vor der Geburt von Hans gewesen – waren die stolzen Besitzer noch auf lange erschöpft, frische Luft und Auslauf konnten sie gut brauchen. Als Kind war mir Ostern, dessen wichtigste Rituale, vom Eiersuchen bis zum Osterfeuer, draußen stattfanden, immer lieber als Weihnachten, das drinnen begangen wurde.

Mein Garten, das war der Matsch nach dem Regen und ein Versteck an der Hecke, das nur mir gehörte. Ich liebte die Wochen um Fronleichnam, wenn alles wie verrückt blühte, Gravensteiner Äpfel, den modrigen Duft der Champignons, die Vater im Gartenhaus züchtete, Kartoffelfeuer, das verwilderte Gebüsch am Wäscheplatz. Ich liebte ganz besonders die Minuten nach dem Ruf: «Jetzt aber ins Bett!» An warmen Sommerabenden konnte man fürs Federballspiel oft noch eine halbe Stunde rausschinden und dem weißen Ball hinterherjagen, ein Kunststück, ihn in der Dunkelheit zu treffen. Noch mehr ließe sich aufzählen, und vieles gehörte nicht dazu, war mir in diesem Alter völlig egal: wie Rhododendron und ganz besonders Hortensien, das Modegewächs schlechthin, in ebendiesem Jahr bekam ich mindestens zehn davon zur ersten heiligen Kommunion geschenkt, Libellen und der Komposthaufen zum Beispiel, die Gladiolenbeete, die wir Großtante Minchens Aktivitäten zu verdanken hatten, und die mehrere Generationen zurückreichende Geschichte der Bäume – sie warteten noch darauf, entdeckt zu werden. Noch heute könnte ich alles aufzeichnen, diesen und auch spätere Zustände meines Gartens, er ist wie eine innere Landkarte. Mit ihm verbinden sich zwei frühe, elementare Erfahrungen: die von Freiheit und der Freude daran und die von Einsamkeit, im Garten war sie zu ertragen, oft sogar schön.

Besagter Sommer, die Geschichte mit Hans, hatte es in sich. Mittlerweile hatte sogar der Jüngste, der zweieinhalbjährige Helmut, die Samen als saure Drops identifiziert. Das Hänschen veräppeln – wir lachten und lästerten zu fünft, es schien dafür keine Ohren zu haben. Hinter dem boshaften Vergnügen jedoch verbarg sich – bei mir –

schreckliche Eifersucht. Da saß dieser Bursche jeden Morgen beim Frühstück und löffelte selig sein Leibgericht. Wie ein Kronprinz! Genau das war er, Vaters Liebling und sein Ebenbild, spätestens jetzt war es nicht mehr zu übersehen. Über Hans lag Wohlgefallen, mochte er noch so naiv und dickfellig sein.

Aber war er es wirklich? Es gab Spekulationen darüber, nicht nur in der engeren Familie. Spielte er den Einfaltspinsel nur? Vielleicht lachte er ja insgeheim über uns? Herausgefunden haben wir es nie, obwohl Hans in späteren Jahren immer wieder dazu befragt wurde. Nein, er habe fest geglaubt, niemals Verdacht geschöpft, war seine Antwort. Überraschungsangriffe auf Familienfesten, Alkoholeinfluss, sanfte Erpressung, nichts konnte Hans, den tüchtigen, weltgewandten, seit langem in Südfrankreich lebenden – er hat sich als der Sprachbegabteste von uns allen entpuppt und besitzt einen nicht gerade üppigen, ewig unter Dürre leidenden Garten – zu einem Geständnis bewegen. «Warum sollte ich nicht daran glauben, es funktionierte doch», sagte er unlängst am Telefon.

Der fünfjährige Hans wusste anscheinend etwas vom Glück. Sollte sich eines Tages doch noch herausstellen, dass seine Behauptung nicht oder nur halb wahr ist, wird die Geschichte in der Familie wohl trotzdem unverändert weitererzählt werden. Wir brauchen sie, so wie der Mensch Märchen braucht. Und wie im Märchen, ob es am Hof eines Königs oder im Wald oder, was häufig vorkommt, in einem Garten spielt, ist auch hier der Zauber umgeben von allerhand Ernst, harter Arbeit, Traurigkeit. Zu unserem «Hans im Glück» gehört zum Beispiel, dass sich unsere Mutter außerordentlich plagte. Die halbe Stunde fürs Schälen, Apfel- und Eikochen ging von ihrem Nachtschlaf ab. Und wenn sie vergnügt und energisch mit dem Schüsselchen in den Garten lief, zog sie das rechte Bein ein wenig nach, Folge eines schweren Reitunfalls. Mit vierzehn Jahren, erzählte sie mal, hätte sie am liebsten Bäuerin werden und zwölf Kinder haben wollen. Sie kam damals gerade ins Internat, und nach Abitur und Studium hätte sie das Zeug zu einer beruflichen Karriere, wohl auch die Sehnsucht danach, gehabt. Vielleicht, wer weiß, war sie als Hausfrau mit dem großen Garten und immerhin vier Kindern ihrem Jugendtraum ganz nahe.

Um die Hintergründe zu beleuchten, müsste ich weit ausholen, etwa in die Kindheit unseres Vaters zurückgehen, des Bauernsohns aus dem westlichen Münsterland, der zu seinem großen Kummer den elterlichen Hof nicht erbte, nach sieben Jahren Krieg und russischer Gefangenschaft Tierarzt wurde in Ahlen und sich dort, nur 80 Kilometer von seinem Heimatdorf entfernt, zeitlebens wie im Exil fühlte. Für ihn war der Garten ein Refugium, wo er das, was er verloren hatte und vermisste, noch ein wenig leben konnte. Er grub und hackte, meist in Holzschuhen, verwendete überreichlich Mist zum Düngen. Obstbäume und Rosen veredelte er selbst, die Wildlinge holte er aus dem Ahlener Stadtwald, die «schönen Augen» oft von zu Hause. Gekaufte Pflanzen mochte er nicht; bei den Bauern, deren Tiere er kurierte, erbat er Stauden, die er noch nicht hatte. An der Weißdornhecke hinten im Garten hielt er Jagdhunde, mit ihnen zog er, wenn Saison war, in Wald und Feld, in die nächstgrößere Natur. Sein liebster Ort war der offene Kamin am Rande der Terrasse. Sogar bei starker Kälte saß er dort, rauchend, und stocherte in der Glut. Er konnte nicht ohne Feuer sein, und drinnen im Haus war es ihm zu eng.

Was er in diesem Sommer – dem zwölften seines «Exils», er war vierundvierzig Jahre alt – dachte, wenn er Hans seine Drops eingraben sah, weiß niemand. Vielleicht rührte ihn der Vorgang, das Säen? Hoffte er, da könnte wieder ein Bauer heranwachsen? Oder umgekehrt, vielleicht wurde ihm klar, dass ebendieses unmöglich war, ein für alle Mal vorbei? Womöglich war das Bedeutungsvolle auch nur die Leichtigkeit des Geschehens, dass er selbst sich dadurch ein wenig unbeschwerter fühlte?

Irgendwann war die «Apfelei» natürlich vorbei. Ihr Ende, es fiel zusammen mit dem Ende des Sommers, ist nicht im Familiengedächtnis gespeichert. Hauptsächlich deswegen, weil es im Rheinland stattfand, nur mein Bruder Hans kennt es genau. Er wurde für ein paar Tage zu Onkel und Tante geschickt, die Samenmischung hatte er natürlich in seinem Campingbeutel dabei. Am ersten Abend, während er den Garten der rheinischen Verwandtschaft inspizierte, erklärte er seinem sieben Jahre älteren Vetter stolz, was er vorhatte. «Du Dämelack!» Der Vetter klärte das Hänschen sogleich gründlich auf. Weihnachtsmann, Osterhase und Klapperstorch wurden aus dem Leben des Fünfjährigen gleich mit vertrieben. «Einfach schrecklich», erinnert sich Hans fast fünfzig Jahre später.

Zweiter Teil

Feuerborns Birnbaum

«Heute Abend unterm Birnbaum?», ruft Änne ins Telefon.

Wo sonst? In dieser Julischwüle, am Freitag, wenn die Damen unter der Friseurhaube geschwitzt haben.

«Unterm Birnbaum ist es luftig», sagt Hanna, meine Schwiegermutter. «Erst pättkern wir barfuß um den Baum herum, übers Gras, damit die Hitze abgeleitet wird. Und dann ein kühles Bier! Man muss sich wundern, dass in diesem Baum, so krückelig, wie er ist, noch so viel Saft ist. Nur Früchte trägt er kaum.» Da sitzen die Schwestern schon unter dem Blätterdach in der Jahnstraße 31 versammelt – die Gastgeberinnen Änne und Zita sowie Hanna und Mia, die aus der etwa tausend Meter entfernten Schumannstraße mit dem Auto «angereist» sind.

Früher wurde über den alten Birnbaum wenig geredet. Solange sie denken können, steht er im Garten des elterlichen Hauses, direkt in der Mitte. Erst seit er von einer Pilzkrankheit befallen wurde, vor ungefähr zehn Jahren, liefert er Gesprächsstoff. Wie der trotzdem noch blühen kann! Lass ihn bloß den nächsten Sturm überleben, lieber Gott! Morgens werfen Zita und Änne aus ihren Schlafzimmerfenstern schon den ersten Blick auf ihn, wohlwollend und misstrauisch, ob es da womöglich neue Anzeichen einer Verschlechterung gibt. Und wenn, sprechen sie ihm gut zu. Du solltest dich nicht mehr so verausgaben, wir brauchen deine wurmstichigen Birnen doch nicht, uns reicht dein Grün.

«Wollen doch mal eben nachrechnen, wie alt er ist.» Sagt Änne.

«Ganz einfach.» Zita nimmt ihr das Wort aus dem Mund: «Siebzehn Jahre älter als ich, sieben Jahre älter als Hanna, also ...»

«Genau wie das Haus.» Blitzschnell springt Mia in die kleine Pause. «Unser Vater hat ihn gleich nach dem Einzug gepflanzt, 1913.»

«Und er wollte ihn wieder umhauen, man stelle sich das mal vor», fährt Zita fort, «weil er nicht trug, ganze sechs Jahre lang.»

«Nein, sieben!» Jetzt ist Hanna dran, die Älteste der Schwestern hat ein phänomenales Gedächtnis für Details. Nicht dass sie damals dabei gewesen wäre, sie war im siebten Jahr nach Pflanzung des Baumes gerade erst geboren, sie erinnert sich aber am genauesten an das, was in der Familie erzählt wurde.

«Und dann hatte diese Krücke plötzlich sechs Birnen», triumphierend schaut Zita in die Runde, «es waren doch sechs, oder? ‹Siehste›, hat unsere Mutter zu Vater gesagt, und da hat er den Baum am Leben gelassen.»

Zita, mit ihren 75 Jahren die Jüngste, erobert sich gern die Führung im Erzählen, das hat sie schon als Kind so gemacht. Unversehens landen sie alle immer wieder in der Kindheit. Gleich wird Änne Tränen lachen – wie früher, und Hanna, die ruhige, wird in sich hineinlächeln, und Mia, sollte etwas Ärgerliches oder Trauriges im Gespräch aufkreuzen, diesem sofort etwas Gutes abgewinnen.

Es gibt nichts Wichtigeres im Hause Feuerborn als Erzählen. Gäbe es die Tradition des geselligen Fabulierens nicht, wäre von Feuerborns Birnbaum nur wenig zu berichten. Man kennt das vom Birnbaum des Herrn Ribbeck von Ribbeck im Havelland, ohne den Dichter Fontane wäre er ein Nutzholz geblieben, nichts weiter, und längst sang- und klanglos verschwunden.

«Vater hat den Wildling gesetzt!» Die Geschichte ist von Beginn überliefert, Hunderte Male ist sie schon so erzählt worden.

«Da sind drei verschiedene Sorten Birnen drauf.» Änne führt jetzt das Wort. «Die Urbirne, das ist 'ne Weihnachtsbirne, so kleine Knöllken. An Weihnachten ist sie lecker, aber sonst ist sie grau und sieht doof aus. Dann hat Vater sie veredelt, eine Williams hat er darauf gepfropft, eine sehr frühe Sorte, die andere war eine spätere Sorte, Klapps Liebling.»

Ein Schöpfungsakt – man kann es ruhig so bedeutungsvoll sagen: Am Anfang war der Birnbaum! Er war Teil eines Projekts, wie nur Liebende es sich ausdenken können. Kühn, aus heutiger Sicht mehr als bewundernswürdig und nicht ganz untypisch für das damalige Deutschland, das nach dynamischen Gründerjahren auf den Ersten Weltkrieg zuraste. Anna Hegselmann, eine achtzehnjährige Dienstmagd, Tagelöhnertochter, und Johann Feuerborn, nachgeborener Sohn eines kleinen Bauern, gelernter Schweißer mit Kaiser-Wilhelm-Bart, 27 Jahre und schon kahl, beide gebürtig aus dem Pickerland, wollten gemeinsam der Armut entfliehen. Nach rascher Verlobung hatten sie sich drei Jahre Wartezeit auferlegt, um für ihr großes Ziel zu sparen. Ort ihrer Träume war das sechzig Kilometer entfernte Ahlen, ein Ackerbürgerstädtchen, das in den Sog der industriellen Revolution geraten war, Zeche,

Emaillefabriken – «Pütt» und «Pott», so klang damals Zukunft.

Kaum war das erste Kind, Katharina, da, trugen sich die Feuerborns beim Bauverein für ein Siedlungshaus ein. Sie wollten nicht länger «in fremden Zimmern herumziehen», denn sie hatten sich vorgenommen, weitere Kinder in die Welt zu setzen. Ein Dutzend Töchter und Söhne, zwölf und nicht weniger, ansonsten hatten sie mit Zahlen nicht viel im Sinn. Zwanzigtausend Mark Schulden, ein Berg, den abzutragen sich niemand vorstellen konnte, auf der Habenseite Johanns bescheidener Lohn, ein Schwein im Stall, selbstangebautes Gemüse und «die Herren», also Arbeiter, die sie gegen Bargeld in Kost und Logis zu nehmen gedachten.

«Kostgänger nannte man die», sagt Hanna.

«Unsere Eltern hatten viel Gottvertrauen», sagt Änne.

«Und Weitblick», sagt Zita.

«Dem Mutigen gehört die Welt», sagt Mia.

Der Lieblingssatz der Mutter. Unterm Birnbaum lässt sich gut zitieren, ist er selbst doch Ausdruck der Hoffnung. 1913 war er der Mittelpunkt des noch kahlen Gartens und breitete seine kleinen Zweige über das gerade geborene zweite Kind, Hannes. Alle Zeichen schienen damals auf Glück zu stehen, und auf einmal war das Leben ein Jammertal. Nein, Johann Feuerborn musste 1914 und auch später nicht in den Schützengraben, wegen einer tuberkulösen Darmfistel war er vom Dienst befreit. In den Jahren des Ersten Weltkrieges blieb er in der Emaillefabrik und machte mit seiner Anna Kinder. Joseph wurde geboren und starb, ein Kind nach dem anderen geboren, gestorben, nach Joseph das Finchen, dann Alois, dann Alfons. Es fehlte an Nahrung, wohl auch an Zuversicht. Der Krieg, die

Schrecken bislang unbekannter Art haben die Feuerborns, die so voller Optimismus waren, ganz furchtbar verstört. Annas Bruder Clemens war als Krüppel von der Front bei Verdun zurückgekehrt. Auch das, was im fernen Frankreich passierte, ging in den Strom der westfälischen Familienerzählung ein.

«Unterste Armutsstufe!» Fast hätte sich Hanna bei dem Ausruf verschluckt. Schnaubend, voller Behagen wischt sie sich den Bierschaum von der Nase. «Ich sage nur: Unterste Armutsstufe! So lebten unsere Eltern!» Niemand widerspricht ihr, an diesem Abend gibt es ausnahmsweise kein Contra. Soll die Armut ruhig unterm Birnbaum dabei sein, sie stört das Vergnügen nicht, im Gegenteil.

«Ach, wie geht's uns gut!», seufzt Änne.

«So guuuuuuuuuuut!», echot Mia. Man sieht ihr an, sie ist schon in den Startlöchern für die nächste Geschichte.

«Apropos Clemens ...»

Gleich wird der Bischof von Münster, Clemens August Graf von Galen, die Szene betreten, unterm Birnbaum weiß man, das war 1942 – Mia, seinerzeit Fotografenlehrling ... vor St. Marien in Ahlen ... sie wartet, Kamera bereit, hampelt von einem Fuß auf den anderen ... von Galen tritt aus der Tür, er hebt die Hand zum Segen ... Klick. «Und der ist jetzt seliggesprochen, wie schön!»

Von Hölzchen auf Stöckchen, hinter dem Haus erscheint am noch hellen Himmel der Mond.

«Guckt mal, er hängt im Birnbaum!»

«Nä, sagt doch mal selbst, unsere armen Eltern!» Zita nimmt das Thema wieder auf. «Die hatten doch anfangs keine Zeit, sich um den pieseligen Birnbaum zu kümmern!»

Die Schwestern nicken.

«Prost, ihr Lieben!»

Über Armut zu reden, selbst über vergangene Armut, heutzutage fast ein Tabu, ist bei den Feuerborns durchaus üblich. Prinzessin sein oder wenigstens Bürgertochter, eine gute Partie machen, all diese Waswärewenns, von denen sie so oft geträumt haben, sind längst vorbei. Seit ihre Mutter Anna Feuerborn vor gut vierzig Jahren ihre Kindheit und Jugend aufgeschrieben hat, ist die Armut der Familie eine Art Fundament ihres Selbstbewusstseins. Voll Zuneigung für ihre bäuerlichen Eltern, die «zwölf Kinder ohne Betteln und Stehlen großzogen», und mit ebenso großer Liebe zur Wahrheit hat Anna Feuerborn, geborene Hegselmann, alles dargelegt: Kinderarbeit ab fünf, Spielen nicht vorgesehen, Hunger, Magenschmerzen vom ewigen Schwarzbrotessen, «nie wieder Schwarzbrot, das war mein Lebensziel». Lehrer, die Anna, «das Änneken», prügelten, die Schläge der eigenen, älteren Schwestern, die vor lauter Elend hartherzig oder schwermütig wurden, den Tod in der Fabrik, zwei Brüder verunglückten in einer Bochumer Ziegelei.

Raus aus der Armut! Während des Ersten Weltkriegs war dieser Traum in weite Ferne gerückt, Anna und Johann Feuerborn, so schien es, würden ihren Kindern wohl doch kein besseres Leben bieten können. Kein Wunder, dass der junge Birnbaum kränkelte. In seinem zarten Alter, frisch verwundet vom Okulieren, hätte er wirklich Aufmerksamkeit gebraucht. Die Stachelbeer- und Johannisbeersträucher am Rande des Gartens, ebenso die Himbeerhecke, sie schlugen sich irgendwie durch, gediehen ohne große Fürsorge. Obst ist eben in der Not nicht das Wichtigste. Fürs Überleben brauchte man Kartoffelacker und Schweinestall, alle Häuser des Bauvereins hatten einen guten, geräumigen Stall. Wenn Anna Feuerborn die Tiere versorgte, musste sie immer an dem Birnbäumchen vorbei. Ob sie die Kraft hatte zu bemerken, was mit ihm los war?

Gleich nach Kriegsende schenkte sie zwei gesunden Töchtern das Leben, 1919 Emmy, 1920 Hanna. Im Frühsommer, wenige Wochen vor Hannas Geburt, so wird erzählt, beobachtete sie, dass der Birnbaum endlich Früchte ansetzte. Ob die ersten Wildfrüchte oder von einem der Edelreiser waren, weiß keiner mehr, jedenfalls trug der Baum fortan, wuchs und gedieh. Und Anna Feuerborns nach dem Krieg geborene Babys – auf Emmy und Hanna folgten Änne, Mia, Tilly und Zita – überlebten und wuchsen heran. 1930 war, die gestorbenen Kinder mit eingerechnet, das Dutzend tatsächlich voll.

«Unser Garten war ja mehr ein Hof.» Hanna spricht vom Garten ihrer Kindheit. «Kein Rasen. Alles war gepflastert mit einfachen Platten, festgestampft und dann Platten drauf, damit man trockenen Fußes hin und her kam, zum Vieh und zurück, und vor allen Dingen für uns Kinder.»

«‹Für die Kinder muss was gemacht werden›, hat Vater immer gesagt. Er hat ein Planschbecken gebaut. Dann ließen die Eltern jedes Jahr 'nen Fuder Sand kommen, das war doch Barschaft, die anderswo nötig war. So viele Schulden und Sand zum Spielen, das saß eigentlich nicht dran.» Schwärmerei um die Wette, Zita, Mia, Änne, Hanna, Zita, Hanna, Zita, Mia, Änne, Zita.

«'ne Schaukel aufgehängt in der Tür.»

«Bei Regen konnten wir drin schaukeln, und mit den Füßen kamen wir nach draußen.»

«Und dann hatten wir 'nen Karussell mit vier Sitzen. Und 'ne Laube.»

«Laube, nä, das waren erst mal vier Pöhle und 'nen bisken Draht drum. Und 'nen Dach drauf. Keine Rosen, allmählich wurde sie vom wilden Wein überwachsen.»

«Die Nachbarn sagten immer zu ihren Kindern: ‹Geht mal nach Feuerborns, da könnt ihr schön spielen.›»

«Weil Feuerborns auf der untersten Armutsstufe lebten!» Gelächter, Änne sagt es für alle: «Wir hatten eine goldige Kinderzeit.»

Damals war der Garten in der Jahnstraße vor allem eine erweiterte Kinderstube. Im Haus war es eng, der kränkelnde Vater brauchte seine Ruhe, 350 Quadratmeter Auslauf waren da willkommen, ein bisschen Springen, ein bisschen Verweilen. Um den Birnbaum herum war eine Bank gezimmert worden, um diese eine Ligusterhecke gepflanzt, ein intimes Eckchen für Leserinnen wie Hanna. Den Rücken an den Stamm gelehnt, las sie sich aus dem Alltag fort, das Bettenmachen, Fensterputzen, Strümpfestopfen und andere Pflichten vergessend. Hier im Garten konnte man glauben, dass das Leben, den offensichtlichen ökonomischen Tatsachen zum Trotz, leichter wurde. Hier wuchs Hoffnung, war Raum für Übermut.

«Wehe, du petzt, dass ich rauche! Dann häng ich dich auf im Birnbaum!» Kein Sommer, in dem sich Mia nicht mindestens einmal über Bruder Hannes' Drohung ereifert. Fünf war sie damals. «Da hab ich eine Not ausgestanden.» Von Jahr zu Jahr, mit jedem Erzählen, hat sich die Bangigkeit in Lust verwandelt. «Mia-hängt-im-Birnbaum» bringt die Schwestern auch heute zum Lachen. Änne wischt sich die Tränen aus den Augen und dann schwungvoll, mit dem schmerzenden Arm, einige trockene Blätter vom Tisch. Die nächste Anekdote? Wer die Feuerbornschwestern kennt, darf jetzt oder in Kürze den «heiligen Josef» erwarten.

«Der heilige Josef sorgt schon!» Hanna verkündet die Überschrift, Zita, Änne und Mia tragen die Fakten vor.

«Mitten in der Inflation, 1922.»

«Da hat unsere Mutter ein Schwein fett gefüttert und verkauft.»

«Und für das Geld ein Klavier gekauft!»

«Vater kam ganz bedröppelt in den Garten. ‹Ja, Mutter, jetzt haste dein Klavier, aber kein Fett mehr im Topf.› ‹Lass man, Vater, der heilige Josef wird schon helfen.›»

«Und am nächsten Morgen kam 'ne Karte vom Onkel aus dem Pickerland: ‹Wenn ihr 'ne Seite Speck haben wollt, dann kommt sie holen.› Und Mutter strahlte: ‹Ich hab's doch gewusst!›»

An solchen Abenden ist die Mutter anwesend – Anna Feuerborn und ihr Lieblingsheiliger, und wieder mal wundern sich die Töchter, wie sie das alles, furchtlos und fröhlich, geschafft hat. Ein Geheimnis, das nicht völlig zu ergründen ist, dessen Kern aber, meinen alle, darin besteht, dass die Mutter in zwei Welten lebte. «Sie hatte alles doppelt.» Zum Ehemann – dem Johann, den sie liebte – einen treusorgenden Josef «da oben», zu ihrem Gärtchen mit Schweinestall einen Paradiesgarten, in dem Engel sangen. Deswegen konnte sie Entscheidungen treffen, die jeder Vernunft widersprachen: ein Klavier!

«Klavier, Geige, Schlagzeug, Klarinette. Unser Vater lag auf dem Sofa und schlief. Rumtata.»

Und alle wurden trotzdem satt, es reichte für zwei Pflegekinder, und weil das Klavier – alle Töchter sangen und musizierten – Gäste anzog, jede Menge Freundinnen, Verehrer, wurde der Topf Suppe immer größer. Wer ist denn heute noch da, fragte die Mutter immer. Aus der einen Schüssel Sülze wurden eben zwei oder drei, Anna Feuerborn holte samstags immer eine ganze Tasche Schweineschwarten vom Metzger.

Ein Foto, 1929 anlässlich von Emmys und Hannas Kommunion aufgenommen, zeigt eine selbstbewusste, verblüffend chic gekleidete Familie. Über sie breitet der blühende Birnbaum seine gerade armdicken Zweige. «Prick» sind die Feuerborns, die Kinder tragen modische Bubiköpfe und Lackschuhe, Kleider im Charlestonstil, von Armut nichts zu sehen, auch nicht von den Kränkungen, die sie, «dat hergeloopen Volk», wie Ahlens alteingesessene Bürger die Zugewanderten verächtlich nannten, erleiden mussten.

«Prosit!», ruft Änne.

Auf dem Tisch kreist die Platte mit Parmaschinken.

«Noch ein Gürkchen?»

«Schon wieder haben wir einen Tag hinter uns.»

«Und was hat der Doktor heute zu deinem Fuß gemeint?»

«Bleib mir doch weg, diese Doktors sind doch alle egal dämlich.»

Mit einbrechender Dunkelheit ist es kühler geworden.

«Jetzt schweigt doch mal stille!» Ausgerechnet Zita.

«Genug krejölt!», echot Hanna.

Für ein paar Minuten ist nur das Knistern und Rascheln im alten Birnbaum zu hören, trockenes Laub, Ästchen, die, bevor sie fallen, noch ein wenig rumoren wollen.

Was für ein Glück, hier zusammenzusitzen! Dass sie noch da sind. Dass Garten und Haus immer noch der Familie gehören – beinahe ein ganzes Jahrhundert, angesichts der Herausforderungen und Gefahren, die durchzustehen waren, alles andere als selbstverständlich. 1938 hätten die Feuerborns beinahe ihr Zuhause verloren, selbst Zita, damals acht, erinnert sich lebhaft daran. Vater ist tot! Johann Feuerborn war nach langem Siechtum gestorben, und seine Frau, die bis dahin so tapfer war, ihn versorgt, getröstet hatte, verließ der Mut. «Mutter, du hast die tüchtigen Mädchen um dich herum», hatte er, als es zu Ende ging, gesagt. «Getrost kann ich die Augen zumachen.» Doch Anna Feuerborns Trauer war grenzenlos. Außerdem lagen auf dem Haus immer noch 13 000 Mark Schulden, die Witwenrente betrug 115 Mark und 90 Pfennige, selbst wenn die älteren Kinder, die schon arbeiteten, ihr Lehrgeld ablieferten, es würde nicht mal fürs Nötigste reichen. «Bald wird nebenan ein Haus und ein Garten frei», hörte sie die Nachbarin tuscheln.

Dieser Satz, der bösartige Ton der Prophezeiung, heißt es, habe Anna Feuerborn aufgerüttelt. Daraufhin habe sie die Ärmel hochgekrempelt und sich allem, was da kommen sollte, gestellt. Krieg war in Sicht, als Gegnerin der Nazis sah sie vieles klarer als andere. Auf der Suche nach Arbeit fand sie schließlich etwas, das ihren Neigungen entsprach. Als Werbedame für das «Liboriusblatt», eine katholische Familienzeitschrift, ging sie von Tür zu Tür, Neukunden werben. 60 Pfennig brachte ihr ein erfolgreiches Gespräch über Gott ein, dabei wusste sie sich verbunden mit dem bewunderten Bischof von Münster, Clemens August Graf von Galen. Drei Jahre lang – bis 1941, dann wurde der Verlag verboten.

Mehr denn je brauchte sie nun ihren Garten. Eigentlich waren es mehrere Gärten: außer dem Hausgarten noch einer gegenüber, hauptsächlich für Kartoffeln genutzt, ein Äckerchen in der nahen Schulstraße und noch zwei etwas weiter entfernte Parzellen, am Wienkamp und am Theresienhof, die sie während des Krieges eigenhändig rodete und bepflanzte. Ein über die Stadt verstreuter kleiner Bauernhof, regiert wurde er von der Jahnstraße 31 aus. Für Muße unterm Birnbaum war keine Zeit mehr, und auch kein Platz, denn Anna Feuerborn zog im Hausgarten, neben ihren Schweinen, zusätzlich Hühner, Gänse und Ziegen.

«Ruecket doch mal!», flüstert Änne. «Zita, du auch. Erzähl jetzt bloß nicht wieder, wie du fast im Planschbecken ertrunken bist. Riechen sollt ihr!»

«Et ruecket», bestätigt Mia, ebenfalls auf Plattdeutsch.

Gemeint sind die Birnen, die frühreif, zerplatzt und von Wespen zerfressen, am Boden liegen. Vier Nasen ziehen mit Behagen den süßfauligen Duft ein.

«Morgen früh tu ich sie gleich in die Mülltonne!» Typisch Zita, «niemals Ruhe inne Futt», sagt Hanna.

«Honigsüß, das ist die Williams Christ.»

«Mit etwas Muskat.»

Sie mussten alt werden, um diese Nasenfreuden zu entdecken. Der Geschmack auf der Zunge, als die Birnen heißhungrig erwartet und noch reif wurden, ist längst Vergangenheit. Jetzt schwelgen sie im Duft. In den Sommern ihrer Kindheit und Jugend haben sie ihn vermutlich gar nicht wahrgenommen, denn der Garten war erfüllt von anderen, viel intensiveren Gerüchen, vor allem: Jauche. Die größten Mengen fielen während des Krieges an, in der Erinnerung der Schwestern sind Krieg und Jauche verknüpft – «Schweinemiege», sagt man in Westfalen, sie übertönte den Gestank der anderen Exkremente, Ziegenküddel, Hühnerkacke, Gänseschiet. «Dieser Jauchekömpel! Der stank!» Besonders Änne singt gern ein Lied davon, «Jau-au-au-au-che», an manchen Sommerabenden jault sie, wenn ihr das Thema wieder einfällt, das Wort klagend in den Himmel. «Jau-au-au-au-au-au-auche!» Ihr besonders war sie ein Gräuel, damals war sie bereits Lehrling in der kaufmännischen Abteilung eines Emaillebetriebs und ging gern chic ins Büro. Frisch manikürt und onduliert, musste sie oft vor der Arbeit mit dem Bollerwagen, obendrauf der schwankende Jauchekömpel, zu einem von Mutters Äckern tippeln, am liebsten hätte sie sich unsichtbar gemacht.

Viele Kriegserinnerungen haben mit der Landwirtschaft zu tun, jede der Schwestern hat ihre eigene. Die kleine Zita half beim Kartoffelausmachen, als Fliegeralarm kam, die Mutter wollte die Ernte unbedingt noch nach Hause bringen, die Tiefflieger waren schon über ihnen. Mia machte Karriere als Gänsehirtin, auch nach Beginn ihrer Lehre als Fotolaborantin, und sie tat es nicht einmal ungern, beim Hüten konnte man nämlich wunderbar lesen. Hanna, schon lange von zu Hause fort, nach Drogistenlehre und einigen Jahren als Kaltmamsell in einem Düsseldorfer Restaurant mit einem Bayern verlobt, bekam aus den Federn von Mutters Gänsen ein Plumeau als Aussteuer. Bald nach der Hochzeit, im Frühjahr 1943, kam sie schwanger aus Bayern zurück, ihr Ehemann Alfred war im Krieg (er kehrte sieben Jahre später aus der Gefangenschaft in der kasachischen Steppe heim), was sollte sie ohne ihn in der Fremde. Inzwischen waren die letzten Proteste der Töchter gegen die stinkenden Ziegen verstummt, es gab Milchsuppe jeden Morgen. Was hätten sie alle ohne den Garten, die Gärten gemacht?

«Ich mach schon mal Räumstraße.» Zita stellt energisch die Teller aufeinander.

«Nein!!! Wir bleiben sitzen.»

«‹Freut euch des Lebens!› So war unsere Mutter. ‹Kinder, geht und freut euch. Und kommt nicht zu spät nach Hause.›»

«Du hast doch auch in der Laube poussiert, Änne?»

«Sicher, aber nur, wenn keiner von euch in der Nähe war.»

«Mutter war nicht prüde, obwohl sie so fromm war. Irgendwie hatte sie ’ne gesunde Einstellung zu allem.»

«Und wir hatten immer Schiss, ein Kind zu kriegen. Vom ersten Kuss! Huuuuu, jetzt krieg ich ein Kind.»

«Dann war man so schalu.»

«Küsse waren ja nicht viel, den ganzen Krieg immer nur Briefe, Briefe, Briefe.»

«Wir rannten immer zum Küchenschrank, da standen die ganzen Briefe. ‹Hab ich was? Ich hab Post!› Oft haben wir sie im Garten gelesen, da hatte man mehr Ruhe. Später wurden sie den anderen gezeigt.»

«Ja, und plötzlich eines Tages: Sind die Briefe alle offen. ‹Mutter, hast du die geöffnet?› ‹Ja, ich hab keine Post gekriegt, und da hab ich mir erst mal alle eure Briefe durchgelesen.›»

Änne, Mia, Hanna, Änne, Hanna, Mia, Änne, dann Zita, sie ruft aus der Küche etwas dazwischen, und der Chor der Stimmen ist wieder vollzählig. In ihren Gesprächen lebt die Nähe weiter, eine pragmatisch-innige Nähe, die oft in Notzeiten entsteht – Enge, das Hand-in-Hand, Geheimnisse, die jede kennt, Schwesternrivalität und allabendlich, oft von der Mutter angemahnt, Versöhnung. Eine Familie, in der die Frauen seit beinahe einem Jahrhundert dominieren, ob Ehefrauen und Mütter oder unverheiratet, wobei die Verschiedenheit weiblicher Erfahrung das Wichtigste ist, das die Schwestern trennt. «Unsere Weiber!», seufzen Zita und Änne gern, wenn Hanna und Mia mal wieder alle fünfe gerade sein lassen. «Ach, unsere Mädchen!», seufzen diese, wenn ihnen der Perfektionismus der Junggesellinnen auf die Nerven geht.

Ob die materielle Not jemals aufhören würde, war in ihrer Jugend nicht abzusehen. Mit Kriegsende war sie längst nicht vorbei. Trotzdem hatte ihre Mutter gleich 1945 Oberwasser. Kaum war der Frieden da, begann Anna Feuerborn ein Experiment, welches ihr schon lange im Kopf herumspukte: Spargel züchten, ein bekanntlich wenig kalorienhaltiges Gemüse, das viel Raum verbraucht, purer Luxus. Es wurde ein grandioser Misserfolg, die Spargel blieben dünn wie Bleistifte, erfreulich war einzig das elegante grüne Kraut, das später aus den Hügeln schoss, das stellten die Töchter gern in die Vase. Obwohl das Haus dicht bevölkert war, hieß Anna Feuerborn die ihnen zugewiesene Flüchtlingsfamilie herzlich willkommen, machte Platz für drei Menschen, für deren Schwein, weitere Ziegen. Und hatte Glück, denn der schlesische Josef, von Hause aus Bauer, nahm ihr die schwere Stallarbeit ab.

Bis 1948 ging das so, bis zur Währungsreform. In jenem Juni verkündete die dreiundzwanzigjährige Änne am Mittagstisch: «Mutter, die Schweine und das alles werden abgeschafft! Da machen wir nicht mehr mit!» Jetzt gab es wieder fast alles zu kaufen, für Geld, dem man vertrauen konnte, die Flüchtlinge waren aus dem Haus, die Kinder größtenteils auch, für die paar Esser, die übrig blieben, brauchte man keine Selbstversorgung. Eine neue Ära war eingeläutet, ohne Jauchekömpel et cetera, wirklich begonnen hat sie damit noch lange nicht.

«Unsere Mutter war eben neugierig, die wollte teilhaben an allem, was wir erlebten.»

«Die wollte nicht bloß schuften.»

«Und die freute sich bei der Arbeit. Wisst ihr noch? Sie hat die Schweine jeden Tag gebürstet. Das machte ihr Spaß.»

«Wir hatten Marzipanschweine, immer sauber.»

«Wenn sie was angefangen hatte, kannte sie kein Ende. Abends mussten wir sie manchmal mit der Taschenlampe vom Kleingarten abholen.»

«Mit der Sturmlaterne.»

«Kam sie, setzte sich hin und war weiß um den Mund. Die saß noch keine zehn Minuten und schlief.»

«Da haben wir gesagt: ‹Zum Donnerwetter, jetzt ist Schluss!›»

«Wie wir ihren 70. Geburtstag gefeiert haben, da war immer noch ein Schwein da. Wir saßen alle mit Lampions unterm Birnbaum und haben Schnitzel gebacken wie die Weltmeister. Wann könnte das gewesen sein? Mutter ist 1888 geboren, also ...»

Also 1958. Familiengeschichtlich kein Jahr von besonderer Bedeutung, in puncto Garten auch nicht. Seit Gründung der Bundesrepublik etwa liefen die Wege der Generationen auseinander. Die erwachsenen Kinder, wo immer sie wohnten, lebten nach der Devise: so wenig Garten wie möglich. Hanna, zurück in Bayern, ganz extrem, sie verabscheute Gartenarbeit. Wenigstens Mia war und blieb, bei aller Abneigung gegen die Schufterei, eine Blumennärrin. Mutter Feuerborn hingegen führte unverdrossen ihre Landwirtschaft fort. Mit nachlassender Kraft wurde diese kleiner, 1959 mästete sie zum letzten Mal ein Schwein, doch ganz ohne ländliche Arbeit konnte sie nicht, ihre Hände und ihre Seele brauchten das.

Die große Veränderung in Feuerborns Garten brachte das Jahr 1961. Auslöser war ein Unfall bei Glatteis im fernen Bayern, bei dem Hanna und ihr Mann Alfred fast ums Leben gekommen wären. Während der Monate im Krankenhaus beschlossen sie, ganz von vorn zu beginnen. Vierzig waren sie – er ein Kriegsinvalide, sein Dasein als kaufmännischer Angestellter frustrierte ihn schon lange, sie zuletzt Vertreterin bei Haka, die beiden Söhne noch schulpflichtig. Ihr Plan war geradezu tollkühn: In ihrer münsterländischen Heimat wollten sie eine Generalvertretung für Seife und Waschmittel der Firma Haka aufbauen. Und zwar aus dem Nichts, ihr einziges «Kapital» war Hannas Familie. Vier ihrer Schwestern entschlossen sich nach langem Ringen, ihre kleine sichere Existenz, als Sekretärin, als Schneiderin, an den Nagel zu hängen, und stiegen in den Vertrieb ein. Also Klinken putzen, von Tür zu Tür, die Jahnstraße 31 wurde das erste Hauptquartier, Logistikzentrale, Lager.

Dazu musste vor allem der Garten umgemodelt werden. Der Schweinestall entrümpelt und frisch gestrichen, um die Ware zu stapeln. Für die Garage, die für zwei VW-Bullis gebraucht wurde, musste die weinumrankte Laube abgerissen werden. Anna Feuerborn tat dies weh, doch pragmatisch, wie sie war, stimmte sie schließlich, schweren Herzens, zu. Am liebsten wäre sie selbst noch mit auf den «Hakapatt» gegangen, wie seinerzeit, als Werbedame für das Liboriusblatt. Ihr blieb etwas anderes, Wichtigeres zu tun: zu ermutigen und zu trösten. Abends scharten sich die Töchter um sie, entweder in der Küche oder sommers unterm Birnbaum, und erzählten, was sie unterwegs, bei den Bauern, in Bergarbeitersiedlungen oder bei feinen Leuten, erlebt hatten. Von vor der Nase zugeschlagenen Türen und bösen Hunden, wehen Füßen, Missgeschicken jeglicher Art und den kleinen Erfolgen. Redetalent und

Kontaktfreude besaßen sie ja, gewissermaßen ein Familienerbe. Bei Fremden klingeln hatten sie schon als Kinder getan, als sie um Kartoffelschalen für Mutters Schwein baten.

Anna Feuerborn hörte gut zu. Natürlich brachte sie ihren heiligen Josef ins Spiel, sie riet den oft verzweifelten Töchtern, immer mal wieder, wenn sie einen Kirchturm sähen, «den Herrgott zu grüßen». Wie der Existenzkampf ausgehen würde, wusste wahrscheinlich nicht mal ER. 1968 schrieb das Familienprojekt zum ersten Mal schwarze Zahlen, seitdem ging es aufwärts. Anna Feuerborn, die im selben Jahr starb, hat den Beginn des familiären Wirtschaftswunders noch mitbekommen.

«‹Mutter, krüsel du mal 'nen bisken rum, das reicht.› So haben wir sie getröstet. Nur Rosenkranz beten, das war ihr zu langweilig.»

«Wer will einen Himbi?» Ohne die Antwort abzuwarten, schenkt Zita den Himbeergeist ein.

«Was wir alles erlebt haben!»

«Mia, erzähl nochmal eben die Geschichte aus Seppenrade!»

«Also Seppenrade, ihr wisst ja, ich steh vor der Tür und guck nochmal in die blanke Fensterscheibe, ob die Feder an meinem Trachtenhut auch nicht verrutscht ist», Mia erstickt fast vor Lachen und die anderen auch, Änne kommt zuerst wieder zu Atem und setzt die Pointe: «Und da ruft von oben der kleine Junge: ‹Mama! Hier ist 'ne Frau mit 'nem Hahn an der Mütze!›»

«Nette Leute waren das, die haben immer ordentlich Seife bestellt.»

«Wer hätte gedacht, dass wir mal auf einen grünen Zweig kommen würden.»

«Und siehste mal, von Mutters Schwesterfamilie die Kinder, die sind schon lange tot. Diese Biester! Haben uns nie Kredit gegeben, die waren sogar zu geizig, sich selbst was zu gönnen.»

Änne gähnt. «Beddegohnstied für Weiber und Mädchen.»

«Doch nicht bei der Hitze!»

«Der August vor fünf Jahren war noch heißer.» Hanna seufzt dreimal tief durch, dann spricht sie weiter. «Der August, als Alfred starb. So dünn war er und konnte nicht mehr schlucken. Das Füttern allein, ein Schluck, das konnte ewig dauern. Füttern, wickeln. Er hat durch uns hindurchgeschaut, eigentlich schon ganz lange. Auf den Geburtstagsfotos in den Jahren davor wirkt er schon wie abwesend. Heute Morgen hab ich wieder das Album durchgeblättert und Rückschau gehalten.» Es knackt im Birnbaum, im Garten nebenan schaltet jemand das Radio laut. «Erinnert ihr euch noch an die Wochen vor seinem Tod? Wenn im Krankenhaus die Sirene losging, hat Alfred die Arme über den Kopf gelegt und sich zusammengerollt. Wie im Krieg. Wie als Gefangener, auf der Pritsche in Kasachstan. Alles ist gut. Wenn ich wenigstens ab und zu weinen könnte.»

Nachts kommen die Toten näher, längst sind sie zahlreicher als die Lebenden, die da immer noch unterm Birnbaum sitzen. Eltern, zwei Schwestern, der Bruder, Hannas und Mias Ehemänner, ein Neffe, sie haben vielerlei Spuren hinterlassen, auch im Garten. Für Fremde ist dies heute kaum noch wahrnehmbar, denn äußerlich ist er nach Anna Feuerborns Tod grundlegend umgekrempelt worden. Zunächst träumte er noch ein paar Jahre vor sich hin, durfte ungestört ein bisschen verwildern, dann wurde er Teil der Erfolgsgeschichte des Seifenvertriebs. 1976 investierten die Schwestern sage und schreibe 20 000 DM in seine Modernisierung, zum ersten Mal in der Geschichte schaltete man einen Experten ein. Unter der Regie eines professionellen Gärtners wurden – bis auf den Birnbaum – alle Obstbäume ausgerissen, Johannisbeer- und Stachelbeersträucher, der Efeu und die Ligusterhecke. Englischer Rasen hielt Einzug, die «Claytonia Sibirica» sowie andere Gewächse der pflegeleichten Art. Ein Ziergarten, der von jetzt an mit der Mode ging, wechselnde gärtnerische Inspirationen von Urlaubsreisen aufnahm, aus dem Kurpark von Bad Kissingen, von Teneriffa. Und nach Feierabend ein Biergarten mit diversem Komfort, bequemen Möbeln, die Kissen der Sessel farblich abgestimmt zum Tischtuch und den Servietten.

Als die Schwestern, eine nach der anderen, in Rente gingen, verwandelte sich der Garten noch einmal. Sie hatten das Bedürfnis, die akkuraten Anpflanzungen ein wenig zu beleben. Den Anfang machte ein Flötenspieler aus Bronze, später kamen einige putzige Gänse aus Ton hinzu und ein dekoratives Wasserbassin, in das sie ihre Hälse stecken können. Und leuchtend grüne, rote, gelbe, auf Stöcke gesetzte Kugeln, in ihnen spiegelt sich der Garten. Zu verschiedenen Jahreszeiten werden die Novitäten, meistens von Mia, fotografisch festgehalten, Flötenspieler im Schnee, Gänse an Geranien etc. Um die Impressionen per Post in die Welt zu schicken, an Verwandte und Freunde, oder ganzjährig verfügbar zu halten, zum Beispiel Frühlingsbilder für den dunklen Winter – Freuden, medial vervielfacht. Nur eines blieb gleich: Fürs Familienfoto posieren die Schwestern nach wie vor an der üblichen Stelle, unterm Birnbaum.

«Diese Hitze!»

«Es gibt Tage, da könnte ich jedem inne Futt treten. Wenn denn die Kraft noch reichte.»

«Man drömmelt so vor sich hin.»

«Manchmal ist man ganz kaduck.»

«Wie gut, dass der Birnbaum noch steht. Darunter ist es bestimmt zwei Grad kühler.»

«Da sagte doch der Nachbar, wie wir damals den Garten ratzekahl abgeholzt haben: ‹Und den Birnbaum, diese alte Krücke, lasst ihr stehen?›»

«‹Wie ein Garderobenständer›, sagte der. Stimmt ja irgendwie.»

«Er muss ja nicht schön sein. Er muss nur da sein.»

«Ja. Und wir wollen nirgends anders mehr hin.»

Blumenscheins Paprika

Behutsam fasst er die Johannisbeeren, eine nach der anderen, und zupft sie vom Stängel. In der Schüssel vor ihm türmt sich schon ein glänzender rubinfarbener Berg.

«Die Ribiseln sind klein dies Jahr.» Sagt er und schaut auf seine saftroten Finger. Dann, nach einem Seufzen, hoch ins Blätterdach, wo gerade der Wind ins Laub fährt und die schweren Weinreben schaukelt.

«Aber Ihre Trauben sehen prima aus.» Tröste ich ihn.

«Jo, die scho.»

An diesem regnerischen Julitag leuchten die Farben, das grüne Rebengehäuse, das uns umgibt, vorn zum Garten hin ist es offen, umrandet von rosa Geranien. Wie von einer Guckkastenbühne blicken wir von der Terrasse in die wohlgeordnete Pflanzenwelt. Rechter Hand Gemüsebeete, Salatgrün, Zwiebelgrün, Tomatengrün, Gurkengrün, Bohnengrün, Paprikagrün. Links vor der Hecke das Blau eines halbverblühten Rittersporns; im alten Birnbaum, der sich ans Mauerwerk des ehemaligen Schweinestalls lehnt, zeigt sich auf einigen Früchten schon ein wenig Gelb. Man könnte meinen, man sei im Süden und nicht auf der kalten Schwäbischen Alb.

«Sie sind ein Gärtner!» Sage ich bewundernd.

Der alte Mann nimmt die große Brille von der Nase und schüttelt den Kopf.

«Noi.»

Alles hätte ich erwartet, ein freudiges «Ja», ein schüchternes «Ja», verlegenes Schweigen, eine Berichtigung, er würde sich lieber einen «Gärtes» nennen, wie es ungarisch heißt. Aber ein «Nein»? Stefan Blumenschein, schon der Name klingt wie eine Berufung dazu, ist in meinen Augen der geborene Gärtner. Dieser Mann mit den großen zartfühlenden Händen, passioniert und kundig wie kaum einer, ist geradezu das Urbild eines Gärtners. Wenn man ihn schweren Schritts zwischen seinen Beeten gehen sieht, könnte man ihn sogar für einen Bauern halten. Nichts ist natürlicher, dachte ich, als dass einer, der mit achtzehn Jahren aus der Heimat im Südwesten Ungarns, dem bäuerlichen Transdanubien, vertrieben wurde, der Sohn eines Landwirts aus dem Dorf Baranyajenö, ein Stückchen Erde unter den Füßen braucht und in der Fremde, wohin auch immer es ihn verschlagen würde, zum Gärtner wird. Sein «Nein» bringt mich aus der Fassung.

«Wären Sie zu Hause in Ungarn geblieben, hätten Sie doch auch einen Garten bewirtschaftet. Wenn nicht einen Hof?»

«Noi.»

«Erzählen Sie!»

«Ich war doch schon mit zehn Jahren von zu Hause fort, auf dem Gymnasium in Pécs bis zur Mittleren Reife. Danach hätt ich wollen Förster werden wie mein Onkel.»

Stefan Blumenschein wendet sich wieder den Johannisbeeren zu, er redet nicht gern. Es dauert eine halbe Stunde, bis ich herausgefunden habe: Er ist ein Einzelkind. Seine Eltern hatten eine kleine Landwirtschaft, etwa tausend Quadratmeter Gemüsegarten und doppelt so viel Weingarten, ein paar Felder, sechs bis acht Rinder. Während die Großeltern noch vom Wein lebten, war der Vater nur noch ein halber Bauer. Er verdiente nebenher sein Geld als Straßenwart. Wie alle deutschen Familien in Baranyajenö waren die Blumenscheins zweisprachig – Schwäbisch, das sie um die Mitte des 18. Jahrhunderts aus Süddeutschland mitgebracht hatten, und Ungarisch.

«Wo Deutsche waren, war alles do. Obst, Getreide, Wein.» Als Junge, fügt er hinzu, habe ihn damals nur der Weinbau interessiert.

«Niemals wäre ich in Baranyajenö geblieben. Ich war ein Ausreißer. Ich wollte auch keine vom Dorf heiraten.»

Und dann kam alles anders. Stefan war sechzehn und hatte gerade ein Praktikum bei seinem Onkel, dem Förster, absolviert, und plötzlich war der Krieg, den sie bis dahin nur aus der Ferne erlebt hatten, in Sicht. Heiligabend 1944 war die Rote Armee da und nahm den Vater mit. Viele Männer und Frauen von Baranyajenö wurden an diesem Tag verschleppt, weit weg in die Sowjetunion, zur Zwangsarbeit nach Tschetschenien. Genau ein Jahr später, Weihnachten 1945, erhielten Mutter und Sohn die Nachricht: Der Vater sei in Grosny gestorben. Gelähmt vor Trauer nahmen sie die kommende Bedrohung wie durch einen Schleier wahr.

«Nausgeschmisse.»

Ein Wort – bis zum nächsten vergehen Minuten. Das Ganze verlief etwa so: Schon kurz nach Kriegsende waren sie enteignet worden. Während die meisten deutschen Dorfbewohner aus ihren Häusern geworfen wurden oder nur noch ein Zimmerchen darin hatten, von den neuen Eigentümern, ungarischen Familien, gedemütigt wurden, waren die Blumenscheins noch zu Hause. Das verdankten sie der Tatsache, dass Stefan die Stelle seines Vaters als Straßenwart übernommen hatte, also im Dienst des Staates Ungarn stand, und diesem gehörte Haus und Land der Blumenscheins, und weil er es offenbar nicht brauchte, durften sie im eigenen Bett schlafen, verfügten sie noch über den Großteil ihrer Hühner, das Gemüse, den Weingarten. Von hier wegzugehen erschien ihnen völlig unvorstellbar. Die von den Siegermächten verordnete Aussiedlung traf sie wie ein Meteoritenschlag.

«5. Juni 1946. Den Tag vergess ich mein Leben nie mehr. Das möcht ich nicht nochmal erlebe', so was.» Er schluckt. Er kämpft mit den Tränen.

«70 Kilo und fertig. Viehwaggon und fort.»

Bis an die österreichische Grenze wurden sie transportiert, und bis dahin, sagt er, hätten sie nicht gewusst, was mit ihnen geschehen wird.

«Wie die Juden, hab ich gedacht, wie die Juden werden wir jetzt vernichtet.»

Als sie schließlich in Wasseralfingen, Landkreis Aalen, ausgeladen und in Baracken eingewiesen wurden, waren sie erleichtert. Nach einigen Wochen wurden sie auf die Bauernhöfe in der Umgebung verteilt.

«Wie hat Ihnen die Natur hier gefallen?», will ich wissen.

Stefan Blumenschein antwortet nicht, vermutlich war ihm das Aussehen der Gegend damals völlig gleichgültig. Ebenso die Tatsache, dass sie immerhin im Schwäbischen gelandet waren, der Urheimat seiner Vorfahren, und sogar bei den Katholischen. Jeder Ort in Deutschland, hier oder im Gebirge, ob Großstadt oder ein gottverlassenes Nest an irgendeiner Küste, wird er mir später erzählen, wäre für ihn damals gleich schrecklich gewesen.

«Wir waren halt unbeliebt. Und das ist ja selbstverständlich. Wer will schon fremde Leut' haben im Haus. Aber wir haben ja nichts dafür könne'.»

Damit ist das Wesentliche gesagt. Ellwangen war für ihn ein Unort und weiter nichts. Nur ein Naturereignis hat er in Erinnerung – ein mächtiges Gewitter, das über ihnen niederging, während sie mit anderen Ungarndeutschen vor einem Gasthaus auf die Bauern warteten, die sie abholen sollten; der Wirt ließ die Durchnässten nicht in die Scheune. Ganze vier Wochen hielt Stefan Blumenschein es als Knecht aus, dann fand er etwas Besseres bei der Stadt Ellwangen. Straßen ausbessern, Müllabfuhr, «alles, was komme isch». Noch 1946 hätte er eine Ausbildung zum Kfz-Mechaniker beginnen können, aber die Mutter unterschrieb den Lehrvertrag nicht. Es lohne sich nicht, denn sie würden ja bald wieder nach Hause fahren, nach Baranyajenö. Elisabeth Blumenschein war jedoch vernünftig genug, wenigstens für das nächste Jahr Vorsorge zu treffen. Hungern wollte sie in der Fremde nicht. Also nahm sie das Angebot der Stadt, die den Schlossbuckel freigegeben hatte für Vertriebene, die einen Garten anlegen wollten, an. Als eine der Ersten züchtete sie Paprika, ein hierzulande unbekanntes Gemüse. Das Saatgut stammte von einem Landsmann aus Ungarn, und überraschenderweise machten sich die Pflanzen trotz des kühlen Klimas gut. Die Ernte im August 1947 wurde allerdings gestohlen. Wer die Diebe waren, einheimische Paprikagegner oder eigene Leute, die sie liebten und brauchten, konnte man nicht in Erfahrung bringen.

«Die Schnecken machen heuer alles nieder.» Klagt Herr Blumenschein.

«Und die Wühlmäuse!» Seine Frau mischt sich ein. Zu dritt machen wir einen Rundgang und inspizieren die

Schäden an Kohl und Gurkenblättern, erst auf der oberen Etage des Gartens, dann steigen wir einige Betonstufen hinab. Sie führen zu einem schmalen terrassierten Streifen Land, auf dem, geschützt von Mäuerchen, Tomaten wachsen und verschiedenerlei Paprika.

«Bugjoszlo» nennt der Ungarndeutsche die scharfe Sorte. Nachdem er mit dem Stock ausgiebig in den zahlreichen Löchern, die die Wühlmäuse hinterlassen haben, herumgestochert hat, schreibt er mir den unaussprechlichen Namen in mein Notizheft.

«Natürlich ist mein Mann ein Gärtner.» Sagt Waltraud Blumenschein. An diesem Nachmittag spricht sie manchmal statt seiner, es gehört offenbar zur Gewohnheit des Paares, dass sie, von Natur aus gesprächig, die paar Worte, die er sich abringt, in eine flüssige Erzählung bringt.

«Beinahe wäre Stuttgart meine zweite Heimat geworden.» Sagt er. Da sitzt der Gärtner, der leugnet, einer zu sein, schon wieder über seinen Johannisbeeren. 1948, «nach der Währung», habe er begonnen, in Stuttgart im Gleisbau zu arbeiten. «Do issch nix meh' g'stande, alles Ruine.» Anfangs habe die Firma für ihre Arbeiter einfach Bretter über zwei Mauerstümpfe gelegt, die nächste Unterkunft war eine Baracke, dann ein Wohnwagen. Siebzig Wochenstunden Industriegleise legen – beim Daimler, fürs Gaswerk, den Schlachthof. Freitags mit dem 23.00-Uhr-Zug nach Ellwangen zurück, zur Mutter und zum «Mädle», der Waltraud. Die bildhübsche, lebhafte Schwäbin und der Schwabe aus Ungarn hatten sich 1948 beim Schwimmen kennengelernt. Sie war damals fünfzehn und Halbwaise wie er, der Vater war bei Minsk vermisst. Also gab Stefan ihr jede Woche von seinem Lohn zehn Mark für die Familie, die Mutter und die beiden jüngeren Brüder.

«In Stuttgart kommt der Frühling drei Woche' früher als auf d'r Schwäbischen Alb.» Er hätte ohne weiteres Wein anbauen können, schwärmt er, und Stuttgart überhaupt habe ihm sehr gefallen. «Ein Bauplatz in Zuffenhausen war mir versprochen.» Wie viele Heimatlose fühlte sich Stefan Blumenschein in der Anonymität der Großstadt wohler als in der Provinz. Arbeiter und Großstadtwinzer – das hätte zu ihm gut gepasst.

Gegen einen Umzug nach Stuttgart sprach vor allem die Liebe. Oder besser, die Mütter der Liebenden waren dagegen, die alteingesessene natürlicherweise und die aus Ungarn ebenso, hatte sie doch in Ellwangen bereits zwei Gärten, und obwohl sie fest an die Heimkehr glaubte, hing sie sehr daran. Dass ihre Waltraud und ihr Stefan miteinander gingen, fanden sie durchaus in Ordnung.

Schwierig waren eben die Wohnsitzfrage und dazu der Umstand, dass die Brautleute verschiedener Konfession waren. Nach einigem Hin und Her, Gewissensnöten, Einsprüchen der jeweiligen Pfarrer, siegte die Blumenschein'sche Seite. Im Oktober 1954 heirateten sie katholisch in der nahen Wallfahrtskirche auf dem Schönenberg.

«Was sollte meine Schwiegermutter mit evangelischen Enkeln und einer evangelischen Schwiegertochter in Ungarn anfangen», erzählt Waltraud Blumenschein, «sie wollte doch zurück.» Auf Hochzeitsfotos, die sie mir zeigt, erkenne ich die Mutter, Verwandte und Freunde des Bräutigams sofort. Alle sind dunkel gekleidet, die Frauen tragen unter dem Kinn gebundene schwarze Kopftücher, gestärkte schwarze Röcke, aufgeplustert wie das Gefieder enormer Vögel.

Was mögen damals die Ellwanger über die Neuen gedacht haben? Der Krieg hatte die schöne Stadt weitgehend verschont, umso dramatischer waren die Nachkriegsjahre: Ein Drittel der Bewohner waren Vertriebene, die meisten aus Ungarn und dem Böhmerwald.

«Wollten Sie als junger Mann auch nach Ungarn zurück?»

«Jo. I wär 'gange.»

«Sie hätten dort unter Kommunisten gelebt.»

«Trotzdem.»

Im Sommer 1956 schien, für einen Augenblick, der Traum zum Greifen nahe, «mir wäre' alle heim.» Ihn und seine Mutter Elisabeth ließ der Aufstand in Ungarn auf baldige Heimkehr hoffen. Dessen Scheitern riss die Abgründe der Verzweiflung wieder auf. Andererseits war nun endlich der Weg frei für eine Existenzgründung in Ellwangen. Die erste Tochter, Margit, lernte bereits laufen, das junge Paar trat der Baugenossenschaft «Braune Hardt» bei, einem der Projekte, die überall in Deutschland entstanden. Neue, auf dem Reißbrett entworfene Stadtviertel, die den Vertriebenen, die sich in der Fremde meist als einfache Arbeiter verdingen mussten, einen Nebenerwerb bieten, sie ernähren und zugleich trösten sollten. Häuschen mit Stall und Garten, «Kleinsthöfe», wie sie einer der Propagandisten dieser Idee nannte. Dabei war auch Kritik an der Stadt im Spiel und die noch nicht lange zurückliegende Erfahrung, dass Bomben eher auf Städte fallen – auch jetzt, im Atomzeitalter, würde dies so sein.

«Das war net recht!» Stefan Blumenschein kann sich immer noch ereifern, seine Frau Waltraud ist derselben Meinung.

«Da passten unsere Möbel net rein. Das Haus hätte einen halben Meter breiter sein müssen. Und eine Garage musste jeder haben, ob er wollte oder nicht.»

Alles war von der Baugenossenschaft bis ins Kleinste festgelegt. Ein Auto war für die Blumenscheins, und nicht nur für sie, jenseits des Horizonts. Statt Garage hätten sie lieber ein etwas höheres Dach gehabt; und nicht sechshundert Quadratmeter Garten, sondern tausend. Weil der junge Ehemann weiterhin nach Stuttgart pendelte, konnte er kaum Eigenleistung einbringen. 1958 erst wechselte er zum «Alfing», in die nahe gelegene Maschinenfabrik, da war alles fast fertig, bis auf den Garten – den legte er jetzt selbst an.

«Probieren, was wachse' tut.» War seine Devise.

«Schlechter Boden war das. Den haben die Amis planiert mit schwere' Maschine'. Da musstest du erst mal eine Schicht Humus drauflege'. Alles umgrabe'. Drainagen lege', weil des Wasser net abfloss.»

Regelrecht urbar machen mussten die Neusiedler ihr Stückchen Land. Davor war auf der «Braunen Hardt» eine Sandgrube gewesen, davor ein Exerzierplatz, davor Wald, sie fanden Überreste von allem. Nicht nur die Erde haben sie kultiviert, sie hatten sich in den Kopf gesetzt, das schwäbische Klima zu überlisten, Gemüse und Früchte aus ihrer südlich-warmen Heimat anzupflanzen. Bald hieß der Vorort von Ellwangen «Paprikasiedlung». Am schwierigsten erwies sich der Weinbau, da experimentierten die Ungarndeutschen jahrelang ohne großen Erfolg. Bei Stefan Blumenschein klappte es schließlich mit einer Rebsorte aus Rumänien, die ihm eine Nachbarin schenkte. Um die eigene Ernte – geradezu lächerliche Mengen – zu ergänzen, bestellte man gemeinsam für den Herbst einige LKWs mit Trauben aus Italien oder Griechenland. Jeder kelterte. Ohne ein paar Fässer selbstgemachten Wein war das Leben kein Leben.

«Und das konnten Sie alles?»

«Jo.» Antwortet der Gärtner, der kein Gärtner ist.

«I' hab pfropfe' können. Mein Birnbaum ist eine ‹Gräfin von Paris›, das Reis hab ich von einem Kollegen. Der Apfelbaum ist ein ‹Jakob Fischer›.»

«Kaufe' war domols net nötig», ergänzt Waltraud Blumenschein.

«Hatten die Schwaben in Ungarn eigentlich andere Namen für Gartenfrüchte als die hiesigen Schwaben?»

«Noi», sagt er.

«Doch», sagt sie. «Johannisbeeren sind bei euch Ribiseln.»

Ein Wort, das über die k. u. k. Monarchie, zu der Ungarn bis 1919 gehörte, in den Wortschatz der dortigen Schwaben gelangte. Es dauert eine ganze Weile, bis ihnen weitere Unterschiede einfallen. Mais war drüben «Kukuruz», Mohn «Mok», Gurken hießen in Baranyajenö «Umorken». Anderes ist gemeinsam, beide sagen für Kartoffel «Grumbeere» und für Petersilie «Peterling». Sein etwas altertümliches, vom Osten beeinflusstes Schwäbisch und ihr Ellwanger Schwäbisch sind nicht sehr weit voneinander entfernt, so wenigstens empfinden sie es. Und wie soll ein Paar, das kürzlich goldene Hochzeit gefeiert hat, auseinanderhalten, wer was in die Ehe eingebracht hat?

Der Garten von Philemon und Baucis – der Gedanke kam mir schon damals, vor etwa einem Jahr, während ich die «Paprikasiedlung» durchstreifte, um unter den Vertriebenen einen Gärtner auszusuchen. Unter den vielen Geschichten gefiel mir diese ganz besonders, irgendwie erinnerten mich die beiden an das unzertrennliche alte Paar aus den «Metamorphosen» des Ovid, das die Götter, zum Dank für ihre Gastfreundschaft, nach dem Tod in eine

Eiche und eine Linde verwandelten. In der griechischen Mythologie haben sie auch einen Garten.

Was da so blühend und geordnet vor mir liegt, begreife ich jetzt, ist nicht, wie ich glaubte, der Garten ihrer Ehe. Dieser ist zunächst und über lange Jahre das Werk Elisabeth Blumenscheins gewesen. Sie führte die Regie, herrschte über Gemüse und Obstbäume, das Schwein und die Hühner. Hier, zwischen Wein und Paprika, wartete sie auf die Heimkehr nach Ungarn.

«Stefan kam von der Arbeit nach Hause», sagt Waltraud Blumenschein, «er lag noch keine fünf Minuten auf der Bank, ihm tat immer der Rücken weh, da rief ihn die Mutter schon in den Garten. Tu dies, tu das. Und mein Mann …»

Stefan Blumenschein schweigt und wendet sich wieder den Johannisbeeren zu. Solange seine Frau spricht, schaut er nicht auf. Ich spüre die Anspannung, und ich werde das Gesagte nicht zitieren. Es geht um die Beziehung zwischen einer Mutter und einem Sohn, von der wir seit Sigmund Freud eine gewisse psychologische Vorstellung haben und die man öffentlich nicht ausbreiten sollte. Zu erzählen ist hier nur das Stück Zeitgeschichte, das sich darin spiegelt, die Lebensumstände nach dem großen Krieg. Von einer Welt voller Zwänge: einer Frau, die ihren Mann und die Heimat verloren hat, zu alt, um sich an die Fremde richtig zu gewöhnen – was hätte sie anderes tun können, als sich an ihrem einzigen Sohn festzuhalten? Sie rief ihn, und ihrem Rufen nicht zu folgen war unmöglich, selbst wenn die Ehefrau und die drei Töchter Stefan Blumenschein brauchten.

Waltraud Blumenschein kannte ebenfalls solche Zwangslagen, die Erstgeborene und einzige Tochter war schon mit acht Jahren, seit der Vater im Krieg war, Mutters beste Stütze. Am schwierigsten war die Zeit nach dem Einzug in das Siedlungshaus, von 1958 bis 1961, da lebten beide Mütter mit der jungen Familie unter einem Dach. Zwei Witwen, die noch dazu einander nicht mochten. Sie standen, heißt es, stundenlang am Waschtrog unten im Keller und sprachen kein Wort.

Elisabeth Blumenschein aus Baranyajenö, die nicht aufhörte, Kopftuch und weite schwarze Röcke zu tragen, lebte bis zu ihrem Tod 1995 im Haus. Zwei Jahre vorher, nachdem die Zuckerkrankheit ihr Augenlicht vollends zerstört hatte, gab sie die Gartenarbeit auf. Ihr Sohn war bereits Rentner, als er die Herrschaft über das Stück Land hinter dem Haus übernahm.

«I' han koin Beruf g'hett, nix g'lernt, aber i' mach alles im Garten.»

Stefan Blumenschein lächelt. Er hat die abgesuchten Gerippe der Johannisbeeren in einen Blecheimer geschüttet, ein paar Küchenabfälle obendrauf. Und lädt mich ein, ihn zum Komposthaufen zu begleiten. Von der oberen Etage des Gartens spazieren wir wieder in die untere, und dann weiter durchs eiserne Törchen hinaus, über ein Stoppelfeld, das zu einem kleinen Weiher hin abfällt. Etwa hundert Meter, und wir stehen am Wasser. Es riecht modrig, blaugrüne Libellen schwirren von einem Ufer zum anderen. Eine Kröte steckt neugierig den Kopf aus der Erde, Regen liegt in der Luft. Zwischen Gras und Schilf die Reste eines Gartens, Kartoffeln und Stangenbohnen, deren Grün die Schnecken fast aufgefressen haben. Hinter dem Kompost Weinbergpfirsiche, zwei Bäumchen, die unter der Last der Früchte fast zusammenbrechen. Hier, erklärt Herr Blumenschein, habe seine Mutter über all die Jahre, zusätzlich zum Hausgarten, ein Stück Acker bewirtschaftet.

«Das lass ich jetzt verwildern.»

Und auf meinen ungläubigen Blick: «I' kann mi' scho' trenne'.»

«Und im nächsten Frühjahr juckt es Ihnen in den Fingern.»

«Es hört alles auf. Mer wird alt, und dann hat mer keine Lust mehr auf nix. Wir sind überflüssig.»

«Sie können den Töchtern und Enkelkindern Mut machen.»

«Noi. Erscht wenn wir tot sind, werden sie merken, dass wir fehlen.»

Er kippt die Abfälle auf den Kompost, bedächtig schiebt er mit dem Fuß ein paar verstreute Eierschalen auf den Hügel zurück. Vermutlich fasst er gerade den Vorsatz, ihn demnächst wieder umzusetzen.

Letzte Überreste der Nachkriegszeit – auf diesem unscheinbaren Uferstreifen kann man sie noch besichtigen: die Nische, die Elisabeth Blumenschein, bald nach ihrer Ankunft in Ellwangen, entdeckte und nutzte, ein schmales, nasses, buckliges Stück Land, untauglich für einen Traktor, ungeeignet zum Bauen. Für seinen Besitzer (er war später Leiter der Baugenossenschaft «Braune Hardt») völlig nutzlos; er überließ es der Frau, die in Not war. Auf diesem seltsamen kleinen Acker, könnte man auch sagen, endet das deutsche bäuerliche Ungarn, die lange Passage von der einen in die andere Welt – doch sie ist, wie es scheint, noch nicht ganz zum Abschluss gekommen.

«Hat Ihre Mutter jemals den Gedanken an Heimkehr aufgegeben?»

«Nachdem sie in Ungarn war, war das mit dem Heimweh net mehr so arg. Alles dort war heruntergekomme'.»

1969 etwa oder etwas früher habe sie mit zwei anderen Frauen aus der Gegend von Baranyajenö die weite, beschwerliche Reise nach Hause gewagt, sie hätten das Dorf völlig verändert gefunden. Nirgends mehr Ställe, die waren nach der Kollektivierung abgerissen worden, sämtliche Weingärten verwahrlost. Den Ungarn, die jetzt in den Häusern der Deutschen wohnten, erzählte Elisabeth Blumenschein bei ihrer Rückkehr nach Ellwangen, habe der neue Besitz keinen Segen gebracht, sie seien über das kommunistische Regime sehr verbittert.

«Ich selbst war erst später drinne'», sagt Stefan Blumenschein. «1972, mit der ganzen Familie. Hab's ja schon g'wusst, dass da nichts mehr isch. Mer steht vor dem Haus und kann net rein. Lauter fremde Leut'. Ich hab' g'heult wie a Kind.»

Anders als die Mutter, deren Heimweh langsam und allmählich milder wurde, ist er es nie losgeworden.

«Und des werd' i' auch net los.»

Immerhin hatte er das Glück, dass seine Frau das Land Ungarn, Budapest, die mediterrane Urbanität von Pécs und auch das traurige Baranyajenö gleich auf Anhieb mochte. In den Siebzigern machten beide Ehepartner ihren Führerschein – für die Sommerferien in Ungarn. Nun hatten sie auf einmal doch ein Auto in der Garage. Sie fuhren mit den Töchtern, später mit den Enkeln, vielleicht ein Dutzend Mal, und seit beide Rentner sind, vergeht kein Jahr, in dem sie nicht da sind.

«Wenn er in Ungarn ist, tut meinem Mann nichts weh.» Sagt Waltraud Blumenschein beim Nachmittagskaffee unter der Rebenlaube.

«Der Garten klebt an einem. Wenn er uns loslässt, dann ganget mir.» Nach Ungarn. Ende August ist es wieder so weit, wenn sie die Tomaten eingekocht hat und bevor die Paprika und der Wein reif werden. «Man kann nicht alles aus Samen ziehen und hegen und es dann verkommen lassen.»

«Ich brauch a bissle Bewegung», sagt Stefan Blumenschein, als müsse er sich entschuldigen. «I' will net bloß dositze.»

«Sind Sie nun ein Gärtner oder nicht?», frage ich.

«Net ganz.»

Die blinde Gärtnerin

«Es gibt für mich nichts Schöneres, als mitten in den Blumen drin zu sein. Ich steh manchmal im Winter am Hamamelisbusch, wenn der Himmel knallblau ist und die Erde weiß von Schnee, und dann steht mittendrin dieser gelbrot blühende Busch mit seinem ganz, ganz leisen Duft. Den muss ich umarmen, mich ankuscheln und dem sagen, du bist ja so schön. Für mich ist das einfach ein lebendiges Gefühl.»

Wenn Veronika Zimmermann von ihrem Garten spricht, kommt es mir vor, als stünde ich selbst mittendrin.

Lange hatte ich vergeblich gesucht, Blindenverbände und Sozialämter abtelefoniert. Blinde Gärtner? Meine Frage löste Verblüffung aus, es folgte meist ein entschlossenes «Gibt es nicht!». Während eines Kaffeeklatschs der Mannheimer Blindengruppe hatten mir schließlich einige Damen, allesamt gartenlos, versprochen, sich umzuhören, und herausgefunden: Es gäbe einige Schicksalsgenossen, die Blumen auf ihren Balkonen hegen, aber «gärteln» würde heutzutage niemand mehr, das gehöre der Vergangenheit an. Vor dreißig, vierzig Jahren wäre das noch anders gewesen, da hätte ich zum Beispiel Eugen Lorenz treffen können, der sei ein «Erzgärtner» gewesen – ein Dorfmensch vom Neckar, er habe die akkuratesten Beete in der ganzen Gegend gehabt, schnurgrade Linien – und ein großartiger

Erzähler. Oder jenen legendären, in Blindenzeitschriften häufig erwähnten Schweizer, der nahe Schaffhausen, kurz hinter der deutschen Grenze, lebte und einen Riesengarten bewirtschaftete, dazu eigenhändig ein paar Kühe versorgte und sich aufs Reparieren von Wanduhren verstand.

Im Dezember spielt mir jemand die Adresse von Veronika Zimmermann zu. Bei mir sind Sie genau richtig, sagt eine warme, sehr kräftige Stimme am Telefon, sie sei blind und der Garten ein Lebensthema. Sie ist etwas außer Puste, gerade hat sie Feldsalat ins Haus geholt – erstes spontanes Einverständnis: Ihrer und meiner Meinung nach ist «Sonnenwirbele» die schönste Bezeichnung dafür, noch schöner als «Nüsschen» und etwa gleich schön wie «Töchterle». Voller Erwartung fahre ich ins Markgräfler Land.

«In Mauchen an der Töpferei vorbei», so würde ich zu ihr finden, «rechts davon ein Haus mit Vorgarten, der entspricht meinem Denken: Erst kommt Berberitze, dann der Lavendel, dann Pfingstrosen. Nein, die sind im Winter nicht abgeschnitten. In meinem Garten, da sieht es unordentlich aus.»

Es hat wie das Versprechen eines leichtfüßigen, anregenden Spaziergangs geklungen. Stattdessen gerate ich in einen Wirbelsturm.

An diesem Tag kurz vor Weihnachten ist es morgens um elf noch immer nicht richtig hell. Im Wohnzimmer brennt eine dicke Kerze. «Reicht das Licht für Sie?», fragt die Gastgeberin. Der Garten draußen ist eingehüllt in Nebel, durch die Fensterfront ist lianenartig verschlungenes Astwerk, in einiger Entfernung der Stamm eines alten Apfelbaums zu erkennen.

Veronika Zimmermann hat meine Befangenheit sogleich bemerkt. Sehende sind Blinden gegenüber unsicher, sie kennt das. Und sie macht es mir leicht, lässt mir erst einmal Zeit, sie anzuschauen – eine schöne Frau von zweiundsiebzig Jahren in einem geräumigen Kleid, klein und wohlgerundet, Strubbelkopf, brünett mit ein wenig Grau dazwischen, ein Mund, der gern lacht. Irritierend ist die Asymmetrie ihres Gesichts, das linke Auge ist braun und offen, das rechte weißlich blau und fast zugefallen. «Wie ein Amerikaner», wird sie später sagen, das runde Gebäck mit einer hellen und einer dunklen Hälfte, und erklären, sie wolle den Makel nicht verstecken und sich rechts ein braunes Glasauge einsetzen lassen. «Ich kann nur Menschen mit einem Makel lieben, vor den vollkommenen habe ich Angst.»

Müsste ich ihr nicht beschreiben, wie ich aussehe? Ich lache sie an, etwas deutlicher, als es meine Art ist. Und noch einmal, noch deutlicher, bis meine Mundwinkel fast bis zu den Ohren reichen. Etwas in mir sperrt sich zu begreifen, dass sie mich nicht sehen kann. Und dann geht es einfach los, Veronika Zimmermann zieht mich in ihren Alltag hinein, bittet mich, die Farbe des neuen Pullovers zu beschreiben, den sie gerade gekauft hat.

«Ein sanftes Blau», antworte ich, «Taubenblau.»

Zufrieden betastet sie das weiche Ding und fragt zurück: «Wie eine von Schnee bestäubte Taube?»

Sie kann Farben sehr nuanciert in Worte fassen. Als Kind, erzählt sie, habe sie Farben sehen können, Hell und Dunkel, Umrisse und, aus allernächster Nähe, wenn sie die Nase hineinsteckte, auch kleinere Gegenstände, sogar Schrift. Die frühesten Erinnerungen sind Blumen und die Farben im Treppenhaus, «ein ganz furchtbares Gelb und orangefarbene Streifen, obendrüber ein rosa Leimanstrich». Ihr großes Glück sei gewesen, einen Großvater zu haben, der Malermeister war.

«Mein Großvater war ein Mordscholeriker, aber für mich ein toller Mann. Ich hab ihm so viel zu verdanken.» Veronika Zimmermann hat meine Fragen nicht abgewartet, sie spricht einfach drauflos. «Das Schönste war, wenn ich morgens in die Werkstatt kommen durfte, dann hat er oft Farbe angerührt. Das machte man früher mit langen Stöcken. Es gab eine Farbmühle, und dann ging es dran, die Farben zu mischen. Dabei durfte ich helfen. Mein Großvater war schon alt und herzkrank, ihm wurde oft schwindlig. Der Farbschrank war deckenhoch, also musste ich auf die lange Leiter steigen. Opa hat zu mir gesagt: ‹Hol man ein Becherchen Umbra.› Ich wusste genau, wo Umbra stand. ‹Hol Umbra, hol Kadmiumgelb. Hol einen Schöpfer, zwei Schöpfer Schweinfurter Grün, das darfst du aber nicht einatmen, das ist giftig.› Großvater hat auch nebenher als Restaurator gearbeitet, zum Beispiel hat er Wirtshausschilder und Madonnen und Heilige wieder schön gemacht. Oft hat er lustige Rechnungen gestellt: ‹Dem Josef den Bart frisch geschwärzt› oder ‹Dem Engel neue Flügel gemalt›. Er hat viel von Hand vergoldet. Da durfte ich in der Werkstatt nicht niesen, nicht pusten oder lachen, das feine Blattgold flog sonst durch die Gegend.»

In ihrem Gesicht ist ein Strahlen. Hin und wieder signalisiere ich ihr durch ein kleines Oh oder Ah, dass ich noch da bin. Aber das weiß sie auch so. Irgendwie scheint sie zu spüren, dass ich der Liebeserklärung an ihren Großvater gespannt zuhöre.

«Lange bevor ich in die Schule kam, hab ich zum Beispiel gewusst, wie man Grün macht, aus Blau und Gelb. Heute würde man sagen: Goethes Farbenlehre. Großvater war mein bester Lehrer. Er nahm mich auch mit auf seine Spaziergänge. So einen schönen Kastanienstock hat er gehabt. An seiner Hand bin ich hinauf auf den Schlossberg, dort kannte er jeden Stein, jeden Baum. Es gab einen Platz, von dem aus man die Türme vom Freiburger Münster sehen konnte. Morgens war die Sonne auf dem hellen rötlichen Sandstein, abends war es von Westen her durchglüht. Beide Bilder sind bis heute in meinem Kopf. Vom Großvater habe ich erste Pflanzenkunde. Er hat mir Efeu gezeigt, was ich gern mochte, oder wie Springkraut funktioniert. Es gab nichts, was er mir nicht erklärt hätte, und zwischendurch haben wir gesungen. Er konnte wunderschön singen.»

Ihre alemannisch gefärbte Rede ist wie ein leichter Wind.

«Und zum Singen brauchte er immer seine Karlsbader Halspastillen. Damals hatte Großvater schon seine Beschwerden. Bei einem Bombenangriff auf Freiburg hat er seine Stimme ganz verloren, und 1946 ist er an Kehlkopfkrebs gestorben.»

Eine Bö! Die erste.

«Ich war Großvaters Kind.»

«Und Vater und Mutter?», frage ich.

«Ein Wedernochskind.»

Über die traurigen Grundtatbestände des Lebens, sagt sie, müsse man mit größtmöglicher Nüchternheit reden. In diesem Sinne gebe ich sie hier entsprechend kurz und knapp wieder: Veronika Zimmermann, geborene Eisele – 1933, im Jahr, als Hitler an die Macht kam, in Freiburg geboren. Erstes Kind eines katholischen Malermeisters und einer evangelischen Buchhalterin, die ihrem Mann zuliebe konvertierte. Veronika war ungewöhnlich dunkelhaarig und dunkelhäutig, und sie hatte «was mit den Äugle».

Man benutzte in ihrer Kindheit das Wort «blind» nicht, das war im Alltag nicht üblich. Zugleich war die Verschleierung des Tatbestandes aus Sicherheitsgründen angebracht. Sie hätte, wie es vielen Blinden und Sehschwachen geschah, von Staats wegen sterilisiert werden können. Veronika war diese Bedrohung seinerzeit nicht bewusst. Sie verstand jedoch früh, dass sie anders war. «Du bist unser Kreuz! Du bist unsere Strof Gottes!» Sagte eine Tante manchmal. Sie meinte damit, das Eindringen einer Evangelischen in die Familie habe den lieben Gott erzürnt. Man lebte mit der großen katholischen Verwandtschaft unter einem Dach, und die Mutter konnte ihre Tochter Veronika vor derlei Bosheiten offenbar nicht genügend schützen. Sie war mit den nachfolgenden Kindern – sie waren gesund und beide hellblond – sehr beschäftigt. Vater Eisele, ein schöner, stattlicher Mensch, der nach Höherem strebte und an den Veronika sich vielleicht hätte anlehnen können, war ab 1939 fort, im Krieg. Jahre später kehrte er als halbverhungertes, verängstigtes Männlein heim.

«Ich war immer der schwarze Grab!»

Der schwarze Rabe. Oder wie sie sich später selbst nannte: die Pechmarie.

«Ich war das, was man in der Familie verbergen musste.»

Und Schluss mit dem Thema! Lieber will sie von der temperamentvollen, begabten Veronika erzählen – und dem kleinen Garten hinter dem Freiburger Stadthaus.

«Es gab ein schmales Beet, ungefähr einen Meter breit, da wuchs ein Rebstock auf der linken äußersten Seite, der die Malerwerkstatt meines Großvaters eingesponnen hatte. Das war eine Amerikanerrebe, die hat fürchterlich saure Trauben geliefert, aber die war trotzdem heilig. Und in dem Beet wuchsen Steinpflanzen, auch Phlox und zwei Rosenstöcke. Zu jeder Jahreszeit andere Blumen, da gab es Maiglöckle, da gab es Eisenhut. Unter dem Fliederstrauch eine Handvoll Walderdbeeren und, wo es schattig war, Farne. Vorne war ein Gartentürle, da konnte man wunderbar auf den Türfallen stehen und hin- und herschwingen, was ich mit Wonne getan habe.»

Im Garten konnte sich das kleine tollpatschige Mädchen ziemlich gut orientieren und freier bewegen als im Haus, wo es häufig irgendwo anstieß und etwas zerbrach.

«Dieses Anfassen, dieses Zarte, Seidige vom Mohn. Man kann auch Püpple aus Mohn machen, indem man die Blätter in einer bestimmten Reihenfolge loszupft, das hab ich gern mögen. Als Kind hab ich angefangen, Grünzeug zu essen. Begonienblüten mochte ich unheimlich gern, weil die so schön sauer waren. Man kann auch an Blumenstielen knabbern. Das war, was ich mir holen konnte, das andere wurde mir zugeteilt. Gott sei Dank habe ich nie einen giftigen Eisenhut erwischt. Oft habe ich mich mit Blumen geschmückt, dieses schöne Gefühl auf der Haut, das war das Größte. In gewisser Weise bin ich wie eine Wilde aufgewachsen, wie ein Mensch, der durch Kulturdinge nicht verbogen wird. Für andere war das natürlich manchmal schockierend. Einmal hab ich zum Beispiel eine Puppe eingepflanzt, weil ich geglaubt hab, sie lebt weiter, sie wird größer, wenn sie im Regen steht. Und dann ist der Kopf aus Pappmaché aufgeweicht. Das Schlimmste, was ich verbrochen habe, da war ich vielleicht sieben, da hab ich mir Girlanden aus Blumen geflochten und meinen nackten Körper damit umwunden, dann bin ich zu meinem zwölf, dreizehn Jahre alten Vetter ins Zimmer und hab ihm was vorgetanzt. Meine Patentante, eine brave Lehrersfrau, war entsetzt. Eine Sünde! Dass das eine Sünde sein soll, hab ich nicht kapieren können. Meine Ursprünglichkeit, dieses Spontane, kommt auch daher, dass ich nicht sehe, was meine Taten bei anderen auslösen. Ich verstehe es dann durch die verärgerten Stimmen, und die sagen manches Mal mehr als die blöden Gesichter.»

Im Grunde sei alles, was ihr der Garten heute ist, damals schon da gewesen. Sinnenfreude und praktische Herausforderung, eine Art großer «Laufstall», also ein Raum von begrenzter Weite, in dem sie ihre Liebe auslebt, manches Mal auch ihre Verzweiflung. Lachend berichtet sie von einem Suizidversuch mit acht Jahren.

«Bei meiner Tante bin ich mal mit dem Stuhl gegen die Wand gekippelt, und ein Stückle von der Ölfarbe ist rausgebrochen. ‹Du hast unsere Küche versaut›, sagte mein Vetter. Und dann war ich so traurig, dass ich unreife Tomaten essen wollte und mir damit das Leben nehmen. Die sind giftig, hatte ich mal gehört. Unreife Kenntnis der Botanik, würde ich heute sagen. Die Wirkung war natürlich enttäuschend. Ich saß auf'm Klo, und da kam mal was hinten raus. Und ich hab gedacht, das ist aber nicht viel.»

«Sie haben einen Hang zum Theatralischen?»

«Auf jeden Fall. Der Mensch muss sich doch ausdrücken. Als mein Großvater gestorben war, habe ich alle Blumen und Blätter abgerissen, die es überhaupt gab, und hab sie ihm gebracht. Und dann hieß es wieder, den Krautstrauß kann man nicht aufs Grab legen. Aber ich musste ihm doch irgendwas geben, ihm mitbringen. Da ist auch so etwas wie Urheidentum in mir.»

Ihre Fähigkeit, aus sich herauszugehen, sich zu zeigen, stehe im Gegensatz zu dem, was die Gesellschaft von Blinden erwarte. Still im Eckchen über ihren Hörbüchern sollen sie sitzen. Nein danke! Schon damals als Kind war sie aufmüpfig. Sie wollte die dunklen Kleider nicht, die die Mutter ihr anzog, weil sie sich ständig bekleckerte und stürzte, in denen sie, wie es hieß, weniger auffiel.

«Wir Blinde sollen immer bedürftig sein!» Sie kann aufbrausen.

Vorsichtshalber ziehe ich den Kopf ein. Und ich denke an Jorge Luis Borges, den Schriftsteller, den ich liebe. Wie Veronika Zimmermann von Geburt an mit einem winzigen, über die Jahrzehnte immer weiter abnehmenden Sehrest. Es ist dieselbe Krankheit, «Katarakt» genannt, das griechische Wort für «Wasserfall». Ein Mensch mit stark getrübter Augenlinse, nahm man in der Antike an, sehe die Welt wie durch einen herabstürzenden Wasserfall. Borges wurde, ausgerechnet zum Zeitpunkt des vollständigen Erlöschens seines Augenlichts, Herr über achthunderttausend Bücher, er wurde Direktor der Nationalbibliothek von Buenos Aires. Durch Borges weiß ich etwas von der Gabe des inneren Schauens, das denen, die die äußere Welt nur undeutlich oder gar nicht sehen, leichter fällt, und über den Vorteil, den das Nichtsehen für die anderen Sinne hat, das Hören, Riechen, Schmecken, Tasten, welches intensiver und viel trainierter ist – dass also Blindheit «kein totales Unglück» ist, sondern eine andere Lebensform.

«Mit sieben lernte ich lesen!»

In ihrer Stimme liegt, fünfundsechzig Jahre danach, immer noch etwas Triumphierendes. Ihre Mutter meldete sie 1940 in einer Zimmerschule an – eine kluge Entscheidung. Diese kleine private Einrichtung mit nur vierzehn Schülern, hauptsächlich Reicheleutekinder, bot Schutz, ermöglichte Nähe. Ein älterer Junge linierte ihr die Hefte mit Rot nach, damit sie eine bessere Orientierung hatte.

«Was meinen Sie, was da mein Kopf Futter gekriegt hat. Ich saß immer direkt vor der Lehrerin, immer den Kopf auf dem Tisch, die Nase direkt auf dem Blatt. Und geschrieben und geschafft, was ich konnte. Weil ich gern gelernt hab. Wenn ich nichts zu tun hatte, krabbelten meine Finger auf den Tisch der Lehrerin, und ich hab ihre Bleistiftschale, ihre Uhr und was da so war, genommen. Sie hat meine Hände gepackt, sie hat ganz dünne, weiche Haut gehabt, sie war damals schon fünfundsiebzig Jahre, sie hat leicht nach Milch gerochen, davor hat es mir ein bissl gegraust.»

Durch das Lesen wurde ihre Welt weit. Ihre Faszination hat sie später bei Jean-Paul Sartre wiedergefunden, in seinen Lebenserinnerungen «Die Wörter», und sich ihm verwandt gefühlt, auch wegen seines unsentimentalen und respektlosen Umgangs mit seiner bedrückenden Kindheit. Sie war damals, um mit Sartre zu sprechen, im «Wortfieber». Ihre Einsamkeit bevölkerte sich mit Spielgefährten – Zwerg Nase und Heidi, Robinson, die Pechmarie wurde so etwas wie eine Schwester, die Lisei in Theodor Storms «Pole Poppenspäler» ihr großes Vorbild, irgendwann würde sie, wie Lisei, mit einem Wanderzirkus umherziehen.

Über Bücher fand sie Zugang zu wichtigen, ihr verborgenen Teilen der Realität. In natura konnte sie das Pimmelchen ihres kleinen Bruders nicht erkennen; wenn er pinkelte, war das hübsche Ding für sie schon zu weit weg. Den nackten Mann in all seinen Einzelheiten studierte sie am göttlichen Apollon, in einem Bildband über Statuen des antiken Griechenland. Aus Büchern lernte sie etwas über die Dreidimensionalität der Welt – das Allerschwierigste überhaupt, weil sie nicht räumlich sehen kann. Mit der Zeit bekam sie eine gewisse Vorstellung davon, wie Gegenstände, Möbel, Häuser sich anordnen, wie eine Landschaft sich staffelt, vom Heuhaufen vorn über die Pferdekoppel im Mittelgrund bis zum Horizont, ins Abendrot oder einen von Blitzen durchzuckten Wolkenhimmel. Und von der Entfernung, in der sich der Mond befindet, dass dieser nicht nur ein im Schwarz baumelnder Käse ist.

Etwas, was sich im Krieg, der Freiburg bald erreichte, als äußerst hilfreich erwies. Sie konnte sich die von Tieffliegern drohende Gefahr, die ihr feiner Hörsinn früher als andere wahrnahm, ihre Gestalt am Himmel, den Sturzflug, die Streuung des Maschinengewehrs, bildhaft ausmalen, entsprechend umsichtig darauf reagieren. In den ersten Schuljahren erweiterte Veronika ihr Reich der Phantasie. «Wohin hätte ich denn sonst laufen können?»

Der kürzeste Weg war beschwerlich, voller Gefahren. Das Reich der Bücher dagegen ließ sich wunderbar bewohnen, durch sie konnte sie an allem, was auf Gottes Erde war und sein würde, teilhaben. Den Himalaja besteigen, in die Tiefsee eintauchen und irgendwann, wenn sie alt dafür genug wäre, in das Seelenleben einer Madame Bovary. «Mecki» nannten die anderen Kinder sie, weil sie immer eine von Druckerschwärze dunkle Nase hatte.

Veronika Zimmermann bewegt sich in ihrem Haus mit großer Sicherheit. Ich sehe ihr zu, während sie das Essen zubereitet. Ein energischer Schritt nach links, zielsicher greift ihre Hand nach dem Salatöl, während die andere schon nach der Schaltleiste am Herd tastet, eine kleine suchende Bewegung, und der richtige Knopf ist betätigt. Sie tänzelt mal hierhin, mal dorthin, und ich immer entgegengesetzt, in der kleinen Küche ist es schwierig, ihr auszuweichen. Eine Büchse Thunfisch darf ich öffnen, alles andere schafft sie ohne Hilfe.

«Wo haben Sie eigentlich kochen gelernt?»

«Am Tatort!» Lacht sie und bröselt den Thunfisch aufs Reisbett. «Von mir ging die Sage, die Veronika kann nicht kochen, aber sie kann aus allem Salat machen. Ich hab mal die Bowle statt mit Zucker mit Grieß verschönert. Inzwischen kann ich vieles sehr gut, sogar Hefeteig.»

Beim Mittagessen stehen die Schüsseln auf einer drehbaren Platte, die Terrine mit der Nudelsuppe, der Reissalat, Brot, Pfeffer, Salz, alles hat seinen festen Platz. Edmund Zimmermann, ein pensionierter Dorfschullehrer, spricht das Tischgebet und bewegt dann das Karussell der Speisen, sodass seine Frau das Gewünschte immer vor sich hat. «Er ist das Ordnungsprinzip in meinem Leben.» Mit diesen Worten hat sie mir ihren Mann vorgestellt. «Der Häuptling», nennt sie ihn, «mein Mann» würde ihr nicht über die Lippen gehen. Im Vergleich zu ihr wirkt er sehr zurückhaltend. Alles zwischen den beiden scheint gut eingespielt – ein altes Paar, das nicht weiß, wie viel Zeit ihm noch bleibt. Als er mal kurz in der Küche verschwindet, sagt Veronika Zimmermann, im Sommer sei er ihr «beinahe unter den Händen gestorben. Ich hab ihn gehört, es war wie ein Schnarchen. Dann ist seine Sprache abgesunken. Ich hab ihn mir gleich gegriffen und ihm meinen Rockzipfel in den Mund gestopft und den Notarzt angerufen.»

Sie wartet das Ende der Mahlzeit nicht ab. Will weitererzählen von damals, wie der Krieg die gerade gewonnene Weltorientierung der Zehnjährigen erschütterte.

Weg von Freiburg, wo die Bomben fielen – der Chef der Fabrik, wo die Mutter Buchhalterin war, hatte sie Ende 1943 eingeladen, mit ihren drei Kindern bei ihm auf dem Land, im zehn Kilometer entfernten Kirchzarten, zu wohnen, ihm und seiner Frau den Haushalt zu führen. Veronika musste nun täglich mit dem Zug zur Schule. Wenn der nicht fuhr, weil wieder ein Stück Gleis zerstört war, lief sie zu Fuß. Manchmal erbarmte sich der Fahrer eines Militärlasters und nahm sie mit. Nebel, Glatteis, bei Tieffliegerangriffen rein in den Graben, sie schaffte es.

Sie ging gern in die Schule, in diese Zeit fiel der Übergang ins Gymnasium. Eine nationalsozialistisch geführte Schule mit einigen guten Lehrern, darunter eine anthroposophisch orientierte berühmte Bildhauerin, die man als Ersatz für den Zeichenlehrer, der an der Front war, dienstverpflichtet hatte. Sie regte Veronika an zu malen, wieder etwas Neues: «Mit allen Farben auf einem großen Blatt herumtoben.» Zum Beispiel mussten die Schüler Szenen aus der Sage des Herakles gestalten. Veronika malte die Äpfel der Hesperiden in leuchtendem Orange, Frauen in langen lila Gewändern – den Wallekleidern der geliebten Lehrerin ähnlich – hielten sie in den Händen. Naturgetreu oder pathetisch, wie damals der Zeitgeschmack war, konnte sie das nicht, sie empfand die Stimmung nach, sie war die geborene Expressionistin und bekam in diesem Fach eine Eins.

Nachmittags musste sie regelmäßig zu den Jungmädeln. Geländespiele, Basteleien, sie mogelte sich überall irgendwie durch. Ein Lehrer, ein Nazi, hatte dazu geraten. Veronikas Mutter drängte sehr darauf. Mittendrin zu sein, unter persönlich bekannten Menschen, auf deren Mitleid oder stillschweigende Duldung man zwar nicht bauen, aber hoffen konnte, erschien günstiger, als das Kind wegen seiner Behinderung befreien zu lassen. Dann nämlich wäre es in die Mühlen der nationalsozialistischen Bürokratie geraten, aus der hätte es kaum ein Entrinnen gegeben.

Kirchzarten sei für sie auch ein Gartenerlebnis gewesen. «Ein Traumland», sagt Veronika Zimmermann: große Baumgruppen, Rasenflächen und ein Fischteich, Pergolaschaukel. Bei dem gastfreundlichen Fabrikanten und seiner Frau, einer Opernsängerin, durfte sie zum ersten Mal einen Garten im englischen Stil erkunden.

«Im Kirchzartener Garten ist irgendwann eine Bombe gelandet. Und dann kam der nächste Gartenaufenthalt, wo ich einen Bauerngarten kennengelernt habe mit eingefassten Gemüsebeeten, Bienenhaus und einem großen Calycanthus. Schneckerlesstrauch nennt man das hier bei uns, mit schönen dunkelroten Blüten, die ganz stark nach Gewürz duften.»

Vorübergehend war sie mit der Mutter und den beiden kleinen Geschwistern wieder zu Hause in Freiburg. Dort erlebten sie, am 27. November 1944, den schwersten Angriff auf die Stadt.

«Nachdem unser Haus angeknabbert war durch den Krieg, mussten wir endgültig aus Freiburg weg. Wir sind also mit einer Schubkarre und einem Kinderwagen los und haben unseren Minitreck gemacht. Danach sind wir auf einen Kuhwagen verladen worden und spätnachts auf einen Pferdewagen, dann kamen wir auf dem Bauernhof an, im Hühnersedelgebiet, etwa dreißig Kilometer nördlich von Freiburg. Das waren Leute, die um hundert Ecken mit meiner Mutter verwandt sind. Die Bäuerin hat uns zwar nicht fortgeschickt, aber wir waren plötzlich Knechte und Mägde. Das Erste, woran ich mich deutlich erinnere, war das Schlachten. Bald nach unserer Ankunft musste ich Blut rühren, mit der bloßen Hand. Ich wusste nicht, was das ist, und als ich es wusste, ist mir schlecht geworden, ich hab speien müssen.»

Szenen wie aus einem bösen Märchen. Veronika Zimmermann will es differenzierter verstanden wissen, sie habe dort sowohl hässliche wie auch schöne Dinge erlebt.

«Und immer wieder waren Blumen oder Grünzeug dazwischen. Ich musste zum Beispiel Brennnessel schneiden, weil mir im Frühjahr die Schweine anvertraut worden waren. Erst die Schafe, als es noch kahl war draußen. Das war sehr schlimm, die rennen einem dauernd fort. Und wie der Krieg vorbei war, im Mai, wurden die Schweine rausgelassen. Die musste ich morgens hüten und auch Schweinefutter kochen. Wenn sie wieder drin waren, Kartoffeln putzen mit einem großen Reisigbesen und dann in den Dämpfer tragen, durchpürieren. Mittags die Schweineställe ausmisten und abends wieder Schweine hüten. Zwischendurch mit der Handsichel Brennnessel mähen, denn die Schweine brauchen Brennnessel.»

Schweine hüten, die niedrigste Arbeit in der bäuerlichen Hierarchie – währenddessen fiel die Welt in Trümmer. Veronika wusste von Tod und Verzweiflung nicht weniger als andere elfjährige Kinder. Im Wald hatte sie einmal einen verwundeten Soldaten gefunden und ihm, obwohl er sie flehentlich bat, kein Wasser gebracht. Sie hatte gelernt, dass man das bei einem Bauchschuss auf gar keinen Fall tun durfte. So war das Leben, nirgends war der Mensch geborgen. Was man dem Mädchen mit den «schwachen Äugle» zumutete, war keine besondere Demütigung.

Rückblickend waren diese Monate eine große Zeit des Lernens: stolpern, hinfallen, aufstehen, wieder hinfallen, danach konnte sie es.

«Ich stand immer wieder auf.»

Im Spätjahr 1945 empfing sie ein zerstörtes Freiburg. Es folgte ein kalter Winter. Erst im Frühling 1946, als Eis und

Schnee von den Trümmerhaufen geschmolzen waren und diese sich mit gelbem Huflattich überzogen, stellte sich bei ihr das Gefühl ein: Der Krieg ist zu Ende. «Das Blühen hat mich getröstet.» Jetzt hieß es wieder tüchtig sein.

Kaninchenfutter beschaffen! «Man hat mir das Trümmerklettern verboten und mich gleichzeitig in die Trümmer entlassen.» Musdisteln zum Beispiel wuchsen dort, aber zu viel davon verursachten bei den Tieren Blähbäuche.

Beim Umherstreifen stieß das Mädchen auf einen Platz, wo Getreide wuchs. Aufgrund ihrer bäuerlichen Vorbildung im Sommer davor erkannte sie mit ihren Händen Hafer, Gerste und Weizen. Es war das Gelände einer zerbombten Kaserne, der Bereich der Ställe, das Wunder war aus Pferdeäpfeln gesprossen. Veronika war mächtig stolz, sie brachte in ihrem Tragsack Menschenfutter mit nach Hause. Die Ähren wurden getrocknet, mit dem Kartoffelstößel ausgeklopft und dann in der Kaffeemühle gemahlen. Wenn die Mutter auf Hamsterfahrt ging, spielte die Zwölfjährige nach der Schule auch Hausfrau.

Bald nach dem Krieg las sie «Der Totenwald» von Ernst Wiechert, ein literarisches Zeugnis der inneren Emigration. Das erste von vielen Büchern, die Auseinandersetzung mit dem Nationalsozialismus wurde ein Lebensthema. Ihre eigene Ausgrenzung aus der Gesellschaft jedoch verbindet sie nicht mit der Zeit der Gewaltherrschaft, sondern mit der nun kommenden, demokratischen. 1945 wurde die tüchtige Schweinehirtin erst einmal wieder zur Gymnasiastin, «an einem ganz normalen Gymnasium, St. Ursula in Freiburg». Bis zur Untertertia sei sie, bis aufs Schönschreiben, gut mitgekommen.

«Und dann ging es nicht mehr weiter. Das Papier, auf

dem unsere Schulbücher damals gedruckt waren, das war ganz von Holz durchsetzt, und ich konnte in Französisch nicht mehr die Akzentzeichen und die Holzbuckel auf dem Papier unterscheiden. Auch in der Mathematik die Hochzeichen, die konnte ich einfach nicht mehr lesen. Dann hat eine Lehrerin sich dafür verwendet, dass ich nach Marburg, auf das einzige Blindengymnasium in Deutschland, kam.»

Schon etwas früher hatte sie begonnen, die Brailleschrift zu lernen, ihre Fingerspitzen waren mit dem System der Punkte halbwegs vertraut. Nach Marburg zu kommen war eine Auszeichnung, eine Chance – es schränkte jedoch ihr Leben eher ein. Bis dahin hatte Veronika geglaubt, sie «sähe schlecht» im Vergleich zu anderen, und was gut sehen hieß, war ihr nicht klar. Vielleicht war der Mensch einfach so, vielleicht sahen ja alle Menschen – die einen mehr, die anderen etwas weniger – den Baum als großen grünen Fleck, im Winter als dunkle Silhouette.

Von Blindheit war in all den Jahren nie die Rede, selbst in der Augenklinik nicht, obwohl ihr dem Gesetz nach ein Blindenausweis zugestanden hätte. In der Familie hieß es oft: «Das kannst du nicht sehen, Mädle», die Schulaufgaben musste sie trotzdem machen. So war sie einigermaßen zurechtgekommen, und jetzt plötzlich, im Alter von fünfzehn Jahren, wurde sie mit einer wissenschaftlich gemessenen Wahrheit konfrontiert. Blind ist, laut Definition, ein Mensch, dessen Sehvermögen auf dem besseren der beiden Augen weniger als zwei Prozent beträgt. Also war sie blind. Sie war eine Blinde unter Blinden, in einer eigens für sie geschaffenen pädagogischen Infrastruktur. Das Malen zum Beispiel, das ihr so viel Freude machte, war für Blinde nicht vorgesehen.

«Ich musste mit Blindenschrift auf Wachstafeln zeichnen. Dies Wachs hatte eine fiese Farbe, so wie verdrecktes Bohnerwachs. Das wurde auf eine flache Tafel gegossen, und man musste mit Eisengriffel und Zirkel geometrische Formen eingravieren. Was für eine Idiotie! Mit achtzehn Jahren, am Ende der Marburger Zeit, hab ich mal einen Zeitungsartikel darüber geschrieben, dass die Blindenerziehung vollkommen verblödet ist. Dass man Kinder, die behindert sind, nicht in Ghettos einsperren darf. Da gehen sie kaputt! Schon damals hat mich das zornig gemacht!»

Im Mauchener Wohnzimmer stehen die Zeichen auf Sturm. Veronika Zimmermann bebt und hält dann inne.

Auch dies ist ein Kapitel, das ihrer Meinung nach eher nüchtern vorgetragen werden sollte. Sie ist Zeugin eines großen Umbruchs, eines Elends, das sich ohne Terror und rohe Gewalt ausbreitet: Das Menschsein wird normiert, Schritt für Schritt wird die unendliche Vielfalt der Lebensweisen auf der Erde zum Verschwinden gebracht. Es wird definiert, was «gutes Leben» ist, was einer braucht und haben muss, um nicht als krank, arm oder unglücklich zu gelten. Und wer jenseits dieser Standards lebt, ist nicht einfach anders, sondern minderwertig. Der Westen verbreitet sie über den Globus, «mit gnadenlosem Wohlwollen», wie es der Philosoph und Theologe Ivan Illich einmal ausdrückte. In der Radikalität ihrer Gesellschaftskritik sind er und Veronika Zimmermann einander ähnlich. Als Blinde «sieht» sie vieles schärfer. Damals, in den vier Marburger Jahren, nachdem man sie aus dem wirklichen Leben herausgerissen hatte, hat sie zum ersten Mal dieses neuartige Gefühl der Kränkung verspürt.

Bis zur Mittleren Reife blieb sie auf dem Blindengymnasium. Sie war froh, dass sie vorher, fünfzehn Jahre lang, «ein schönes Stückle frei» war, länger und intensiver als die meisten ihrer Mitschüler, froh um ihren Großvater, die Schule der Natur.

«Sonst hätte ich den Marburger Zirkus nicht ausgehalten.»

«Gab es dort einen Garten?»

«Natürlich. Und ich durfte dort herumlaufen. Der Gärtner hat die meisten Blinden aus dem Nutzgarten gescheucht, und ich durfte. Er wusste, ich weiß mich dort zu bewegen, und er hatte mich gern. ‹Na, Schwäble›, hat er immer gesagt, er selbst war ein Bayer, ‹was klaust du mir wieder heute Nacht?› Ich sag: ‹Die Erdbeeren sind reif.› – ‹Du kannst doch nicht Erdbeeren klauen, die brauchen wir für Marmelade.› – ‹Ich will aber keine Marmelade, ich will Erdbeeren!› – ‹Na gut, aber treib es nicht zu wüst.› Ich hatte ja damals meine erste Liebe. Die wollte ich mit Erdbeeren füttern. Er hat sie nicht gegessen, weil er evangelisch war und Erdbeeren stehlen als Sünde ansah.»

Sie habe ihre katholische Welt immer besser gefunden. «Gott hat uns, das sag ich jetzt mal ganz brutal, zur Sündenübung geschaffen. Wir müssen sündigen, sonst könnte man nicht um Verzeihung bitten. Wir müssen mit kleinen und großen Sünden leben.» Die größte Sünde, wird mir die unorthodoxe Gläubige Veronika anderntags mit auf den Weg geben, sei die Freudlosigkeit.

Draußen im Garten lichtet sich der Nebel, es regnet leise. Ich habe mich an das stürmische Temperament meines Gegenübers gewöhnt. Körperlich wirkt Frau Zimmermann fast statisch, fast ohne sich zu bewegen thront sie auf dem weinroten Sofa. Am liebsten, sagt sie, würde sie mit Händen und Füßen sprechen, aber sie wisse nicht, was die Gesten, die aus ihrem Bewegungsdrang entstünden, in der Welt der Sehenden bedeuten. Sie fürchtet, missverstanden zu werden. Worte erscheinen ihr verlässlicher. «Meine Gebärde ist die Sprache.» Gern wäre sie Vermittlerin zwischen Blinden und Sehenden geworden, das hätte ihrem Talent am meisten entsprochen. Doch dieser Beruf existiert bezeichnenderweise in der Gesellschaft nicht.

Was hätte sie damals beruflich machen können? Jura zu studieren war für Blinde möglich, doch viel zu trocken. Evangelische Theologie, «nichts für Erzkatholiken». Am Ende der Marburger Schulzeit, 1952, war sie wieder zurück in Freiburg und landete, in Ermangelung anderer Alternativen, in einem für Blinden typischen Beruf, den sie «hasste wie die Pest»: Sie wurde Stenotypistin bei der Freiburger Postdirektion. Immerhin war sie finanziell unabhängig von den Eltern. Veronika hatte sich von ihnen losgesagt, jedenfalls über das Maß hinaus entfernt, das Heranwachsende brauchen. Sie vermochten schon lange nicht, ihr Halt zu geben.

«Ich habe nicht gestrebt, es ist alles so geworden. Ich habe es genommen, wie es ist. Wenn dir die geraden Wege versperrt sind, gehst du eben die krummen. Deshalb ist mir eine Pflanze wie die Gladiole so sympathisch. Die verdreht sich, die macht immerzu krumme Touren. Meine Rettung war damals die Volkshochschule. Weil es in meiner Familie grässlich öde war und ich gesellschaftlich keinerlei Verbindungen hatte, den Jugendfreundschaften war ich entwachsen, und dann das endgültige Wissen um die Blindheit, und so hab ich an drei oder vier Abenden in der Woche Kurse besucht, Literatur, Latein und Geschichte. Dabei lernte ich neue Menschen kennen.»

Sie habe es ähnlich gemacht wie der geliebte Großvater, der aus dem Stumpfsinnsberuf des Anstreichers das

Beste herausholte. Ihre kleinen abendlichen Fluchten aus dem Alltag gelangen, und in der VHS fand sie sehr bald ihr Glück. Just in dem Moment, als sie sich zum zweiten Mal von ihrer Marburger Jugendliebe getrennt hatte, sie war krank vor Liebeskummer und überhaupt nicht bereit, sich wieder auf einen Mann einzulassen, da passierte es. Einige ältere Damen umgarnten während der Kaffeestunde am Ende des Frühlingssemesters einen Literaturdozenten. Etwas in dem munteren Durcheinander der Gesprächsfetzen ließ Veronika aufhorchen.

«Ich hab dem seine Stimme mögen. Und diese Stimme hat etwas Verrücktes gemacht, die hat nämlich Bier und Meringue bestellt. Eine komische Zusammenstellung.»

Von der ersten Begegnung mit Edmund Zimmermann zu erzählen macht ihr heute noch einen Heidenspaß. Sie aßen, kaum dass sie einander eine halbe Stunde kannten, von einem Teller. Statt über Literatur zu sprechen, tauschten sie ihre Erfahrung im Viehhüten aus und stellten übereinstimmend fest, «man muss sich von einem Tier über die Wunde pinkeln lassen, dann passiert nichts». Er hatte sich während des Krieges seine bloßen Füße im Kuhfladen gewärmt, sie auch. «Damit war die Gemeinsamkeit da.» Und ebenso sei von Anfang an die Lust am Streit da gewesen.

Zwischen dem ruhigen, grundvernünftigen Edmund, einem Armeleutesohn aus dem Schwarzwald, der gerade sein Theologiestudium abgebrochen hatte und noch «halb ein katholischer Pfarrer» war, und der impulsiven, phantasievollen Veronika, die stundenlang tanzen konnte und im «siebten Sartrehimmel schwebte», funkte es.

«Unsere langsam sich aufbauende Beziehung beruhte auf schönen Gegensätzen. Eine tolle Zeit waren diese späten fünfziger Jahre. Wilde Gespräche – da hab ich so viel Leben in mich hineingestopft.»

Was hatte ihr Edmund für Augen? In den ersten Jahren ihrer Liebe schmerzte es sie oft, dass sie ihn nicht sehen konnte. Und sie wünschte sich sehr, ihre eigenen Augen zu betrachten. War sie schön genug für ihn? Auch wenn es wenig Sinn hatte, den Spiegel zu befragen, versuchte sie es immer wieder – die Nase platt auf dem Glas. Es beschlug nach zwei, drei Atemzügen. Einen kleinen Ausschnitt ihres Gesichtes konnte sie ganz kurz erfassen.

An diesem Abend wird sie mir ihr Zimmer zeigen. In einer Nische ein Bett, dahinter ein Regal mit den ihr wichtigen Büchern, die sie heute nicht mehr lesen kann. Links, auf der Höhe des Kopfkissens, ein Tischchen mit dem überlebenswichtigen, für Blinde eingerichteten Tonband und, schon für die Nacht bereitgelegt, ein Hörbuch, Anton Tschechows «Reise nach Sachalin». Hier wohnt eine, die Schutz sucht.

Ein kleiner Raum, fast wie eine Höhle. Wer ihn sehenden Auges betritt, wird von zwei leuchtend farbigen Aquarellen angezogen – Selbstporträts von Veronika Zimmermann: Sie hat sich gemalt. Das eine entstand vor ungefähr fünfzehn Jahren in großer Not, in einer Nacht, als ihr Mann gefährlich krank war. Vor grünem Hintergrund im roten Kleid, die damals noch langen Haare hochgesteckt, ernst, mit gesenkten Lidern. Lange schaue ich das Bild an; die Darstellung ist ihr ähnlich, sie hat sich wirklich gut getroffen. Nicht nur Konturen und Proportionen, vielmehr den Ausdruck ihres Gesichts. Auf dem anderen, etwas später gemalten – die schwere Krankheit, der Krebs, hatte sie zum ersten Mal attackiert –, ist der Pinselstrich flüchtiger. Alles wie hingeworfen, um ihren Kopf und den Hals lauter

Blumen gewunden. Eine sieht aus wie ein Vogel. Ein Botschafter ihres Lieblingsheiligen Franziskus?

«Bäh!» Macht sie. «Bäh!» Ein echt Zimmermann'scher Kurzkommentar, er passt auf vieles. Zum Beispiel auf die Oberpostdirektion Freiburg, wo sie sieben Jahre in Diensten stand und der sie 1960 freudig den Rücken kehrte, um Edmund Zimmermann zu heiraten. «Für mich war die Heirat die ideale Lösung, ich hab mein Leben nicht im Büro verbringen müssen.» An der Seite des Junglehrers würde sie ein abwechslungsreicheres Leben führen.

Das Dorf Happach im mittleren Schwarzwald war die erste gemeinsame Station des Paares, vor allem für sie, die Städterin, ziemlich gewöhnungsbedürftig. Hier kannte jeder jeden, da wurde beobachtet, wer mit wem verkehrte. Mit der Frau des evangelischen Pfarrers und des Arztes zu plaudern, war für eine Lehrerfrau ein Muss, doch diese Damen lagen Veronika Zimmermann überhaupt nicht. An die Kaffeetische von Leuten, die über den «armen Hemingway», der sich im Sommer 1961 erschoss, einen ihrer «Götter», herzogen, wollte sie sich nicht zwingen lassen.

Allerhand skurrile Gestalten lebten in Happach, ein alter General und Monte-Cassino-Verteidiger; der Rennfahrer Huschke von Hanstein hatte hier ein Haus, das eine adelige, verarmte Tante von ihm hütete.

«Die soff wie ein Loch. Und dazwischen natürlich schöne biedere Schwarzwaldbauern. Da oben hättest du Ionesco spielen können. Absurdes Theater!»

Zum Lehrerhaus in Happach gehörte ein ziemlich großer Garten. Bis dahin hatte sie zur kultivierten Natur eher das Verhältnis einer neugierigen Wilden. Jetzt musste sie einen Garten in eigener Verantwortung bewirtschaften, und das war zunächst eine einzige Katastrophe.

«Jeder Dorfbewohner konnte über die Gartenmauer schauen. Was macht die denn da? Ich bin immer mit dem Rücken zur Straße am Beet gekniet, wenn ich jäten sollte. Und hab geheult, weil ich Salat nicht von Unkraut unterscheiden konnte. Oder ich freute mich über schöne weiße Blumen, und dann sagten die Bäuerinnen, das wäre Meerrettich. Mein Mann hatte das gleiche Problem, er kannte nur Johannisbeeren und Schnittlauch, der ging mit der Hacke immer auf das Falsche los.»

Vielleicht wäre Veronika Zimmermann niemals zu einer richtigen Gärtnerin geworden ohne die Begegnung mit Ludmila K. Den Zimmermanns war sie im Dorf bald aufgefallen – «ein strenges, waches Gesicht, eingeschlossen von einem weißen Kopftuch», so hatte Edmund Zimmermann seiner Frau ihr Äußeres beschrieben.

«Irgendwann im zweiten Jahr, dort in Happach, sind wir durch den Wald nach Hause gelaufen. Es war Mai. Plötzlich sagt mein Mann: Schau mal, da läuft die Frau K. Ich sag, Mensch, die will ich schon lange kennenlernen. Sagt er, jetzt bleibt sie stehen und guckt sich um. Sie hat gemerkt, dass wir hinter ihr sind. Und dann hat sie tatsächlich auf uns gewartet. Sie wollte, dass wir uns begegnen, das hat sie mir später gestanden.»

Es war eines der größten Geschenke, die das Leben ihr gemacht hat. Der Name dieser Frau beginnt in Wahrheit nicht mit K., sie heißt auch nicht mit Vornamen Ludmila. Veronika Zimmermann möchte ihre Identität im Bereich des Geheimnisvollen lassen. Nur so viel: Sie war eine Russin aus St. Petersburg und adeliger Herkunft – «ich bin nicht die Zarentochter», habe sie einmal scherzhaft bemerkt. Zum Zeitpunkt des Kennenlernens war sie bereits weit über siebzig. Als junge Frau war sie 1917, während der

Oktoberrevolution, nach Deutschland geflüchtet und geblieben. Eine Weile mit einem deutschen Arzt verheiratet, und zwar in Marburg.

Dies ist eines der wunderbaren Details der sich anbahnenden Freundschaft zweier Außenseiterinnen: Die beiden hatten sich, wie sie bald entdeckten, früher schon mal gesehen. Die Villa der K.s und Veronikas Blindeninternat waren in Marburg direkt benachbart. Wenn die Schüler Musik machten und es gar zu toll trieben, aus dem einen Fenster klang das «Ave Verum», aus dem anderen grölten an die hundert Jungen und Mädchen «Schwarz wie Kohle ist der Neger Jim», dann ging Ludmila an die Decke, beschwerte sich über die wilde Horde. Veronika ihrerseits erinnerte sich an eine schimpfende ältere Dame mit seltsam rollendem «R».

Ihre zweite Ehe hatte die Russin nach Happach verschlagen. In ein altes Schwarzwaldhaus, in das sie einen riesigen russischen Ofen hatte setzen lassen, inzwischen bewohnte sie es ganz allein. Dort pflegte sie, unbekümmert von den Konventionen des Dorfes, die Geselligkeit, die sie mochte. Exilrussen gingen hier ein und aus, auch Intellektuelle wie Alexander Mitscherlich. Veronika Zimmermann genoss es, dabei zu sein. Seit Kindertagen, seit ihr Vater ihr ein paar hübsche geschnitzte Dinge aus dem Krieg mitgebracht hatte, hatte sie einen «Russlandfimmel». Manchmal fiel es ihr schwer, in den geistvollen Unterhaltungen die Stimmen der Gäste «auseinanderzupulen».

Ludmila unterrichtete sie in Gartenangelegenheiten.

«‹Veronika, Sie müssen mehr Luft machen, damit dieser Strauch sich entwickeln kann›, sagte Ludmila. Von ihr lernte ich die Namen der Pflanzen, wie Rittersporn und Storchenschnabel. Aus meinem Kindheitsgarten kannte ich schon viele, aber ich wusste zum Beispiel nicht, dass die herrliche orangefarbene, die ich so liebte, Nelkenwurz hieß. Wachstumszeiten, Wachstumsformen, wie man was pflanzen muss und wohin, alles lernte ich. Wer miteinander leben mag und welche Gewächse sich nicht vertragen. Sie war die beste Lehrerin, die man sich vorstellen kann.»

Bei der russischen Freundin durfte sie die Beete studieren, sich dort was «abgucken». Ludmila K. war, vermutete Veronika, wohl aus Heimweh zum Garten gekommen, er lenkte sie ab und tröstete sie.

«Ludmila war für mich eine Leitfigur. Durch sie war ich in Happach weniger einsam. Mein Mann war ja in der Schule, und ich saß zu Hause mit meinem kleinen Sohn, der war blind.»

Wieder ein Kapitel, das nur sehr sachlich erzählt und weitergegeben werden dürfe: Das junge Paar wollte möglichst bald Kinder. Es hatte, so weit es eben ging, die Ahnen erforscht und dabei keine weiteren Belastungen gefunden. Und mehrere Ärzte konsultiert, sie hatten ihnen Mut gemacht. Die am wenigsten günstige Prognose stammte von einem Professor an der Freiburger Universitätsklinik, einem Experten der Vererbungslehre mit Nazi-Vergangenheit: «50 % Risiko, muss aber nicht, wenn Sie einen Gesunden heiraten.» Veronika Zimmermann wurde schwanger, Sohn Markus kam auf die Welt, und alles schien in Ordnung. Wie jede junge Mutter musste sie das Abc der Säuglingspflege erst lernen. Bald verstand sie seine Regungen, ihre Handgriffe wurden sicherer. Bis zu dem Tag, etwa sechs Wochen nach der Geburt, als sie zum ersten Mal spürte, wie das Kind bei Licht, selbst bei gedämpftem, wenn die Lampe vom Wickeltisch abgewandt war, zusammenzuckte. Seitdem hatte sie Angst. Sie sprach zu niemandem darüber, nicht einmal zu ihrem Mann. Im Alter von vier Monaten trug sie Markus zur Kinderärztin, weil er Verdauungsprobleme hatte. Sie eröffnete der Mutter in rüdem Ton, dass sie ihrem Sohn die Blindheit vererbt habe.

«Ich hab aufgehört mit einem Kind. Ich hab jetzt gewusst, ich darf nicht mehr Kinder haben. Der Markus hat irgendwann mal gefragt: ‹Wieso hab ich keine Geschwister?› Ich sag: ‹Ganz einfach. Der Papa hat nur zwei Hände. An der einen Hand führt er dich, an der anderen Hand führt er mich. Kannst du mir sagen, wie er einen Dritten führen sollte?› Das war eine ehrliche, klare Erklärung. Der Edmund wäre ja verrückt geworden, mit noch einem Dritten von unserer Sorte.»

«Können wir nicht jetzt in Ihren Garten gehen?» Ich will an die Luft. Ich muss unbedingt laufen. Noch besser wäre es jetzt, davonzulaufen.

«Es regnet.»

«Es ist schon fast vorüber.» Schwindle ich.

«Nein, der Regen wird stärker.» Ihre feinen Ohren hören es. Und sie will nicht innehalten.

Nicht mehr lang, und ihre Erzählung werde mich so oder so in ihren Garten führen. Solange es regnet, könnten wir doch in Gedanken darin spazieren gehen, schlägt sie mir vor. Bloß noch ein kleiner Umweg bis dorthin – es ist unbedingt nötig, etwas über das Junglehrerleben von damals zu sagen, die Gefahr der Versetzung, in der die ganze Familie schwebte, fortzumüssen, womöglich in den Hotzenwald oder andere entlegene Ecken, wo es noch Hütebuben gab, die im Sommer fehlten und im Winter dem Schulmeister das Leben schwermachten. Verglichen damit sei die Stelle an der Mauchener Zwergschule, die Edmund

1967 antrat, auch wenn die Lehrerwohnung reichlich primitiv war, ein Segen gewesen.

Veronika Zimmermann versteht es, erschöpfte Zuhörer am Kragen zu packen. Indem sie die Tonart wechselt, das Erzählgenre, vom kargen Bericht in die wortgewaltige Polemik, sie beherrscht die Form der romantischen Novelle, die böse Parodie und das alemannische Versle. Also, Mauchen, wir sind da!

Auf einmal bin ich mitten in einem Märchen: Es war einmal eine junge blinde Frau mit einem blinden Sohn, die zog mit ihrem Liebsten ins sinnenfreudige Markgräfler Land. Ein Dorf, das sich rühmt, begnadet zu sein: «Wie weit ist es bis Jerusalem?» steht dort auf einem Wegweiser für Wanderer. «Siebenhundert Stunden, aber auf dem Fußweg über Mauchen ist es eine Viertelstunde näher.» Zuerst fühlte sich die junge Frau hier sehr verloren. Jeden Morgen tastete sie sich mit Händen und Füßen über die unbekannten Wege, an Mauerwänden und Zäunen entlang, und sie hoffte, die Kinder im Schulhaus würden nicht aus dem Fenster schauen und sie verspotten.

Nichts dergleichen geschah, ganz im Gegenteil. Manche Leute waren von ihr bezaubert. Eines Tages im Herbst erlaubten ihr zwei alte Frauen, an deren Haus sie oft vorbeiging, die Äpfel auf dem Acker nebenan aufzulesen. Auf diesem Rübenfeld wuchsen drei Bäume, Goldparmänen und ein Calvadosbaum mit sehr späten, lilafarbenen Früchten. Die Blinde kroch oft durch das Loch im Zaun, das man ihr gezeigt hatte, und stand unter den Bäumen und rüttelte und schüttelte sie. Zum Dank streichelte sie den Stamm und rubbelte ihren Kopf an der Rinde. Was wäre, wenn diese Bäume mir gehören würden, dachte sie sehnsüchtig.

«Ich hab an Frau Holle gedacht», sagt Veronika Zimmermann, «und mein Wunsch ging wirklich in Erfüllung.»

Wenig später stand das Grundstück zum Verkauf. Von ihrem Vater konnte Veronika Zimmermann etwas Geld leihen, auch die Bank spielte mit. Das moderne Märchen endet 1968, zeittypisch: mit einem Fertighaus.

Kurz nach dem Einzug kam die Todesnachricht aus Happach, Ludmila war gestorben. Sie fehlte bei dem nun folgenden Abenteuer, der Gestaltung des großen Gartens, sehr.

«Wer hat den Garten angelegt?»

«Ich.» Es kommt sanft und bestimmt. «Angelegt hat ihn Edmund, gedacht habe ich ihn.»

«Und waren Sie sich einig?»

«In wichtigen Dingen immer, da können wir uns noch so sehr in die Krallen kriegen. Es ging um unsere Lebensbedürfnisse: ein Fresswegle, eine Obstwiese, ein Schutzwall, etwas seitab die Reben. Ursprünglich wollte mein Mann rings um den Garten einen Wandelgang aus Reben haben. Wie in einer alten Klosteranlage, ganz entfernt hatte er die Benediktinerabtei Reichenau im Sinn. Diese Kulturgeschichte spielte eine Rolle und das ‹Bete und arbeite!› des heiligen Benedikt.»

Drinnen und draußen mussten zunächst voneinander abgegrenzt werden. Es sollte kein Zaun sein, nichts Standardisiertes, keine geometrisch klare Linie. Die Zimmermanns entschieden sich für eine niedrige Hecke aus stachligen Sträuchern. «Die Berberitzen waren das Erste, das wir gepflanzt haben.» Damit die Hunde und Katzen sie in Frieden ließen und die Kinder mit ihren Fahrrädern etwas Abstand hielten – eine natürliche «Wehrmauer».

In der zweiten Reihe sollte unbedingt etwas Farbiges

stehen. Weil der Boden hier trocken war und von der Straße her ständig Staub hereinwehte, schien Lavendel das Richtige. Wenn die Berberitzen im Saft standen, zeigte sich das zarte, langlebige Blau.

Dahinter, in der dritten Reihe, im Schutz des Hauses, war ein guter Platz für Pfingstrosen, bis zu zwei Meter hoch, von Weiß bis Tiefrot. Die erste, eine klassische Strauchpäonie aus China, blüht normalerweise im April, die hat im Februar oft schon rote Bollen. «Wenn eine kalte Nacht kommt, dann rennen wir mit dem Mantel raus, dass sie nicht erfrieren muss.» Die letzte blüht erst im Juni.

Man brauche eine Idee – ohne sie, ohne seine Träume und Lebensmaximen zu befragen, könne ein guter Garten nicht entstehen. So wenig rechte Winkel wie möglich, Geborgenheit war den Zimmermanns wichtig, geschützte Ecken, Pietät gegenüber einigen vorhandenen Dingen. Zum Beispiel erhielten sie als hintere Begrenzung des Gartens den alten Feldrain aus Holunder, Schlehen, Schwarzdorn und Weißdorn, und die Gartenmauer, ein schönes Stück Agrargeschichte – die Steine wurden bei der Flurbereinigung ausgegraben, ursprünglich dienten sie dazu, ein Gewann zu markieren.

Es wäre ihnen nie in den Sinn gekommen, die alten Apfelbäume abzuholzen, die Veronika Zimmermann schon schütteln durfte, bevor sie ihr gehörten. Und manches ereignete sich einfach, zufällig, en passant, man musste nur die Hand aufhalten oder zulangen. Eine durchgerostete Zinkwanne vom Nachbarn wurde zum Blumenkübel, der vermoderte Baumstamm ließ sich zur Abgrenzung zweier Gartenteile einsetzen. Neue Orientierungspunkte für die blinde Gärtnerin, dadurch bekam der grüne Raum mehr Struktur. Oder der große Steintisch unter dem Goldparmänenbaum: Während der Entrümplung einer Kirche, bei der Edmund Zimmermann mithalf, sollte eine Altarplatte ausgemustert werden. ‹Die will ich haben›, sagte er und nahm auch die nicht mehr benötigten Altarstufen mit, daraus ließen sich Bänke machen. Fertig war die Sitzgruppe, sie wurde das Herz des Gartens.

«Wir haben also seit fünfunddreißig Jahren einen wunderbaren sakralen Tisch. Da wächst, wenn es lange feucht ist, ein grünes Tischtuch. Ich leg nie Stoff obendrauf. Da könnte der Papst zu Besuch kommen, es gäbe kein Tischtuch. Der wird abgefegt mit dem Gartenbesen, ansonsten gehört er den Vögeln, dem Wind und dem Regen. Wir dürfen uns ab und zu mal dransetzen und sind dann dankbar, wenn uns kein Apfel in die Gulaschsuppe fällt.»

Oft hatte Veronika Zimmermann von der Gartenarbeit rissige Hände, dann konnten ihre Finger zwei, drei Tage lang die Brailleschrift nicht mehr lesen.

Von Anfang an war der kleine Markus im Garten mit dabei. Pflanzen, harken, gießen. Botanik von Anemone bis Zinnie, Käferkunde, der Nutzen der Würmer. Die Mutter führte ihn ganz bewusst durch diese Schule, er sollte es besser haben als sie, die als Kind in vieles nur so hineingestolpert war. Es war eines der Mittel, ihn stark und selbständig zu machen, bevor ihm die Gesellschaft einredete, er sei kein vollwertiger Mensch.

«Ich bin eine böse Blinde.»

Sie bebt. Das Wohnzimmer geladen von ihrem Zorn. Die Fenster aufreißen, ich muss die Fenster aufreißen, dass es nach draußen dringt, bis nach Berlin, und bis vor die Himmelstüren. Und wieder der Umschwung, es ist offenbar wie ein innerer Befehl: Das hier muss nüchtern gesagt werden!

Also: Der Weg ihres Sohnes Markus war geprägt vom neuen Umgang der Gesellschaft mit Blinden. Seine Eltern konnten zwar erkämpfen, dass er weitgehend in der Regelschule blieb. Nach der Volksschule kam der Zehnjährige zunächst in die Blindenschule Ilvesheim, doch meldete die Mutter ihn nach der sechsten Klasse wieder ab, das Ghetto tat ihm nicht gut. Immer wieder wurde er wissenschaftlichen Tests unterzogen. Kinder, die man nicht allein zum Kiosk gehen ließ, wurden, häufig ohne Rücksprache mit den Eltern, in der Heidelberger Klinik untersucht und öffentlich vorgeführt. Man verschwieg ihnen meist, dass außer dem behandelnden Arzt noch Medizinstudenten im Raum waren. «Böse Blinde», die das kannten, hätten durch Faxen oder vorgetäuschte Ohnmachtsanfälle die Heimlichtuer aus der Reserve gelockt. «Es ist wie bei den Blumen», sagt Veronika Zimmermann, «manche sind schon verblüht durch frühes Befummeln und Betatschen.»

Auf einem ganz normalen Gymnasium legte Markus Zimmermann dann, mit einer kleinen Zeitzugabe, sein Abitur ab, mit einem Notenschnitt von 2,1. Er studierte Musikwissenschaft, Schwerpunkt Orgel – der Hochbegabte wurde ein hochqualifizierter Mann, und der Arbeitsmarkt wollte ihn nicht, will ihn bis heute nicht. Man fördert Blinde und hält sie sich dann vom Hals. Möglichst auch in Zukunft; inzwischen weiß die Wissenschaft sehr viel mehr über den Gang der Vererbung und rät in einem Fall wie diesem von Kindern ab.

In den Jahren, als sich dieses System allmählich etablierte, habe der Vater von Markus in der Zwergschule von Mauchen seine eigene Politik gemacht. Linkshänder hat er nicht auf rechts getrimmt. Wenn das Schulamt körperlich oder geistig schwache Schüler herausnehmen und auf die

Sonderschule schicken wollte, versuchte der Pädagoge Edmund Zimmermann, sie zu halten. Wir wissen im Dorf mehr über die Kinder, als Ihre Intelligenztests feststellen können, sagte er zur Schulärztin. Ein verkrüppeltes oder sehbehindertes Kind, das allein aufs Klo gehen kann, ist für niemanden eine Last. Geben Sie ihm eine Chance, soll es doch mitlaufen!

Bei Gelegenheit ging Veronika Zimmermann mit in die Schule. Sie vermochte vieles, was ihr Mann nicht gut konnte. Spielen und malen oder mit den Kindern den «Kalif Storch» auf die Bühne bringen. Im Herbst bastelte sie mit ihnen grausliche Vogelscheuchen. Es ging oft um Angst, den Umgang mit diesem fundamentalen Gefühl. «Die Angst muss Händ' kriegen.» Das hatte sie selbst oft erprobt. Besonders für die Langsamen, die Schüler mit einem Makel, war die blinde Lehrersfrau ein Glück.

«Es ist so viel Schönes im Erfahren des Schweren. Ich selbst wollte nie eine Operation wegen dieser Katarakte. Das war so eine Art religiöser Wahn von dem Arzt, der das machen wollte. Ich habe das grundsätzlich abgelehnt. Warum? Weil mich Gott anders hat wollen. Soll ich denn verdammen, was er mir aufgetragen hat? Davonlaufen?»

Schon hat sie ihre Leichtigkeit wiedergewonnen, ihre Stimme klingt fast übermütig. Ins Wohnzimmer scheint jetzt kein Tageslicht mehr, die Kerze ist fast heruntergebrannt, ihr Gesicht ist für mich nur noch ein gewölkter, heller Fleck. Mein Unwillen, der Drang, aufzustehen, endlich ihren Garten zu sehen, ist verflogen. Nur hören, hören. Ins Dunkel lauschen. Sie erzählt vom immer weiteren Schwinden des Augenlichts. Der Buchstaben – lesen geht schon lange nicht mehr. Der Konturen – bei starker Sonne hat sie vor ein paar Jahren noch das Gerippe eines

Baumes erahnen können. Der Farben – eine nach der anderen wurde ihr untreu, verblich, ergraute. Die gelbrote Hamamelis, in die sie gestern die Nase steckte, ist für sie unsichtbar geworden.

Während bei Jorge Luis Borges die letzte Farbe, die ihm blieb, das Gelb war, gelb wie der Tiger, zu dem er eine tiefe Freundschaft empfand, wie er in einem Gedicht schrieb, ist es bei ihr das Weiß. Ein kleines bisschen Weiß kann sie manchmal noch erfassen. Vor uns die Kerze zum Beispiel, dass da etwas Helles ist. Im Alter von achtundfünfzig Jahren, durch ihre Krebserkrankung, sei sie in die Endphase des Sehens eingetreten. Damals ging sie zum «Schissdreckzügle», einem der kleinen familiären Umzüge der Freiburger Fasnet, an denen sie immer teilnahm, im Bärenkostüm. Sie brauchte nun jemanden, der sie führte, ohne dass die Freunde und Bekannten allzu sehr merkten, wie schlimm es um sie stand. Also verkleidete sich ihr Mann Edmund als Zirkusdirektor, Veronika war der Tanzbär an seiner Leine.

«Wenn ich einen Riesensprung mache, vom 13. Lebensjahr zum 73. Lebensjahr, in dem ich mich befinde, von dem noch brauchbaren Sehrest zum nicht mehr brauchbaren, dann stelle ich fest, dass ich das Fehlende in Gedanken vervollständigen kann. Auch die Fülle der Worte für die Dinge, die immer weiter in der Dämmerung versunken sind, ist mit den Jahren gewachsen. Im Garten passiert das am allerstärksten. Die Erde zieht mich so an, dass ich eigentlich genauso gut stehen bleiben könnte und anwachsen und Wurzeln schlagen. Ich liege auch oft auf dem Gartenboden, da hör ich, wie es um mich herum krabbelt und knistert. Im Sommer hör ich unheimlich gern das Springen der Ginsterschoten. Das leise Knacken, wie wenn ein Tier springen würde. Und ich sehe dann alles um mich herum ganz genau vor mir, farbig und bewegt. Im Laufe der Zeit wurde der Garten immer mehr zu einer inneren Landschaft.»

«Gibt es eine Hierarchie der Sinne? Erst Hören, dann Anfassen, dann Riechen?»

«Nein! Was sich eben gerade anbietet.»

Die Ohren, wenn der «Häuptling» ihr etwas vorliest, wenn sie ein Fenster öffnet und gerade ein Spatz tschilpt oder ein Rabe krächzt. Tomaten pikieren ist vor allem Tasten, sie kann dies sehr viel besser als ihr sehender Mann. In der Nähe duftstrotzender Pflanzen wie Hyazinthen und Glyzinien reagiert zuerst der Geruchssinn, und dann gleich der Reflex: hineingreifen.

«Das Eigentliche am Garten ist für mich nicht das Gärtnerische, zu pflanzen, um etwas zu ernten, oder der Blumenschmuck oder die bemooste Seligkeit mit Abendwind und Sonnenuntergang, wonach der idyllensüchtige Städter verlangt. Sondern die Sinnlichkeit, das Gebadetsein in Dingen.»

«Wie riecht es draußen im Januar?»

«Mist, Erde, Rauch, Kälte.»

«Und wie riecht Kälte?»

«Kalt. Sie riecht eben, wie Kälte eben riecht. Ich kann es nicht definieren. Vanillepudding riecht nach Vanillepudding, und Kälte riecht nach Kälte. Es zieht einem in die Nasenlöcher rein. Aber das ist nicht das Riechen, das ist schon das Fühlen.»

«Und der Februar, wonach riecht der?»

«Oft nach Nässe, und wenn es sein muss, nach Schnee. Aber er riecht auch schon wieder stärker nach Wachsen. Nach frischem Holz unter Umständen.»

Inzwischen ist Markus, ihr Sohn, gekommen. Und

macht mit: «Nach frisch gesägtem Holz. Man könnte die Monate gut nach dem Geruch unterscheiden.»

Und dann ist ein Spiel im Gange: Wie riechen die Monate? Mutter und Sohn wechseln einander ab. Sie sind einander unglaublich ähnlich, Naturnarren beide.

«Der März», sagt sie, «riecht nach Blumen und Dung. Aber ...»

Er, ihr das Wort aus dem Mund nehmend: «Aber je nachdem wo. In der Stadt weiß niemand mehr, wie Mist riecht.»

«Ich riech am liebsten Pferdemist, dann kommt Rindermist, dann Schweinemist, zum Schluss Hühnermist.»

Und wieder er: «Der Mist riecht in jedem Stadium anders, und es kommt drauf an, ob er auf warmem oder kaltem Untergrund aufgebracht wird, ob der Boden schon taut oder noch gefroren ist.»

«Ob es Mittag ist oder Abend.» Veronika Zimmermann lacht. So hat sie wahrscheinlich, vor fast vierzig Jahren, das Kind Markus herausgefordert, seine Nase zu trainieren. «Und im April fängt das Laub an zu riechen, wenn es aufbricht. Manche Gerüche kriegt man erst, wenn man Dinge anfasst. Im April den Schnittlauchstock, und dann riechen Sie selber wie ein Schnittlauch.»

«Mit manchen Pflanzen muss man richtig arbeiten. Wenn man die Palmen bindet für Palmsonntag, durch das Brechen des Holzes und den Handschweiß entsteht ein spezieller Geruch.»

Und weiter durchs Jahr, von Mai bis Weihnachten. Gerüche steigen auf in der Dunkelheit, einer nach dem anderen. Viele kenne ich auch, manche hatte ich längst vergessen. Etwas später, nach Mitternacht, liege ich in der Zimmermann'schen Dachkammer; sehr müde von diesem unerwartet stürmischen Tag, sauge ich vor dem

Einschlafen die Düfte ein – feuchtes Holz, Stockfleckiges, irgendein Kraut, und ziehe das leicht klamme Plumeau über den Kopf. Es erinnert noch entfernt an die vor Jahrzehnten geschlachteten Tiere. Talg? Reste von Blut? Am Bauch und an der Innenseite meiner Arme spüre ich einige stärkere Gänsekiele.

Am nächsten Tag – es regnet immer noch – steige ich in die Gummischuhe und schlappe hinter der sich behände vorwärtstastenden Veronika Zimmermann her. Am Steintisch vorbei und dem von Clematis umrankten Kaninchenstall, das «Fresswegle» mit seinen kahlen Himbeerhecken und Johannisbeerbüschen darf ich beschauen. Vom Erzählen erscheint alles vertraut und zugleich irgendwie banal. Der Garten, den ich so sehr zu sehen wünschte, erschien mir gestern im Wohnzimmer lebendiger.

Noch im Advent erreichte mich ein vergnügter Brief von Veronika Zimmermann. Darin entschuldigte sie sich für die «ihr fremde Erzählwut», diese müsse für mich wohl «eine Art Naturkatastrophe» gewesen sein. Sie selbst habe jetzt erst eine Antwort darauf gefunden. Offenbar hatte eine böse Ahnung, ausgelöst durch einen erneuten Krebsverdacht kurz vor unserer Begegnung, sie unter Zeitdruck gesetzt, sie zu dem «großen Rundumschauen im eigenen Leben» getrieben. Nun war der medizinische Befund ausgesprochen günstig ausgefallen, teilte sie mit, und wir könnten unser Gespräch demnächst fortsetzen.

Sie schrieb noch etwas über die gegenwärtige Befindlichkeit ihrer Clematis, und dann weiter: «Ich bin zur Verrücktheit geboren und zur Biederkeit verurteilt.» Das wolle sie zu meiner Orientierung im Dschungel ihrer Lebensgeschichte noch festhalten: «Und beides lebe ich in meinem Garten.»

Der Gartenmann

Ein geheimnisvolles Postskriptum auf einer Postkarte vom Lago Maggiore: «Du wirst es nicht glauben: Ich habe den Bock zum Gärtner gemacht!» Wie ich später telefonisch von der Schreiberin erfuhr, heißt der Mann, der sich neuerdings um ihren Stuttgarter Hausgarten kümmert, Bock. Meine Freundin, eine sehr gebildete Dame mit einer Kniearthrose, die sie daran hindert, weiterhin selbst zu gärtnern, amüsierte sich monatelang darüber. Eine alte deutsche Redensart war Wirklichkeit geworden, wörtlich und leibhaftig – durch das plötzliche Erscheinen eines Herrn Bock, Vorname Ivan, der von weit her, aus der kasachischen Steppe, nach Deutschland gekommen war. Und ihr Gartenmann hieß nicht nur so – wenn er nicht ganz nüchtern war, und das kam bei all seiner Tüchtigkeit und Liebenswürdigkeit durchaus vor, glich er sogar ein wenig dem besagten, zum Gärtner ernannten Ziegenbock, der die Rabatten zertrampelt und abgrast, anstatt sie zu hegen.

Anekdoten über Gartenmänner aus dem Osten, der Steppe, der Taiga, aus St. Petersburg schwirren durch Deutschland wie der feine Sand, der immerzu aus der Sahara anfliegt und sich auf unsere glänzenden Autos legt und den ein kundiges Auge auch in deutschen Gärten bemerken kann.

Die lustigste brachte mein Mann aus Lahr mit, einem

Städtchen am Fuße des Schwarzwaldes, dessen Bevölkerung zu einem Viertel aus Russlanddeutschen und Russen besteht. Eine Geschichte aus der Perspektive eines Gartenmannes, er heißt Valerij Sojkin, er hat sie selbst erzählt. Der aus Kasachstan zugewanderte Doktor der Anästhesie hatte sich während der ersten Jahre in Deutschland, weil man seine ärztliche Qualifikation nicht anerkannte, mit Gartenarbeit über Wasser gehalten. Als er schließlich, nach unglaublichen Anstrengungen, im Kreiskrankenhaus Kehl sein «Anerkennungsjahr» als Arzt machen durfte, zwar fast ohne Bezahlung, aber doch, als er also endlich Aussicht hatte, aus dem Nichts herauszutreten, passiert es: Er will dem ersten Patienten eine Narkose setzen, der sieht ihn an und ruft: «Sojkin, was machen Sie denn hier?» – «Ich bin Ihr Anästhesist.» – «Nein, Sie sind doch mein Gartenmann!» Der Patient ist der alte Anwalt, in dessen Garten Valerij Sojkin seinen Lebensunterhalt verdient. «Halt! Nein! Valerij, Sie sind doch mein Gartenmann!» Schreit der Anwalt, totenbleich. Er glaubt, einem Hochstapler in die Hände gefallen zu sein. Der ersehnte Tag des Triumphes wird für Sojkin zur größten Niederlage.

So etwa hat es mein Mann wiedergegeben. Und weil ihm die Geschichte so gefiel, erzählte er sie im Freundeskreis häufiger, fügte ihr immer neue dramatische Wendungen und aberwitzige Details hinzu. In einer Version springt der Anwalt in Panik nackt vom OP-Tisch, in einer anderen stirbt Sojkin beinahe vor Schreck.

Was ist eigentlich ein Gartenmann? Die Frage begann, mich zu beschäftigen. Er gärtnert für fremde Leute, ist jedoch selten dafür ausgebildet. Er wird nicht als Berufsgruppe geführt, in keiner Statistik, denn er ist ein Schwarzarbeiter. Seine Tätigkeit bleibt weitgehend verborgen, gewissermaßen «hinter der Hecke». In deutschen Gartenzeitschriften sucht man ihn vergebens, nur im Gerede, in Zaungesprächen, im Familienklatsch ist er präsent. Nicht die Person als solche, ihr Charakter, ihr Leben bleiben weitgehend im Dunkel. Es sind kleine Geschichten, die von gegenseitiger Fremdheit handeln, meistens aus der Sicht des Gartenbesitzers. Vielleicht ist das wichtigste Merkmal eines Gartenmannes, Anekdoten zu produzieren? Eines Tages, dachte ich, werde ich diesen Herrn Sojkin besuchen!

Der Gartenmann, das wurde mir nach und nach klar, ist eine durchaus wichtige Figur – in der Geschichte der Bundesrepublik, die DDR kannte ihn nicht. Gartenmänner gehören zur westlichen Marktwirtschaft, und sie sind darin ein ziemlich junges Phänomen. In fernerer Vergangenheit war es ein Privileg der Reichen, sie ließen ihre Gärten schon immer von bezahlten Kräften in Ordnung halten. In größerer Zahl tauchten Gartenmänner erst mit dem bundesdeutschen Wirtschaftswunder auf, Anfang der sechziger Jahre des 20. Jahrhunderts. Damals begannen die Gemüsegärten zu schwinden, man konnte es sich jetzt leisten, diese Lebensmittel zu kaufen. Viele Familien mit Garten hatten keine Zeit mehr für ihn; Ehefrauen, in deren Ressort der größte Teil der Gartenarbeit fiel, waren immer häufiger berufstätig. Dabei geriet die körperliche Arbeit als solche in Verruf. Garten bedeutete Dreck. In der Erde zu wühlen, zu hacken, Kartoffeln auszumachen schien für einen erfolgreichen Menschen nicht mehr angemessen. Es erinnerte an Krieg und Not, an all das, was man unbedingt hinter sich lassen wollte. Das Grundstück zu verkleinern war nur selten möglich. Wer baute, richtete sich gleich auf die neuen Bedürfnisse ein, 400 Quadratmeter oder weniger reichten vollauf. Eine der Lösungen war bekanntlich die Ausweitung der Rasenflächen, pflegeleichte Sträucher und Blumen eine andere. Rasch verwandelte sich das nutzbringende Stück Land in einen Ziergarten. Oder, wie ein Freund von uns immer sagt, einen Friedhofsgarten. Ein gewaltiger Umbruch, und bewerkstelligt wurde er oft mit Hilfe eines Fremden, der Gartenbesitzer wurde Arbeitgeber: für einen Gartenmann.

Ein Arbeitsverhältnis jenseits staatlicher und gewerkschaftlicher Kontrolle, das häufig eher den Charakter eines Dienstverhältnisses hatte. Aus heutiger Sicht kommt mir dies ziemlich seltsam vor. Da modernisiert sich ein Land im Eiltempo – endlich ist die Ära Adenauer vorüber, die Studenten revoltieren, selbst in der CDU stehen die Konservativen mit dem Rücken zur Wand. Im deutschen Garten dagegen lebt etwas auf, das ein wenig an feudale Zeiten erinnert. «Franz», heißt es da, «nächsten Mittwoch brauchen wir Sie nicht.» Anrede per Vornamen, umgekehrt sagt Franz «Herr Müller». Darin drückt sich der soziale Abstand aus, ein persönliches Abhängigkeitsverhältnis; es kann jederzeit beendet werden.

Auf dem schwarzen Arbeitsmarkt kursieren Stellenprofile: Der Gewünschte möge «willig» sein, «anspruchslos», kein Spezialist wie in anderen Bereichen der Gesellschaft, wo Arbeitsteilung Trumpf ist, sondern für möglichst vieles zu gebrauchen. Neben dem Gärtnerischen im engeren Sinne soll er: eine Pergola reparieren können, Vogelkästen und verstopfte Dachrinnen säubern, Terrasse schrubben, einen Teich anlegen. Eine Kastenfalle aufstellen und das darin gefangene Kaninchen töten, etwas, das sich kaum einer mehr zutraut, das als grausam und ekelerregend empfunden wird. Ein guter «Knecht», hätte man früher gesagt, natürlich nimmt niemand mehr dieses Wort in den Mund. Allerdings wird gern das besitzanzeigende Fürwort benutzt, «unser Franz» oder «mein Gartenmann».

Einheimische kommen dafür nicht so sehr in Frage, bevorzugt werden Leute von anderswo. Besonders aus Ostpreußen, dem ländlichen Schlesien oder dem Böhmerwald – die Vergangenheit Deutschlands ist hier mit im Spiel, Vermutungen über den angeblich seit jeher zurückgebliebenen, 1945 verlorenen bäuerlichen Osten. Dort hat das Vorleben eines guten Gartenmannes stattgefunden. Ich erinnere mich nicht, je einen türkischen Gastarbeiter bei dieser Arbeit getroffen zu haben. Oder einen sizilianischen Giovanni, der als Sohn eines Winzers oder gelernter Gemüsebauer beste Voraussetzungen gehabt hätte, oder einen Pablo aus der landwirtschaftlichen Hochkultur Andalusiens.

Deutsch soll der Gartenmann sein, so der Wunsch oder der instinktive Impuls, ostdeutsch. Man schreibt diese Tätigkeit hauptsächlich den Vertriebenen zu. Und diese hinterlassen ihre Spuren in den ihnen anvertrauten Gärten. Statt ihren Auftrag zu erfüllen, setzten sie oftmals ihren eigenen Kopf durch. Eben davon handelt ein Großteil der Anekdoten.

Aus verschiedenen Orten, in denen ich in den letzten Jahrzehnten gelebt habe oder zu Gast war, habe ich viele Eindrücke und Bilder in Erinnerung. Obwohl längst aus der Mode und man es ihm immer wieder untersagt hat, kippt ein Gartenmann Jauche aufs Tomatenbeet. Beim Baumschnitt gelten die Gepflogenheiten des Memellandes, nicht die vom Rhein, das machen die Hände, die den Ast fassen, ganz von selbst. Dahlien, die dieser Memelländer Georginen nennt, erhalten ungefragt solide hölzerne

Standhilfen. Baumscheiben, preußisch akkurat aus dem Rasen ausgeschnitten, geraten immer größer als verlangt. Eine Nachbarin in Berlin hat mir Mitte der siebziger Jahre mal erzählt, ihr Gartenmann, ein störrischer Niederschlesier, beharre darauf, drei Apfelbäumchen in einer bestimmten Anordnung zu setzen, zwei müssten parallel in einer Achse stehen und das dritte davor, in einer ganz bestimmten Entfernung, in einem ganz bestimmten Winkel zum linken hinteren. Er hatte dabei, so würde ich heute vermuten, ein Bild aus seiner Kindheit vor Augen, einen Garten, nach dem er sich zurücksehnte.

Mittlerweile könnte ich manches, was mir früher blödsinnig oder geheimnisvoll erschienen ist, deuten. Besonders gern, scheint mir, haben Gartenmänner einen Kontrapunkt zum neureichen Ambiente ihrer Arbeitgeber gesetzt. Eigensinnig, so wie der eine oder andere seine Holzschuhe, bei nasskaltem Wetter sein Katzenfell um die Nierengegend trug, oder verträumt, zuweilen auch rachsüchtig – ein Nachspiel zum uralten, klassischen Konflikt von Stadt und Land.

Das Reservoir von Vertriebenen, die nebenbei oder als Rentner Gartenarbeit verrichteten, war groß, und es gab genügend Neuzugänge – DDR-Flüchtlinge, Spätaussiedler aus Polen, aus Rumänien. Mit der Wende 1989 dann Millionen Zuwanderer deutschen Ursprungs aus Asien, aus Sibirien, Kasachstan, Kirgisien, von deren Existenz man kurz zuvor noch nicht einmal etwas geahnt hatte. Potenzielle Gartenmänner – rechtzeitig, mit dem boomenden Neuen Markt, dessen Gewinne auch in die Gärten flossen, standen sie zu Diensten. Sie waren weniger deutsch oder überhaupt nicht, dafür jünger als zuvor, äußerst kräftig, Brechmänner, wie man sie lange nicht gesehen hatte. Mit Improvisationstalent und Reparaturkompetenz, mit tausend in der sozialistischen Mangelwirtschaft erprobten Fähigkeiten. Manche hatten eine Karriere als Bestarbeiter im Kolchos vorzuweisen, zum ersten Mal meldeten sich für diese Arbeit auch Akademiker, Ingenieure, Mathematiklehrer, Ärzte wie Valerij Sojkin. Einer immer älter werdenden Gesellschaft, die gerade eine Pflegeversicherung einführte, ermöglichten sie die Erhaltung ihrer privaten grünen Welt.

Wie viele Gartenmänner mag es heute, im wiedervereinigten Deutschland, geben? Pi mal Daumen, nach Durchsicht der ziemlich kryptischen amtlichen Verlautbarungen, schätze ich: wenigstens eine halbe Million, möglicherweise doppelt so viele.

Sojkin besuchen! Das schien mir unausweichlich. Einmal wenigstens wollte ich die Welt aus der Sicht eines Gartenmannes und seine Lebensgeschichte kennenlernen. An einem Novembernachmittag sitze ich in einem winzigen Arztzimmer der Herzklinik in Lahr. Ein Ort, so unpersönlich, dass die Gedanken wie von selbst woandershin wandern. Vor mir, im weißen Kittel, ein zweiundvierzigjähriger Mann, drahtig, sehr sportlich, mit lebhaften braunen Augen.

Wo beginnen? 1993, als er, der fertig ausgebildete Anästhesist, ein Jahr nach seiner Ankunft in der Bundesrepublik, sich als Gartenmann bei einem Anwalt in Kehl am Oberrhein verdingte? Lieber früher, beschließen wir, mit seiner Vorgeschichte in der Stadt Karaganda, im 15. Mikrorajon des Bezirks Maikuduk. Sojkin entführt mich in die kasachische Steppe, in eine flache karge Landschaft, die sich durch ein extremes Klima auszeichnet, 50 Grad Hitze und 50 Grad Frost. In einen Lebensraum, in dem der Mensch sich schwertut, wo nie eine Stadt entstanden wäre, hätte nicht Stalin beschlossen, ein Kohlevorkommen auszubeuten. Sojkins Großeltern, Russen von der Wolga und aus der Region Orjol, gehörten zu den Deportierten, die um 1930 herum dort ausgeladen wurden, sich zunächst in Erdhöhlen eingruben, um nicht zu erfrieren.

Viel könnte er erzählen von solch düsteren Geschichten. Seine Mutter, während des Zweiten Weltkriegs geboren, war schwach, immer krank, infolge des Hungers, der Infektionen, die sie als Mädchen durchlebte. Er selbst, Valerij, 1965 zur Welt gekommen, die erste Generation, die ohne Terror, ohne Mangel aufwuchs, und beinahe sorglos, wäre nicht früh sein Vater verunglückt. So blieb er das einzige Kind – Mutters beste Stütze, ihr Kavalier. Bis zum Schulalter wohnte er meist bei der Großmutter in Tichonowka, einer der ältesten Schachtarbeitersiedlungen von Karaganda.

«Ein dörfliches Haus. Alles völlig einfach. Alles irgendwie warm.» Er schwärmt, in fehlerfreiem Deutsch.

«Meine Oma nannte mich ‹Senutschik›, ‹mein Söhnchen›. Natürlich musste ich auch helfen.»

«Sie hatte bestimmt einen Garten?»

«Einen sehr großen, da hing die Versorgung von fünf Familien dran. Schon als ganz kleiner Junge», er zeigt mit der Hand die Größe an, etwa achtzig Zentimeter vom Boden, «musste ich immer Unkraut jäten, Wasser schleppen, unsere Sommer waren ohne Regen. Am 1. Mai hieß es für alle: Kartoffeln pflanzen! Auf Omas Kommando, da gab es kein Wenn und Aber.»

Gern habe er das nicht gemacht. «Das war Sklavenarbeit.» Es habe sein müssen, auch später, als er ein Schüler war, an jedem Wochenende. Sobald im Frühjahr der Frost aus dem Boden gewichen war: Garten. Garten. Garten.

Bis in den September hinein, bis der Winter wiederkam, plötzlich und majestätisch wie ein Paukenschlag, innerhalb weniger Stunden konnte die Temperatur um 30 Grad fallen.

In der «goldenen Steppe», wie sie die kasachischen Nomaden nannten, wo sie jahrhundertelang im Frühsommer ihre Herden weideten und die für ein sesshaftes Leben ungeeignet erschien, muss ein Gärtner wahre Wunder vollbringen. Ich selbst war einige Male in Karaganda zu Besuch, und ich habe nichts so sehr bewundert wie die Arbeit der Gartenbauer und Pflanzengenetiker. Besonders gut kann man sie im botanischen Garten studieren. Deportierte Fachleute, vor allem aus der Ukraine und Südrussland, haben dort vor ungefähr siebzig Jahren angefangen, Gewächse aus den gemäßigten Zonen Europas zu akklimatisieren. Vier Dutzend Sorten Rosen, Glockenblumen und Lilien, Kräuter, winterharte Obstbäume, Tomaten, insgesamt etwa 20 000 Nutz- und Zierpflanzen. Glanzstück war eine Orangerie mit Palmen und Zitronenbäumchen. Natürlich waren bei der Verwandlung der unwirtlichen Steppe in eine Lebenswelt auch Laien am Werk wie Sojkins Großmutter – eine Kulturleistung allerersten Ranges; der kleine Valerij lernte, sie zu bewahren.

Als er heranwuchs, sagt er, war ihm das nicht bewusst, nicht wichtig. Er sah sich als Bewohner einer modernen sowjetischen Großstadt, sein großer Traum war, Arzt zu werden. In jedem Satz spüre ich seinen unbändigen Ehrgeiz.

«Ich wollte Arzt werden, um meine kranke Mutter zu behandeln!»

Sojkin, das Einzelkind. Sojkin, der Karatekämpfer. Sojkin, der Retter, der vergangenes Unheil überwindet.

Viel, sehr viel lag auf seinen Schultern. Er schaffte sein Studium mit Bravour, unterbrochen von zwei Jahren Armee, beflügelt durch Gorbatschows Perestroika und die Liebe zu einer Russlanddeutschen. Ein Sohn wurde geboren, und plötzlich brach alles ab – der große Exodus aus Karaganda setzte ein. Zuerst gingen die Deutschen fort. Ein Großteil der Familie seiner Frau war schon am Oberrhein.

«‹Kommt! Kommt!› Sie machten uns verrückt mit ihrem Rufen. Ich wollte auf gar keinen Fall fort. Ich bin Russe. Ich bin ein Patriot. Ich hätte meine Mutter zurücklassen müssen.»

Dennoch ließ er sich von seiner Frau zu einem Besuch ihrer Verwandten in Kehl überreden, Söhnchen Jewgenij reiste mit.

«Deutschland war so grün, das hätte ich nie gedacht. Ein anderer Planet.»

Vieles sprach für Deutschland. Die Szene zum Beispiel, wie seine Schwägerin ein halbes Dutzend Käsesorten aus dem Kühlschrank holte, wird er nie vergessen. Wieder zurück in der Heimat, redete er mit allen, die ihm wichtig waren. Bleib um Himmels willen, sagte sein Chef, und am Ende des langen Gesprächs: «Gut, dann geh.» «Versuch es im Westen», ermunterte ihn die Mutter.

Mitten in den Überlegungen, im August 1991, brach die Sowjetunion endgültig auseinander. Und Karaganda stürzte ab wie ein Stein, die Kohleindustrie ging mit einem Schlag bankrott. Jetzt verließen nicht nur Deutsche, sondern auch andere, die ursprünglich aus Europa stammten, Russen, Weißrussen, Ukrainer, Polen, Balten, die Stadt. Beim nächsten Wintereinbruch fiel die Fernheizung teilweise aus, Wasserleitungen brachen, bald schon würden ganze Wohnviertel leer stehen. Die Steppe kehrt zurück, hieß es. Sich dagegen anstemmen? Sojkins Freunde, seine Liebsten gaben ihn frei.

«Allein der Abschied von meiner Oma hat mich fast umgebracht.»

Sich losreißen, verletzter Stolz, ein Gefühl der Schuld – das verfolgt ihn bis heute.

«Ich wollte als Arzt meine Mutter behandeln. Jetzt behandle ich die Deutschen, und meine Mutter ist allein.»

Im Mai 1992, als die Familie ausreiste, war es zunächst sehr unwahrscheinlich, dass der damals siebenundzwanzigjährige Anästhesist und Intensivmediziner Valerij Sojkin in Deutschland jemals Arzt sein würde. Sein Examen wurde nicht anerkannt. Erst einmal: «Acht Monate Sprachkurs, das fiel mir sehr schwer. Grammatik ging noch. Aber das Sprechen!»

Lachend zitiert er die Sätze, die ihm anfangs überall, bei den Behörden oder in der Schwiegerfamilie, entgegenschlugen: «Erstens, du bist ein Ausländer.» Anders als seine Frau, deren Vorfahren vor zweihundert Jahren aus deutschen Landen nach Russland aufgebrochen waren und deren Ausreise man in gewisser Weise als Heimkehr bezeichnen konnte. «Zweitens, du kannst kein Deutsch. Drittens, du wirst nie Arzt. Viertens, du gehst ins Stahlwerk.»

Man glaubte ihm nicht, dass er in Karaganda schon als Arzt tätig gewesen war, und verweigerte ihm deswegen das Eingliederungsgeld. Also pfiff er aufs Amt. Und nahm den Job im Garten eines alten Anwalts an, wo seine Schwiegermutter als Putzfrau arbeitete.

«Ich war ein Mann für alles. Bäume schneiden. Gras mähen. Kleine Reparaturen.»

Später kam noch der Garten von einem Kollegen des Anwalts hinzu. So ernährte Sojkin seine Familie, und weil die 500 DM, die ihm das Kreiskrankenhaus Kehl während des Anerkennungsjahrs zahlte, nicht reichten, blieb er nach Feierabend weiter Gartenmann.

«Mein Glück war, dass ich gute Leute kennenlernte.»

Sein Chef im Krankenhaus förderte ihn, ermutigte ihn. Immer hatte Sojkin das dicke deutsche Anästhesiebuch unterm Arm. Dessen Terminologie teilweise englisch war, auch davon hatte er keinen blassen Schimmer.

«Ich konnte Deutsch nicht viel besser als ein Hund.»

Während er als Arzt den Mund nicht aufkriegte, konnte er sich als Gartenmann bald annähernd verständigen. Zunächst mit Hilfe der Schwiegermutter, die dolmetschte, dann per Zeichensprache. Um ihm zu bedeuten, dass die Hecke geschnitten werden sollte, schnipste der Anwalt mit zwei Fingern durchs Haar. «Gartenschere», ein Singular, das möge einer verstehen, im Russischen ist der Gegenstand aus zwei Teilen – sehr logisch – ein Plural. Redeversuche gelangen jetzt immer besser. Werkzeuge und Pflanzen prägten sich mit Hilfe der Tätigkeiten gut ein, im Garten lernten Kopf und Hand zusammen.

«Irgendwann kam der Bruch, da konnte ich reden. Es war, wie wenn ein Abszess aufgeht.»

Der, die, das. Feinheiten der Aussprache. Grammatik. Der Anwalt lobte, wenn Sojkin den Dativ richtig verwendete. Sein junger russischer Gartenmann war Arzt, das hatte dieser ihm erzählt. Und der Jurist hatte ihm dringend geraten, die niedrige Tätigkeit, mit der er sein Brot verdiente, zu verheimlichen, sonst könne er niemals eine Stelle als Mediziner bekommen. Manchmal schien es Sojkin, als nehme ihm sein liebenswürdiger Arbeitgeber den examinierten Akademiker nicht ab. War der Deutsch radebrechende Doktor vielleicht doch nur ein Schwindler?

«Natürlich habe ich immer gehofft, dass mich keiner im Garten sieht.» Sagt Doktor Sojkin, seine Stimme verrät immer noch eine Spur von Scham.

«Hab die Arbeit so eingeteilt, dass ich bei Tageslicht hinterm Haus schaffte und erst abends vorne.»

Seiner Mutter in Karaganda hat er am Telefon nichts davon erzählt. Ab und zu dachte er daran, wie seine Großmutter ihm als Kind, wenn er mal wieder nicht jäten wollte, versprochen hatte, es werde ihm irgendwann im späteren Leben nützen.

Der Tag kam, als er vom Chef der Narkoseabteilung zu jenem Patienten geschickt wurde, sein Name kam ihm gleich bekannt vor. Der Anwalt erkannte Sojkin in seinem weißen Kittel zunächst nicht. Dann fiel ihm der Kinnladen runter. Valerij Sojkin schildert die Begebenheit heute ganz frei, zwischendurch schüttelt es ihn vor Lachen.

«Der Anwalt rief immerzu: ‹Sojkin! Was machen Sie denn hier? Valerij, Sie sind doch mein Gartenmann!› Ich versuchte, ihm die Fragen zu stellen, die ich für die Narkosevorbereitung brauchte.»

Der Erschrockene sprang nicht vom Tisch, wie mein Mann (der notorische Geschichtenausschmücker) mir berichtet hatte, aber er bestand darauf, von Sojkins Chef die Narkose zu bekommen. Es war nicht die einzige heikle Situation, manche Patienten hätten sich grundsätzlich einem russischen Arzt verweigert.

Am Ende des Anerkennungsjahrs kündigte Valerij Sojkin seine Arbeit als Gartenmann. Jetzt also konnte es richtig losgehen – doch er bekam nirgends eine Stelle als Arzt.

«Am Ball bleiben, hieß es. Weiter Deutsch lernen. ‹Sojkin, Sie müssen sich zeigen!›»

Er schluckt. Und fährt fort mit der Geschichte, schnell und schneller, immer ausführlicher werdend, eine wahre Odyssee: sechshundertfünfundzwanzig Bewerbungen in zwei Jahren, von Kehl bis Cuxhaven, und alle gescheitert. Zwischendrin hat er, einem Hinweis aus dem «Deutschen Ärzteblatt» folgend, unangemeldet vor irgendeinem Krankenhaus gestanden und sich vorgestellt. Er wollte nichts weiter als umsonst arbeiten, um sich weiterzuqualifizieren, Gastarzt ohne Bezahlung sein. Mal klappte es für ein paar Wochen in Bruchsal, mal in Offenburg, mal in einem Ambulanzzentrum. Oft sei ihm nach Aufgeben zumute gewesen. Damals wurden Krankenpfleger gesucht, aber auch in diesen Beruf hätte er ohne Ausbildung nicht einfach einsteigen können.

«Die Deutschen», sage ich, «wollten vielleicht lieber den Gartenmann Sojkin?»

«Möglich.» Sojkin liegt es fern, sich zu beklagen. «Beim Karate gibt es eine alte Kämpferregel: ‹Du wirst nur dann der Stärkste, wenn du nicht deine Gegner bekämpfst, sondern dich selber, deinen inneren Schweinehund.›»

1996 schließlich die erste richtige Stelle als Arzt im hessischen Frankenberg an der Eder. Drei Jahre hielt er dort aus, weitere drei in Bad Berka bei Weimar, noch weiter weg von Kehl am Oberrhein, wo Frau und Sohn lebten. Und er machte drei Abschlüsse als Facharzt – für Anästhesie, Intensivmedizin und Notfallmedizin, Sieg auf der ganzen Linie.

«Purer Egoismus», meint er heute. «Ich habe zu viel aufs Spiel gesetzt.»

Seine Ehe, die Familie – es fehlte offenbar nicht viel, und er hätte sie verloren. Sojkin hatte riesiges Glück: 2003 bekam er die Stelle im Herzzentrum Lahr, und im selben

Jahr wurde, nach langem vergeblichen Hoffen und Versuchen, das Schicksal mit Hilfe der modernen Medizin zu wenden, das zweite Kind, ein Sohn, geboren.

Ein Neubeginn. Er wusste nun endlich wieder, was ihm wichtig war. Gut zehn Jahre nach dem schrecklichen Abschied von Karaganda war Valerij Sojkin in Deutschland angekommen.

Über seine Zeit als Gartenmann, eine Episode auf dem Weg des Erfolgs, wird er noch seinen Enkeln erzählen. Gärtnern will er allerdings nie wieder, nur im Garten liegen, entspannen. Und anderer Leute Pracht anschauen, deutsche Gärten gehören für ihn zum Schönsten, das dieses Land zu bieten hat.

«Diese Farben, das Bunt, jeden Monat etwas Neues. Das tut der Seele wohl. Anders als in der kasachischen Steppe, dort ist im Juni schon alles braun und verdorrt. Hier in Deutschland wächst alles wie verrückt.»

Geranienkästen, Blumenampeln an den Straßenkreuzungen findet Valerij Sojkin «genial». Die penible Ordnung in den Gärten «prima». Die Landschaft dagegen ist ihm zu «steril», besonders der Wald. «Die Mutter Natur», Sojkin springt auf, nimmt Haltung an und rückt theatralisch den Schlips zurecht, «muss man in Deutschland höflich grüßen. Die Bäume stehen stramm. Da geht jede Woche einer durch mit Säge und Harke. Das ist doch kein Wald! Alles künstlich. Überall hast du eine Straße im Ohr.»

Dem Russen fehlt die Taiga, ihre weiten, von gewaltigen Strömen und Wasserläufen jeder Größe durchzogenen, beinahe menschenleeren Urwälder. Ein Garten wie der seiner Großmutter in der kasachischen Steppe war interessant, weil jenseits des Zaunes etwas anderes war – unkultiviertes, nach Wermut duftendes Land. Der Mensch, meint

Valerij Sojkin, brauche beides: den geschützten Raum und die Wildnis. Warum könne ein Mann nicht einfach eine Angel in den Rhein halten, ohne amtliche Lizenz, ohne Mitgliedschaft in einem Verein? Er sagt es nicht, er ist höflich, aber ich verstehe es auch so: dass er mein Deutschland in dieser Hinsicht für ein armseliges Land hält und die deutschen Männer für Männlein.

Mir fällt der Zeitungsartikel über eine Polizeistatistik wieder ein, den ich vor ein paar Jahren las, worin ausgebreitet wurde, dass nach 1989 die Fischwilderei enorm zugenommen habe, überall dort, wo Aussiedler aus Sibirien und Kasachstan lebten. Hinter der allgemeinen Verärgerung über das Delikt, so kommentierte der kluge Journalist, verberge sich der Schmerz über eine verlorene Freiheit, am liebsten würden die Deutschen selber in ihren Flüssen wildern.

Von dieser Entfremdung, scheint es, handeln auch viele Anekdoten über den Gartenmann. Der Natur noch mehr verbunden, hält er dem Gartenbesitzer einen Spiegel vor Augen.

«Ich fahre oft mit dem Fahrrad zur Arbeit», sagt Doktor Sojkin. Hinter der Gardine des nüchternen Arztzimmers leuchtet das Herbstlaub. «38 Kilometer.» Von Kehl, wo er wohne, bis zur Herzklinik in Lahr. Für einen Mann aus der kasachischen Steppe ist diese Entfernung nichts. «Durch den Wind. Wenn es eben geht, über Feldwege. Das duftet bei dem feuchten Wetter wunderschön. Da ist ein Garten, hier ein Haus auf dem Hügel, dort ein Storchennest auf dem Elektromast.» Eine unglaublich abwechslungsreiche Strecke, und das eben ist Deutschland. «Das liebe ich, und dann komme ich zum Dienst voller Elan, geladen wie eine russische Atombombe.»

«Schissbeeren», Weimar
Zu Besuch bei dem Dichter Wulf Kirsten

«Schissbeeren!»

Ruft er. Bis dahin die Ruhe selbst, ganz Dichter, ernst und in sich gekehrt. Plötzlich ist er mitten im Beerenfieber. «Die meisten Holunderbeeren taugen nichts.» Zu meiner Überraschung betont er Holunder auf der ersten Silbe. «So ist das bei uns. Das werden Sie mir bestimmt ankreiden.» Zum ersten Mal richtet er seinen Blick etwas länger auf mich – dunkelbraune Augen, die erfreut zu registrieren scheinen, dass ich seine Gesten aufmerksam verfolge.

Er zeigt mir, wie man Beeren zwischen Daumen und Zeigefinger zerdrückt, um zu prüfen, wie gut und reif sie sind. «Je klebriger, desto besser. Wenn sie zu wässrig sind, dann sind das Schissbeeren.» Nach bestandener Tastprobe habe die Zunge das letzte Wort. Oft radle er mit seiner Frau Sofia kilometerweit durch die Landschaft, hier ein Strauch, dort ein Strauch, absteigen, probieren, aufsteigen, und wenn die Suche abgeschlossen sei, könne man von einem einzigen den Jahresbedarf der Familie decken. «Der Holunder, das ist auch eine der aus dem Garten hinausgeworfenen Pflanzen. Der interessiert heute niemanden mehr.»

Schon lange wollte ich Wulf Kirsten in Weimar besuchen, den Häuslersohn aus dem Tal der wilden Sau bei

Meißen, der ein bekannter Naturlyriker wurde und die kleine Welt seiner Kindheit und ihre Verwandlungen besingt. Das, was er kennt, und nur das: «Ausgeforscht bis in den letzten Brennnesselwinkel. Ausgekostet jeder fruchttragende Baum und Strauch. Pferdeställe, Heuböden, Wagenremisen, Schirrkammern durchstöbert», wie er in seinen Kindheitserinnerungen erzählt. «Kein Flurstück blieb unentdeckt. Wir liefen uns die Heimat an den nackten Fußsohlen ab. Auf Dauer vermochte sich vor uns nicht eines der sechzig Häuser, aus denen das Dorf bestand, zu verstecken.» Klipphausen, dort ist Wulf Kirsten 1934 geboren, in unguter Zeit, auch sie ist Teil seiner Lyrik. Etwa die Kommandosprache des Fähnleinführers, der den unwilligen Pimpf, den von Haus aus Langsamen, den Linkshänder, Büchernarren, Tagträumer strammstehen ließ: «zackzack, sprung-auf, marsch-marsch, schnauze in'n dreck.» Er robbte durch die heimatliche Natur, im Laufe des Krieges wurde auch sie zum traumatischen Ort: «einer von uns lag im löwenzahn mit abgerissenem kopf.»

Fast alles hatte ich von Wulf Kirsten gelesen, seine Poesie ist mir nahe. Und jetzt sitze ich endlich, etwas verlegen, dem Poeten gegenüber – und er ist mir ganz fremd. Man kennt das, versteckt sich hinter einer förmlichen Frage.

«Herr Kirsten, welche Bedeutung haben die Wörter für die Arbeit und den Genuss im Garten?»

«Man muss bezeichnungsfest sein.»

Zwischen seinen buschigen Augenbrauen bildet sich eine tiefe Falte.

«Jede der Pflanzen muss man kennen, das habe ich von meinen Eltern gelernt.»

Er schweigt. Ich warte.

«Bei der Gartenarbeit braucht man Begriffe, eine Fachsprache für die Gerätschaften, für alle Tätigkeiten. Wie man gräbt. Wie man stapelt. ‹Banzeln›, sagten wir, das ist eine bestimmte Weise des Stapelns von Heuballen oder Ackerbohnen, so, dass sie zusammenpassen.»

«Das ist obersächsischer Dialekt?»

«Ja.»

«Und weiter?»

Wulf Kirsten runzelt die Stirn, auf die Schnelle wollen sich die Wörter nicht einfinden. «Geschlaudert», sagt er schließlich, «kennen Sie das? Wenn sich ein Salatkopf nicht richtig schließt, sondern luschig bleibt.» Er greift nach einem grünen Lexikonband. «Schlaube», liest er aus dem «Lexikon der Obersächsischen Mundart» vor: «Eine Krautpflanze, die sich nicht zu einem festen Kopf entwickelt hat.»

«Haben Sie Lieblingswörter?»

Es kommt nach längerer Pause: «lawede.» Das Wort kenne ich aus einem Gedicht von ihm, den Sinn habe ich nur erraten können. «Ein laweder Zaun ist einer, der wacklig ist, altersmorsch. Auf dem Dorf waren die Handwagen oft lawede.»

Während der Dichter sich ins Lexikon vertieft, schaue ich mich verstohlen um. Sein Arbeitszimmer ist fast quadratisch, an zwei Wänden Regale bis zur Decke, bestückt mit Büchern. Penible Ordnung, angenehm nüchtern, fast wie eine Werkstatt. Hier und da ein Erinnerungsstück, Wurzelholz, Fotos der Enkel, Postkarten. In einer Nische eine ziemlich alte elektrische Schreibmaschine. An den gegenüberliegenden beiden Wänden je ein Fenster, aus denen man einen weiten Blick hat – über die Stadt, bis an ihren Rand, am Horizont ein Dorf im Septemberdunst.

«ein fremdling bin ich
mir selbst, landlos,
dorfverloren, ausgesandt,
das Leben zu bestehen
am Hauseck, an das die Hunde pissen.»

Verse über Weimar – über vierzig Jahre lebt der Dichter schon hier. Auch als Städter hält er an der «weggebissenen Sprache der Feldhecken» fest. Man kann sich bei ihm, wie Martin Walser einmal sagte, «verproviantieren gegen Geschwindigkeit, Anpassung und Verlust».

«Butzen.» Wulf Kirsten ist wieder aufgetaucht. «Auch so ein Wort. Kränkeln, nicht gedeihen.» Wieder bemüht er das Lexikon: «Butz ist ein Kümmerling unter Tieren oder Menschen.» Auch auf Pflanzen anwendbar.

«Also das Gegenteil von Kaventsmann?»

«Wir sagten bei uns Kraventsmann. Zum Beispiel über ungefüge Steine.»

«Gartenfrüchte. Monsterkürbisse. Zucchinikeulen. Oder?»

Dafür ist «Der große Wahrig», ein hochdeutsches Nachschlagewerk, zuständig. Um sicherzugehen, wird noch das «Wörterbuch der deutschen Alltagssprache» hinzugezogen. «Kaventsmann» – ein Wort aus der Seemannssprache, in seiner ursprünglichen Bedeutung eine riesige, schnell heranrollende Welle, die nicht der Richtung des normalen Seegangs folgt und Schiffe zum Kentern bringt.

Und auf einmal hat der Dichter sein liebstes Lieblingswort parat: «Bene lämpeln!» Um es mir zu erklären, muss er eine ganze Welt aufleben lassen: Klipphausen, das seit Jahrhunderten von einem Rittergut beherrschte Dorf, und seine «laweden» Handwagen. Mit deren Hilfe zogen die

Kinder damals Kartoffeln oder Rüben nach Hause, mühsam hügelauf, und wenn es abwärtsging, sprang der kleine Kutscher auf den Wagen, zum Lenken klemmte er die Deichsel zwischen die Beine. «Bene lämpelnd» gelangte er ins Tal, ein Vergnügen, für einen Augenblick war die Arbeit vergessen.

Als Kinder, sagt Wulf Kirsten, verstanden sie die Sprache des fließenden Wassers. Der Bach klang anders als bei Anliegern weiter unten im Tal, hier am elterlichen Haus lief er eiliger. Je nachdem, wie viel Wasser er führte, bewegten sich die Steine am Grund heftig oder nur leise, er rauschte, gurgelte, murmelte, die Reihe der Verben ließe sich leicht verlängern, und bei langanhaltender Trockenheit konnte er ganz verstummen.

Sich daran zu erinnern ist für ihn wesentlich. Verklären würde der Lyriker diese Vergangenheit nie. «Wir waren absolute Dorfarmut.» Wulf war das älteste von fünf Kindern, wohl der typische Erstgeborene: ein wenig im Abseits, früh ein Beobachter, verantwortungsbewusst. In seinen Gedichten hat er das harte Leben seiner Eltern festgehalten. Der Vater, «Steinmetz und nebenher Landmann», die Mutter von den rasch aufeinanderfolgenden Geburten und schwerer körperlicher Arbeit in Haus, Garten und Feld geschwächt. Das Bild, wie sie gemeinsam die Ackerwalze zogen, wird ihm immer vor Augen stehen:

«… wenn sich zwei vorspannen,
in die kopfseile stemmen,
ersetzt der sparsame starrsinn
das zugvieh im joch.
jahr um jahr zogen sie die walze
steinzeitlich

am eisengestänge über eigenen grund
und reformierten Boden,
bergunter, bergauf,
vater und mutter, ohne zu murren und aufzustecken,
immer mit letzter Kraft in den Sielen …»

So ging es – bis zum Ende des Zweiten Weltkriegs und darüber hinaus, noch Jahre nach der Bodenreform von 1945. Zwar konnten die Eltern ihren winzigen Besitz etwas vergrößern, hatten teil an dem Land des Rittergutes, welches nun aufgelöst wurde. Sie konnten sich aber nach wie vor keine Pferde leisten, geschweige denn Maschinen. Erst nach Gründung der DDR begann ein neues Zeitalter, mit der ersten Phase der Kollektivierung, den «Landwirtschaftlichen Produktionsgenossenschaften» (LPG) und «Volkseigenen Gütern» (VEG). Wulf Kirsten, der in den fünfziger Jahren immer noch auf dem Land lebt, ist aufmerksamer und kritischer Zeuge dieser Veränderungen.

«Erst sind die Dinge gestorben, dann die Wörter.»

Kirsten berichtet, wie die Mechanisierung unzählige frühere Tätigkeiten überflüssig machte, Vorgänge wie das «Banzeln» oder das Dreschen mit Flegeln, ebenso Hunderte von Gerätschaften, Arten von Sensen, Harken, Forken. Es dauerte nicht lang, und sie waren vergessen, bald sogar die Bezeichnungen dafür. Zugleich verschwand die Geselligkeit des Arbeitens, das Hand in Hand, besonders intensiv während der Erntezeit. Der Mann auf dem Mähdrescher redete da oben mit niemandem mehr. Aus der Landschaft verschwanden allmählich die menschlichen Stimmen, die Lieder beim Garbenbinden, Zurufe, Lockrufe fürs Vieh. Jeder war nun ein Spezialist, entweder Traktorist oder Melker, zuständig für den Kälberstall oder Schweinefütterung, vom Ganzen, dem Kosmos des Bäuerlichen, in dem sich eine Generation zuvor noch völlig auskannte, entfremdet. Gänse «raufen», Gänseflügel als Handbesen, gerade noch Alltag und binnen weniger Jahre fast exotisch. Nur noch weiter östlich zu finden, auf Rumänienreisen, in der Ukraine, in Sibirien.

Früher oder später geschieht dies überall. In der Bundesrepublik, den meisten Ländern der «Europäischen Wirtschaftsgemeinschaft», verlief die Modernisierung meist noch viel schneller. Dem Häuslersohn Wulf Kirsten war sie, in ihrer sozialistischen Variante, zunächst keineswegs unsympathisch. Wer aus dem Elend kam wie er, musste darin, zumindest teilweise, einen Fortschritt sehen. Doch ihre Weiterentwicklung, ihre plötzliche, dramatische Beschleunigung war in seinen Augen eine einzige Katastrophe. Im Frühjahr 1960 war es, «in der DDR kann man es genau datieren». Da prügelte man die Bauern, die sich bis dahin entzogen hatten, und das waren in aller Regel die besten, in die LPGs. Ein Gewaltakt – Ausdruck der tiefen Krise des Regimes, nur ein Jahr später verschanzte es sich hinter einer Mauer.

Ferne Vergangenheit – und doch nahe genug, den Dichter für einen Moment in Rage zu bringen: «Die LPGs haben gehaust wie die Schweine.»

Dann er ist wieder bei sich. Und erzählt, wie er selbst diese Jahre erlebt hat. 1960 ist auch für ihn eine Zäsur, sechsundzwanzig ist er damals. Hinter ihm liegen eine kaufmännische Lehre, Jahre als Bauhilfsarbeiter, als Buchhalter, ein nachgeholtes Abitur. Jetzt beginnt er, in Leipzig Germanistik und russische Sprache zu studieren. Das «Großartigste» für ihn ist ein Seminar über Dialekte bei dem jungen Wissenschaftler Gunter Bergmann. Dazu gehört auch die Praxis des Wörtersammelns, ein mehrbändiges «Wörterbuch der obersächsischen Mundarten» soll entstehen. Wulf Kirsten wird einer der Zuträger, dreieinhalb Jahre durchforstet er die Gegend von Wilsdruff und Lommatzsch, westlich von Dresden, befragt dort die alten Leute. Etwa 1200 Belegzettel reicht er für das Projekt ein, in der Druckfassung des Lexikons sind seine Artikel mit «Kli» gezeichnet – das Kürzel steht für sein Klipphausen. In allerletzter Minute kratzen die Wissenschaftler die Bestände der bäuerlichen regionalen Sprache zusammen.

«Könnten Sie ungefähr beziffern, wie viel Prozent des damaligen Wortschatzes gestorben sind?»

«Natürlich nicht. Aber es war ein Massensterben.»

Sein Glück damals – er ist wieder in Kontakt zum Dorf, und er findet seinen Standpunkt. Schon länger hat er mit dem Dichten begonnen, jetzt weiß er, er wird sich der untergehenden Dorfwelt verschreiben, aus der er stammt. Wie Peter Huchel, der von märkischer Landschaft geprägte, oder der aus Tilsit vertriebene Johannes Bobrowski, der seiner verlorenen ostpreußischen Heimat eine «Statt in den Lüften» geschaffen hat. «Auf Wortwurzeln fasse ich Fuß» wird Kirstens poetisches Programm. Hinzu kommt ein Impuls aus Amerika: «Der stumme Frühling», ein Buch, das seinerzeit um die Welt geht, die leidenschaftliche Anklage der Biologin Rachel Carson, sie stellt erstmals das ganze Ausmaß der Vergiftung der Natur dar – für den DDR-Bürger Kirsten «ein Erweckungserlebnis».

1969, Wulf Kirsten wohnt bereits in Weimar und arbeitet als Lektor für den Aufbau-Verlag, geht er erneut auf Tuchfühlung mit dem Sujet seines Schreibens und verbringt einige Monate in einer LPG. Was er dort beobachtet, erschüttert ihn: «Milchvieheinheiten», bis zu tausend

Tiere in einem Stall, ein Dorf ohne Gemeinschaft, ortlos gewordene Landmenschen, die je nach Bedarf mal hierhin, mal dorthin zur Arbeit gefahren werden. In Erinnerung bleibt ihm ein älterer Mann, der von «Litter» spricht, statt des hochdeutschen «Leiter» benutzt er das Dialektwort und wird deswegen ausgelacht. Ohne Zweifel, die DDR und Wulf Kirsten bewegen sich in den sechziger Jahren in diametral entgegengesetzter Richtung.

«Dorf
die zersiedelte siedlung,
wie sie verwegen abhängt,
zerfleddert und zerpflückt,
zwischen wilden müllkippen,
die sich verzetteln
von unort zu unort. ...»

Zeilen von 1974, die DDR feierte gerade ihren 25. Jahrestag.

«Damals bin ich ein radikaler Ökologist geworden.»

«Und was ist mit Ihrem Klipphausen passiert?»

«Abschreckend. Durch ein Gewerbegebiet zerstört. Es liegt heute nahe der Autobahn.»

«Hatten Sie nie Sehnsucht, selbst Land zu bebauen? Wenigstens einen Garten?»

«Nein. Da bin ich schon zu sehr urbanisiert. Auf Bücher und Bibliotheken angewiesen. Auf jedem Dorf wäre ich heute ein Fremdling. Einen Garten hatte ich nur in meiner Kindheit. Als Junge wollte ich immer Teegärtner werden, ich hatte ein eigenes Beet, da wuchsen Teekräuter, Melisse und Salbei.»

Er und seine Frau Sofia, die aus Siebenbürgen stammt

und ebenfalls naturnah aufgewachsen ist, hätten einen Garten in einer Kolonie vor der Stadt nie gewollt. «So und so viel Radieschen oder Kohlköpfe abliefern», was der Staat gerade verlangte, das widerstrebte ihnen.

«In Gedanken bin ich aber ein Gärtner.»

Und er habe natürlich verfolgt, was sich auf den «Datschen» tat. In der DDR waren die Kleingärten für viele ein wichtiges Zubrot – und eine feste Planungsgröße im sozialistischen Wettbewerb. Einer der wenigen Freiräume zugleich, wo sehr viel länger als in der BRD bäuerliche Gartenkultur erhalten blieb. Mit gewissen zeittypischen Veränderungen, manche ließen sich an neuen Gemüsen festmachen – Paprika etwa, die durch die Vertriebenen eingeführt und heimisch gemacht wurde, oder Zucchini und Broccoli nach 1989. Grüne Arbeitsplätze konnten übrigens eine Nische für Dissidenten sein, zum Beispiel krochen in der Weimarer Stadtgärtnerei und den angeschlossenen Friedhofsanlagen Künstler-Freunde von Wulf Kirsten unter.

Zurzeit haben die Kirstens ein paar Quadratmeter Balkon im dritten Stock. In der vorigen Wohnung, Parterre, gab es einen kleinen Austritt hinterm Haus und immerhin einen Holunderstrauch – Geschenk des Zufalls, eine Amsel vermutlich hat eine reife Beere auf ein Stück Erdreich, zwischen zwei Steinfliesen, fallen lassen. Wulf Kirsten hat den jungen Strauch gehegt und Jahr für Jahr beschnitten, bis er baumig wurde.

«Und dann hat der Nachbar ihn heimlich abgesägt.»

Mit dem Holunder wird der Dichter lebhaft, das ist ein Gesprächsthema mit vielen Facetten.

«Den störten die Blattläuse. Und bekanntlich zieht Holunder die Ohrenkneiper an.»

Einer Konifere oder Thuja wäre das nicht so leicht passiert, da hätte der Nachbar sich strafbar gemacht. Holunder dagegen gilt heutzutage als Unkraut.

«Man hat den Holunder aus dem Garten rausgeschmissen. Zuerst hat der Mensch ihn domestiziert und dann wieder ausgewildert.»

Jedes Gewächs hat bei Kirsten nicht nur Wurzeln in der Erde, sondern auch seinen Standort in einer Gesellschaft.

«Früher war der Holunder heilig. Man glaubte, er leite Blitze ab. Er wurde vor dem Eingang eines jeden Gehöfts gepflanzt. Heute wissen die Deutschen nichts mehr mit ihm anzufangen. Wissen Sie, wer ihn verehrt? Die Österreicher! Zwanzig Kilometer von Weimar gibt es eine Holunderplantage nur für den Export nach Österreich, dort machen sie Kompott aus den Beeren. Die Amseln natürlich lieben sie noch, die geraten in einen regelrechten Rauschzustand beim Fressen.»

Und mit einem Kopfsprung ist er wieder in Klipphausen, in der Kindheit: «Holundersuppe. Ausgekochte Beeren, Milch dazu, obendrauf geröstete Weißbrotwürfel.» Zum wiederholten Mal führt er mir die Daumenprobe vor. «Gut müssen sie sein. ‹Schissbeeren› taugen nicht dafür.»

«Steht das Wort eigentlich im obersächsischen Mundartlexikon?»

«Nein, das ist eine Lücke. Da sind viele Lücken.»

«Aber in Ihrer eigenen Wortsammlung steht es doch bestimmt.»

Wulf Kirsten sammelt seit über vierzig Jahren Wörter – für den Eigenbedarf. Handgeschriebene Hefte, so hatte mir ein Freund von ihm erzählt, die kein Fremder zu sehen bekommt.

«Darf ich sie anschauen?»

«Die zeige ich natürlich niemandem.»

Betriebsgeheimnisse eines Dichters, streng persönlich. Sie schlummern in einer Schachtel, doppelt so groß wie ein Schuhkarton, am Fuß des Regals. Kirsten öffnet sie kurz und klappt eines der Hefte auf. Wortkolonnen in Tinte, viel Durchgestrichenes, mehr können meine neugierigen Augen auf die Entfernung nicht erkennen. Was für ein seltsamer Schatz! Alltagssprache, fast schon Geheimwissen geworden. Ich komme mir vor wie Blaubarts Frau, die ihren Fuß ins verbotene Zimmer setzen will. Zwanzig, dreißig Jahre noch, und man wird einen Archäologen brauchen, um Wulf Kirstens Nachlass zu erschließen.

Das frische aromatische Holundergelee darf ich probieren. So also lebt ein Dichter in Weimar! Holunder ist keineswegs das Einzige, was ihn im Spätsommer aufs Land zieht. Hagebutten pflücken, Walnüsse aufsammeln. Heruntergefallene Äpfel, die keiner aufliest, kann er nicht liegen sehen.

«Jetzt aber los.» Wulf Kirsten treibt zur Eile, er will mir in der Stadt etwas zeigen. Da müsse jeder Gast hin, der ihn in Weimar besuche.

«Eigentlich wohne ich in Würzburg», witzelt er, als ich das Treppenhaus des alten Bürgerhauses bewundere. Nach 1989 habe ein pfiffiger Würzburger nach und nach die maroden Häuser in dieser Straße aufgekauft, renoviert und dann teuer vermietet. Hinterm Haus zeigt er mir den neuen Parkplatz, für drei Autos habe man das Erdreich unter der mächtigen Rotbuche, durch das ausreichend Regenwasser bis zu den Wurzeln durchsickern konnte, mit Beton versiegelt. Er selbst sei übrigens ein passionierter Fußgänger geblieben.

«1989 war auch das Jahr, in dem das große Gartensterben begann.» In kürzester Zeit, erzählt er, sei das bis dahin autoarme Weimar im Verkehr erstickt. Angesichts der Parkplatznot erschien es am einfachsten, Gärten zu opfern. Ruck, zuck ging das – ein Garten, drei Parkplätze, ein Vorgarten, zwei Parkplätze. Übrig blieben «Anstandsgrün und Kümmerwuchsrabatten». Zwei Worte, die ich schon aus einem Gedicht kenne.

Wulf Kirstens Beitrag zum großen revolutionären Umbruch setzte sein altes Thema fort. In den achtziger Jahren legte er sich zum Beispiel mit dem damaligen Weimarer Parkdirektor an. «Der Mann konnte Rotbuchen nicht leiden!» Zuerst publizistisch: In einer Eingabe an den Oberbürgermeister schlug der Dichter vor, den kahlschlagbesessenen Direktor in einen Forst zu versetzen, wo er sein Bedürfnis abzuholzen sinnvoller befriedigen könne. Schließlich, 1989, verfasste er ein langes, sarkastisches Poem:

«Der Mann mit der goldenen Axt

ohne äußere beschränkung, dies steht im klartext, regiere ich
in meinem territorium als mann mit der goldenen axt und
unumschränkter souverän, in aller bescheidenheit stelle ich
zweitens fest, einige meiner unbotmäßigen untertanen haben
den falschen zeitpunkt gewählt. meine gärtner erhielten
order, zur wiederherstellung der parkraison selbige delinquenten
unnachsichtig zu fall zu bringen und in der getreuen holzfäller-

manier zwecks klärung eines sachverhalts. prinzipiell habe ich
drittens etwas gegen das ungezügelte aufkommen kalkliebender
buchenbestände ...»

So denkt und spricht der moderne Absolutismus.

Zur Zeit des europäischen Freiheitstaumels war Kirsten selbst an einem Wendepunkt. 1987 hatte er den Brotberuf des Lektors an den Nagel gehängt, als sein Staat in einem auch von ihm «unvorhergesehenen Sturzflug» untergeht, ist er bereits ein freier Schriftsteller. Während das Weltreich implodiert, Herbst 1989, ist er unter den Bürgerrechtlern. Und wie schon früher beachtet er die Schattenseiten des Fortschritts. Für die Natur, das Dorf, die geliebten Gärten ist leider auch jetzt nicht viel Gutes zu erhoffen.

Von meinem letzten Besuch in Weimar, wenige Jahre nach der Wiedervereinigung, habe ich noch den Geruch von Braunkohleöfen und schimmelndem Mauerwerk in Erinnerung. Staunend erlebe ich nun: Ein wesentlicher Teil der historischen Bausubstanz ist gerettet worden. Mit Vergnügen sehe ich, was alle Touristen erfreut, die heute zu Millionen das «klassische Weimar» besuchen – hier ein frischgestrichenes zartgraues Sims, stilvoll restaurierte Neugotik, bald ist das Rathaus in Sicht.

«stadtgang

alltäglich herdenweise berufstouristen.
nicht gut zu fuß, angeblich kulturbeflissen.
alles nur wegen Goethe, den die stadt

als lockvogel einsetzt, seit sie ihn
zum gipskopf verkommen ließ, während ich,
den stadtbilderklärern eilends entweichend …»

Wulf Kirsten sieht seine Stadt anders. Immer wieder lenkt er meine Blicke woandershin.

«Schauen Sie.»

Gegenüber der Ampel zwei frische Stümpfe, da seien kürzlich zwei vom Wintersalz geschädigte Baumhaseln geschlagen worden.

«Schauen Sie.»

Er deutet auf einige Pyramidenpappeln, die weit über die Dächer hinaus in den Himmel ragen.

«Schauen Sie.»

Ein Gullydeckel, nichts Bemerkenswertes. Darunter, sagt Kirsten, rausche der Kottenbach. Nur ein Teil des Bächleins fließe heute noch überirdisch, den brauche der Zaunkönig zum Überleben.

Neben mir geht der Junge aus Klipphausen! Der Dreiundsiebzigjährige rennt fast, er wird immer munterer. Bis zum Herderplatz haben wir ein weiteres halbes Dutzend Themen durch. Warum brauchen die städtischen Eichhörnchen «grüne Brücken»? Die Abwesenheit der Rotkehlchen. Dafür hat «der Waschbär die Mitte Weimars erreicht». Elsbeere und Speierling, ein neueres Interessengebiet von ihm, darüber wälzt er schon mal Bücher. Herkulesstauden, ein raumgreifender Riesenbärenklau aus dem Kaukasus, Kirsten hat neulich eine ihm benachbarte Studenten-WG überredet, ihn zu kappen, bevor er Tausende von Samen streut.

Plötzlich sind wir am Ziel. Ein paar Schritte durch das Halbdunkel eines Torgewölbes, und als wir wieder ins

Licht treten: ein Garten. Es leuchtet sommerbunt aus allen Ecken, Ordnung auf den Kieswegen und Rabatten, aber nicht der strengen Art. Da hat jemand, mitten in Weimar, eine Schwäche für Stangenbohnen!

«Herders Garten. Da rechts ...» Ohne den Satz zu vollenden, läuft Wulf Kirsten voraus und bleibt bei einer dicken, alten Esche stehen. «Vermutlich hat die schon zu Herders Zeit gestanden.» Er berührt den Stamm und schaut mich von der Seite an. Will wissen, ob ich seine Freude teile.

Wirklich, ein kleines Wunder! Zum 250. Geburtstag von Herder, 1994, hat man den Garten hinter der Weimarer Stadtkirche St. Peter und Paul wieder hergerichtet. Weil er immer zur Wohnung der Superintendentur gehörte, war er über die Jahrhunderte als Terrain, in etwas verkleinerter Form, erhalten geblieben. Zu DDR-Zeiten, als die Kirche auf öffentlichen Plätzen nichts zu suchen hatte, durfte man hier, ohne offizielle Anmeldung, Veranstaltungen durchführen, Feste feiern.

Natürlich ist ein Garten nicht so genau zu rekonstruieren wie ein Gebäude. Das Wegesystem immerhin ist in einem alten Stadtplan überliefert, aus Herders Briefen und denen seiner Frau Karoline, der Söhne, weiß man gewisse Details. Goethe, der hier ein und aus ging, ist eine wichtige Quelle, er war ein Freund der Familie und Pate des Zweitgeborenen, August. Geheimrat Goethe hatte, noch bevor die Herders im Oktober 1776 ins Weimarer Pfarrhaus einzogen, die Familie brieflich unterrichtet, es gebe «einen großen Garten, in dem aber die Igel bauen». Zudem hat Goethe, selbst Gärtner, die Pflanzenbestände und -moden jener Zeit beschrieben und mitgeprägt, von seinen Italienreisen brachte er oft Samen mit.

Also wussten die Gartenarchitekten von heute in etwa, was sie zu tun hatten. Unter anderem mussten sie viele heute fast unbekannte Gemüsesorten anpflanzen, wie Topinambur, Erdbeerspinat, Meerkohl, Kapuzinererbsen, Winterportulak. Kräuter wie Süßdolde, rote Melde, Muskatellersalbei, Garmander und Ysop. Nicht in den Mengen natürlich, wie Karoline Herder sie damals für die große Familie, die oft in Geldsorgen war, und die zahlreichen Gäste brauchte, nur beispielhaft. Auch der Blumenschmuck – Lilien, Rosen, Nachtviolen, Moossterne – kann Karolines Vorlieben nur nachempfinden. Herder-Garten, das war in erster Linie der Garten seiner Frau, sie tat den größten Teil der Arbeit. Johann Gottfried, der Generalsuperintendent, Oberkonsistorialrat und Literat, suchte im Garten vor allem Muße und Inspiration.

Es bedarf keiner Erklärung, um zu verstehen, warum Wulf Kirsten sich hier wohlfühlt. Immer wieder langt er ins Blattwerk. Die Spalierbirne hat «den Rost», das tut ihm sichtlich leid. Auch der Quittenbaum scheint nicht ganz in Ordnung. Man müsste dringend den Mangold ernten! Er benimmt sich beinahe wie ein Hausherr.

Im alten Gartenhaus hinten links steht die Tür offen. Drinnen, im Dunkel, wartet eine kleine Ausstellung auf Besucher. Schön garniert (von «Rustikalkitsch», um mit Kirsten zu reden), in kleinen Lichtkegeln, Zitate von Herder und seiner Familie und anderen Zeitgenossen, aus einer anderen Epoche – sehr fern, sehr nah.

«Siehe den Schmetterling hier. Er küsst die blühende Rose; bald ist der Schmetterling nicht, bald auch die Rose nicht mehr.» Johann Gottfried Herder. «Ich habe auch italienische Pinchen von Herrn Goethe», schreibt der kleine

August Herder an seinen Vater, der gerade mal wieder auf Reisen ist, «und die sind aufgegangen, und da wollen wir einst recht viel darunter spazieren gehen.» Wir stehen davor und sind ganz still.

«Und?»

«Gehen wir.»

Draußen ist es noch sonnig, ein kühler Wind weht. Wir gehen auf Kirsten'schen Wegen, wortlos, ohne Berührung zu den Menschenmengen, die an diesem Herbsttag durch Weimar strömen. Wo ist der Dichter nur mit seinen Gedanken? In Paris vielleicht, auf der Tagung «Weltsprache Poesie», die ihm bevorsteht, en français, das er nicht gelernt hat.

«Herr Kirsten! Ist ‹banzeln› ins Französische übersetzbar? Ihre Lyrik überhaupt – Wörter, Metaphern, Klang ...»

Möchte ich fragen. Ihn noch ein letztes Mal in ein Gespräch verwickeln. Darüber, aus welchen Dialekten – Provence, Cevennen oder wo – und Literaturen sich sein Übersetzer bedient, wenn er Entsprechungen zum Sächsischen sucht. Welche Speziallexika er zu Rate zieht, und ob er, der Germanist an der Sorbonne, Professor Stéphane Michaud, sich darüber hinaus auf Bauern, die ihm zum Beispiel die Einzelteile einer vorsintflutlichen Dreschmaschine erklären können, und dörfliche Wörtersammler stützt. Ausgerechnet in dem Land, würde ich gern zu ihm sagen, dessen offizielle Politik es ist, seine Hochsprache heiligzuhalten, und nur die, finden Sie ein Echo – wie gefällt Ihnen das, Herr Kirsten?

Während ich frierend neben ihm hertrotte, überfällt mich noch einmal, ein paar phantastische Sekunden lang, das große Gefühl des 9. November 1989. Ohne den Fall der Mauer wäre der deutsche Dichter Wulf Kirsten nie in Frankreich angekommen. Und ich, als Bürgerin der BRD, vermutlich nicht bei ihm in Weimar. Vielleicht denkt er gerade dasselbe – ich werde ihn nicht dabei stören.

Wüstengarten, Stuttgart

Zu Besuch bei dem Schauspieler Walter Sittler

«Blumenkästen sind eine Zierde und nette Bereicherung für jede Wohnung und jedes Heim.» Es war das erste und einzige Mal, dass ich ihn gärtnerisch engagiert erlebte.

«Es wird euch überraschen, liebe Freunde, wie sehr ihr damit eure Umwelt verändern könnt. Habt ihr nicht mal Bock, aktiv zu sein? Mal einen Abend der Versuchung widerstehen und nicht vor der Kneipe rumhängen, Bierpullen zerkloppen und alten Omas auflauern.»

Hier spricht Walter Sittler, der umschwärmte Star familienfreundlicher Fernsehunterhaltung! Mehr als ein Vierteljahrhundert ist das her, lange bevor seine große Karriere begann, und wir waren noch nicht befreundet. Aber ich hatte diesen Auftritt, irgendwo in einer entlegenen Abteilung meines Gehirns, gut gespeichert.

«Eines Morgens im Frühling latschst du zum Fenster … mal gucken, wer grad unten auf'm Bürgersteig aufgeschlitzt wird, und guck mal an: 'ne Geranie. Eine Hortensie. 'ne Lilie, 'ne Rose. Ein kleines Blümelein blinzelt dich an und macht seinen ersten Diener vor der großen, weiten, bösen Welt. … Ein regelrechter kleiner Garten. Was passiert? Kommen die Katzen drüber. Die Katzen pissen rein, scheißen rein, wichsen rein, ficken rein, singen drauf, tanzen drauf, große Oper.»

«Klassenfeind» hieß das Stück von Nigel Williams. Anfang der achtziger Jahre war es der Renner der deutschen Theatersaison, auch am Mannheimer Nationaltheater. Walter Sittler spielte dort den Jungen «Pickel», einen von sechs total verzweifelten Schülern, die keine Zukunft haben, in einer kaputten Londoner Schule. Und weil kein Lehrer erscheint, der letzte hat gerade kapituliert, fangen sie selbst an, Unterricht zu machen – über Sex und Frikadellen, die verhassten Ausländer oder eben Blumenkästen, letztlich immer dasselbe Thema: Die Welt ist feindlich, und keiner liebt uns. Ich erinnere mich an Walter Sittlers Gesten, hinter den ordinären, trotzigen Worten konnte man die Liebedürftigkeit dieses «Pickel» erahnen. Es wurde erzählt, der Schauspieler habe für die Rolle, um sich in die Körpersprache einzufühlen, unterm Prolokostüm auch die passende Unterwäsche tragen wollen, seine amerikanischen Boxershorts mit buntgemustertem Feinripp vertauscht. Jedenfalls verstanden wir Zuschauer, dass die Liebe zu seiner kleinen Geranie, zu deren Schutz Stacheldraht und Glassplitter nötig waren, den Jungen vielleicht vor dem Absturz bewahren würde.

Ich hätte nicht gedacht, dass diese Szene je wieder auftauchen und ich sie mal im Textbuch nachlesen würde. «Hast du schon Walters Wüstengarten gesehen?», fragte mich neulich die alte Frau Sittler. Plötzlich waren dieser «Pickel» und sein Blumengarten wieder da. Natürlich glaubte ich zuerst, der Wüstengarten sei ein Theaterstück oder eine Fernsehproduktion. So ein Quatsch, widersprach Walters Mutter. Es handele sich um einen wirklichen Garten, hier in Stuttgart. Schwer zu glauben – wie kann jemand, der ein Nomadenleben führt, einen Garten haben? Das ganze Jahr als Liebhaber oder Mustervater oder Gangster fürs TV unterwegs, in diesem Moment war er gerade ein schwedischer Kommissar, für zwei Monate zu Dreharbeiten auf Gotland.

Wenig später sehe ich den Wüstengarten zum ersten Mal: ein schmaler Streifen Sand zwischen zwei Fensterscheiben von Walters Arbeitszimmer, bestückt mit ein paar niedlichen Kakteen. Über der Miniaturlandschaft schwebt eine Gans mit riesenhaften Füßen, auf ihrem Rücken ein grüner Wicht, Nils Holgersson.

Walter ist von Gotland zurück. Ein wenig müde und ansonsten hübsch und jungenhaft wie immer.

«Dieser Raum, der mein Arbeitszimmer wurde, als wir hier einzogen, 2004, hatte dieses tiefe Blumenfenster. Also zuerst ...» Meine Frage, wie dieser Garten entstanden ist, überrascht ihn. Er muss nachdenken. «Zuerst war also das Fenster da. Wie man das eben früher machte, Steinboden drin, da stellte man Töpfe mit Pflanzen rein. Im Grunde hatte ich keine echte Verwendung dafür. Ich wollte vor allem einen Platz für Nils Holgersson finden. Weil diese Tonfigur ein wichtiger Bestandteil meines Lebens ist.»

Lea, seine jüngste Tochter, hat sie vor Jahren, als sechsjähriges Mädchen, geformt. Wer sie sieht, ist bezaubert von ihrer naiven Kraft, ihrem Schwung. Lange hat die Figur auf einem Sims im Wohnzimmer gestanden, bis der Fußball des Bruders Benedikt sie traf. Walter hat sie wieder geklebt und die Bemalung ausgebessert.

«Ich wollte den Nils Holgersson fliegen lassen. Und ich habe herausgekriegt, dass ich ihn genau in dem Fenster aufhängen kann. Und dann hab ich mir gedacht, der muss ja über etwas fliegen, sonst fliegt er ja nicht, sonst hängt er nur. Fliegen kann man nur, wenn was drunter ist. Natürlich fliegt der Nils über Schweden, nicht über eine Wüste.

Aber das ist egal. Wenn ich an Weite denke, ist die Wüste das Weiteste an Landschaft, das ich kenne. Ich wollte ja nicht *den* Nils Holgersson, ich wollte meinen haben, so wie ich ihn haben will. Und meine Landschaft drunter, und das ist eben die Wüste.»

Offenbar hat der kleine, erst wenige Monate alte Garten eine längere Vorgeschichte oder sogar mehrere.

«Du weißt doch, ich war in Afrika, 1998. Wir haben damals einen historischen Zweiteiler gedreht. Es ging um deutsche Siedler in Deutsch-Südwest, im heutigen Namibia. Mit Kostümen und Kutschen und Pferden, einen mit ausführlichem Kitsch ausgestatteten Film, zweimal neunzig Minuten. Zuerst dachte ich, ich muss jetzt irgendwo arbeiten gehen, dann mal los. Ich war richtig lange in der Namibwüste. Unsere Tochter Jenny war meine Filmtochter, zeitweise war die ganze Familie dabei. Dass es mir dort so gefallen würde, hätte ich nicht erwartet.»

Ich erinnere mich vage an die Handlung – sehr melodramatisch, eine Ärztin zwischen zwei Männern, ein Leutnant und ein Farmer. Der eine vergewaltigt sie. Der andere, der Gute, gespielt von Walter, rettet ihr das Leben. Er schneidet die zum Tode verurteilte Geliebte im letzten Moment vom Galgen ab. Die Wüste, in der all das passiert, habe ich vergessen.

«Waren gute Szenen dabei.» Walter ist grundsätzlich loyal in seiner Arbeit. «Aber wir mussten immer schön aussehen, nie staubig. Vielleicht hätten wir das auch in Mecklenburg-Vorpommern machen können. Ich persönlich hätte in den Film mehr Afrika reingetan.»

Am Ende war das Ergebnis, wie oft nach einer Riesenanstrengung, klein. Aber das Wichtigste war ihm der Ort, hier zu sein, in der Wüste. Und das blieb.

«Man schaut in die Ferne, da sind Hunderte von Dünen, und es geht endlos weiter. Kein Baum, kein Strauch. Es ist heiß. Trockene Hitze. Wenn man sich langsam bewegt, dann geht es gut. Wenn man sich schnell bewegt, geht nichts. Man kommt um, wenn man schnell macht. Langsam, immer langsam, und es breitet sich eine Ruhe in einem aus.»

Walter erzählt, im unaufgeräumten Arbeitszimmer vergeht der Nachmittag. «Das Verwunderliche war, wir arbeiteten alle langsamer als sonst und sind trotzdem mit genauso viel Stoff fertig geworden.»

Es muss ein merkwürdiges Zusammentreffen gewesen sein: hier das Fernsehen, das Tagwerke rigide nach Kosten und Nutzen plant, mit seinem «anything goes», alles ist möglich. Jeden Abend wurde ein mehrseitiger Drehplan für das 70-köpfige Team fotokopiert und in der kleinen, eigens errichteten Zeltstadt verteilt. Dort die Wüste mit ihren Gesetzen.

«Du erfährst jeden Tag, dass die Wüste stärker ist als du.»

Autos blieben stecken. Die Hitze erzwang lange Pausen. Warten und nochmals warten.

«Du kannst sehen, wie klein die Menschen sind.»

Die Einzigen, die Lärm machten, waren die Fernsehleute, die Wüste selbst ist still, nur nachts heulten Schakale in der Ferne. Der Tonmann, der Naturgeräusche aufnehmen wollte, hörte nur das Brummen seines Recorders. Die Regie, auf der Suche nach den besten Panoramen, musste tatenlos zusehen, wie sich ihr Drehort verwandelte – der Wind, der unaufhörlich die sandigen Wellen modelliert, Buckel und Spitzen formt, arbeitete ihren Wünschen entgegen. Dann legte ein Sandsturm alles lahm.

Vor Jahren las ich Otl Aichers «gehen in der wüste». Als Wanderer komme man in der Wüste auf das Wesentliche, zu sich, schrieb Aicher. «Die wüste ist eine denklandschaft, man geht nicht nur zwischen den dünen, man geht auch in seinem denken umher, man macht gedankengänge.» Walters Erzählung weckt in mir die Erinnerung an dieses Leseerlebnis.

Meist sind «locations», wie man sie nennt, also die Orte, die fürs Filmen ausgeguckt werden, nicht gerade geeignet zum Denken und Träumen. Und sie sind heute weitgehend beherrschbar. Es gibt Regenmaschinen und künstliche Sonnen, da wird auch schon mal ein Baum, der das Bild stört, umgelegt. Oder man dreht, weil die Story Kirschblütenzeit verlangt, mal eben die Jahreszeit zurück, erzählt Walter – eine von unzähligen Anekdoten, die sich in den Fernsehjahren angesammelt haben. Auch das war eine Liebesgeschichte, Schauplatz war das Städtchen Schwäbisch Hall. Wochenlang fuhr man einige mobile, drei bis vier Meter hohe, mit Stoffblüten besetzte Kirschbäume umher, vom Haus des Hauptheldn zur übernächsten Straßenecke und später an den Fluss. Für die Kussszenen trieb eine Windmaschine künstliche Blütenblätter übers Paar. Einmal hatten die Ausstatter einen Kirschzweig vorbereitet, der sollte, symbolträchtig, die Kocher hinunterschwimmen. Er sank, er war zu schwer.

«Nicht jedes Holz bleibt oben, das weiß heute kaum noch jemand», sagt Walter. «Nur wer wie ich als Kind noch Erfahrungen am Wasser gemacht hat.» Als die verunglückte Szene später nachgeholt wurde, habe man Bauschaum unter den Zweig geklebt.

Die Wüste dagegen entzieht sich dem Fernsehen. Im fertigen Film wirkten nicht einmal die großen Totalen überwältigend, selbst ein viel breiteres Kinoformat hätte ihr Wesen nicht zeigen können. In der europäisch netten Inszenierung blieb sie eine spröde Statistin.

«Und deine Wüste in Stuttgart?»

«Ich hab lange nach dem richtigen Sand gesucht. In einer Zoohandlung schließlich diesen hier gefunden. Ein Kaktus kam rein, den hat mir Benedikt mal geschenkt.»

«Was noch?»

«Eine große rosa Koralle, auch ein Geschenk, und ich wusste nicht, wohin damit. Also ab in die Wüste. Obwohl sie da bekanntlich nichts verloren hat. Aber es ist ja auch keine wirkliche Wüste.»

«Und was noch?»

«Fußspuren will ich noch machen, die von irgendwo nach nirgendwo gehen. Sehr kleine müssen es sein, von einer Puppe, dann wirkt die Wüste größer. Und vom Wind gewellte Dünen.»

«Hast du es mal mit einem Föhn probiert?»

Das funktioniert erwiesenermaßen nicht. Ich begreife, auch ein Garten im Kleinformat macht Kopfzerbrechen und Arbeit. Kuhlen, die das Gießwasser hinterlässt, sehen hässlich aus. Die Kaktee mit den roten Ärmchen hat den Sommer, während Walter in Gotland war, wohl nicht überlebt. Wenn man Pflanzen nachkauft, wird es leicht zu voll in der Wüste. Und schon ist man mitten im schwierigsten philosophischen Thema: Was ist Leere? Wie gestaltet man eigentlich Leere?

«Bist du jetzt unter die Gärtner gegangen?»

«Nein. Ich habe nie wirklich eine Beziehung zu Gärten gehabt. Fast immer in Wohnungen gelebt. Angefangen von Chicago, wo ich geboren bin.»

Und dann gibt Walter eine kleine komödiantische Vorstellung über sein Leben ohne Garten. Nirgends ist der jüngste Sohn einer deutsch-amerikanischen Familie lange geblieben. Von Chicago nach Alton, ein Jahr später war er irgendwo in Pennsylvania, das nächste Domizil ein Farmhaus in Alfred im Staat New York, «kein Garten, aber ringsherum war Land». Sechs war er damals, und gerade als er sich gemerkt hatte, dass die «Sonne in Alfred immer hinter der Scheune unterging», verließen die Sittlers die Vereinigten Staaten und fuhren über den Großen Teich, nach Deutschland. Im bayrischen Bad Feilnbach, da könnte ein Garten gewesen sein, in seiner Erinnerung blieben «hauptsächlich Hasen». Vom saarländischen Staadt, der nächsten Station, die «Weinberge überall». Deutsche Landschaft, dann eine Etagenwohnung in München. Internatsjahre, fünf Schulen in sechs Jahren. Unter anderem am berühmten Obersalzberg, aber mehr als das Bergpanorama interessierte Walter der Fußballrasen. Zuletzt Schloss Salem, das bekanntlich wunderschöne Grünanlagen hat, die Schüler durchquerten sie beim Morgenlauf, «da hat man gemacht, dass man möglichst schnell raus war». In diese Zeit fielen auch intensive Walderlebnisse, das heißt, er ging mit Mädchen spazieren. Vertieft wurden diese anschließend bei der Bundeswehr, «da war ich viel in den Wäldern Nordhessens unterwegs». Walter lacht. «Viel gegraben, geschanzt. Marschiert. Und danach Lima, da war Urwald. Ich war ein Jahr dort, um herauszufinden, was ich im Leben machen will. Auf Wegesuche. Hab aber keinen gefunden. Und dann zurück nach Deutschland.» Dort wurde er, nachdem er die Schauspielerei entdeckt hatte, endgültig zum Vagabunden.

«Ein Gärtner», fasst er freundlich nüchtern zusammen, «muss sesshaft sein!»

Woher nimmt er nur seine Gelassenheit? So viel Freundlichkeit strahlt er aus, eine fast immer gleichbleibende Milde. Wenn ich Walter im Fernsehen sehe, male ich mir manchmal seinen Alltag aus: Dreharbeiten, Hotelzimmer, Dreharbeiten, Hotelzimmer. Gute Sätze, Leerlauf, blöde Sätze. Rampenlicht, Einsamkeit. Galadiner, wieder Hotelzimmer. Und irgendwann der schreckliche Moment in der Nacht, wenn du zum Pinkeln rausmusst und den Lichtschalter nicht findest und plötzlich merkst, du bist ja zu Hause. Erfolg und Entfremdung sind, wie man weiß, Zwillingsbrüder. Walter klagt nie, er mag es nicht oder verbietet es sich, vielleicht würde er dies, angesichts seiner privilegierten Situation, unanständig finden.

«Kennst du den Satz von Oliver Sacks», das muss ich jetzt unbedingt fragen, «Sacks, dem New Yorker Psychiater? ‹Jeder Garten ist besser als keiner, und wenn er nur aus einem Kaktus besteht.› Er hat einer Patientin aus therapeutischen Gründen mal einen Kaktus geschenkt.»

«Gut für die Seele ist er bestimmt.»

»Blumenkästen sind eine Zierde, sagte …»

«Pickel. Genau, und dann pissen die Katzen rein.» Walter hat meinen Ball sofort aufgenommen.

«Hallo, kleine Blume, sagst du, und plötzlich ist der ganze Tag verwandelt. Und dir wird klar: Es ist doch alles nicht umsonst. Hast Lokalverbot gekriegt, oder sie haben dir die Fresse poliert letzte Nacht – trotzdem: In deinem kleinen Blumengarten wächst da immer noch die scheiß Geranie.»

Er kann seinen Text noch. Mit schnellem Blick schätze ich die Größe von Walters Wüstengarten auf 0,9 Quadratmeter, etwa doppelt so groß wie der Kasten von Pickel im Londoner Arbeiterviertel Brixton.

«Und was bedeutet dir dein Kaktus?»

«Was ich in meinem Wüstengarten so alles anstelle, passiert eher unbewusst.»

Wenn ich versuchen würde, dies zu ergründen, müsste ich vor allem nach den Menschen fragen, die darin vorkommen. Der Kaktus, die Tonfigur – der eine von Benedikt, die andere von Lea, ihre Anwesenheit ist offensichtlich. Jenny, Walters älteste Tochter, ist unsichtbar auch da, sie hat am längsten mit Walter das Erlebnis der Namibwüste geteilt, dreizehn war sie, sehr dünn, mit langen Beinen, es war, wie Walter sagte, «im letzten Sommer vor der Pubertät». Die kleine Wüste ist bevölkert von seiner Familie. Sigrid, Walters Frau, ist hier gewiss auch irgendwo. Links zwischen den Schneckenhäusern? Als Fingerspur im Sand? Beim Betrachten großer Gärten ist es mir nie so deutlich geworden wie jetzt: wie sehr ein Garten etwas Persönliches ist, ein guter Garten ist unverwechselbar.

«Seelenlandschaft wäre das richtige Wort.» Meint Walter und setzt mir einen dritten Cappuccino vor. Draußen dämmert es, der lustige Nils Holgersson auf seiner Gans verschwimmt im Grau.

«Da ist auch meine große Sehnsucht nach Ruhe drin. Von meinem Schreibtisch gucke ich manchmal in den Wüstengarten. Nicht lange, ein paar Augenblicke, und dann ist es gut.»

Alles in den Blick nehmen, alles, was wichtig ist. Das ist es vielleicht. Und festhalten und wissen, wie schnell alles verloren gehen kann.

Walter drückt auf einen Schalter – klick, eine winzige

theatralische Geste, eine kaum merkliche Verlegenheit. Und der Wüstengarten ist hell, von einer unsichtbaren Lichtquelle beschienen.

So ein Kindskopf! Kitschistan! Ein Bühnenbild für ein Stück über Afrika. Niemand außer Walter wird es je kennen.

Der Wald in der Fahrschule

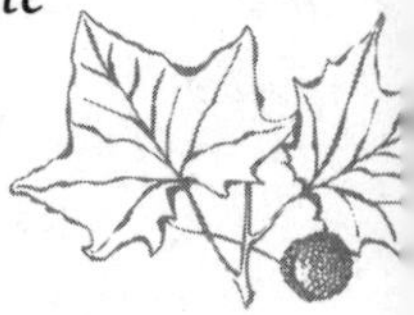

«Und was bedeutet dieses Schild?»

«Ein Rentier!»

«Jäger! Dort warten Jäger!» Ganz ernst meinen es Kevin und Selim nicht, ernst sind sie im Theorieunterricht selten. Beim siebenundzwanzigsten Verkehrszeichen, Langeweile pur – Vorfahrt, Halten verboten, Bahnübergang, Kreisverkehr, Bedarfsumleitung –, bricht freudige Unruhe aus. Ein Tier!

In «Robert's Fahrschule» leuchtet der Mond. Er setzt fahle, kleine Lichter auf die Spielzeugoldtimer im Schaufenster und auf den gelgestylten Schopf des türkischen Konditorlehrlings, bringt die strassbesetzten Fingernägel der Kosmetikerin Rosa zum Funkeln.

«Schaut bitte alle her! Ein dreieckiges Schild mit rotem Rand, also ein Gefahrenzeichen», sagt Cäsar, der Fahrlehrer, und zieht seine Boxernase kraus. «Um welche Gefahr geht es hier?»

«Wild galoppiert über die Straße», antwortet eine ganz Brave, «so ein Schild steht im Wald.»

«Und was für ein Wild?» Mit Engelsgeduld führt Cäsar die Fahrschüler – die meisten sind gerade achtzehn – durchs Programm.

«Wildschweine.»

«Hasen.»

«Rhinozerosse.»

«Ramona, das ist ein deutscher Wald.» Cäsar lacht. Er stammt von der kleinasiatischen Küste, aus Izmir, wo es keine Wälder gibt, eigentlich heißt er Sezer. «Mehr als ein Viertel von Deutschland ist Wald. 10 bis 15 Prozent der Unfälle werden durch Wild verursacht, über 200 000 pro Jahr. Also? Dreimal mehr aufpassen als sonst, wenn ihr durch den Wald fahrt. Verstanden?»

«Warum? Deutschland hat die sichersten Straßen.» Die Frau aus Bogotá weiß anscheinend, wovon sie redet.

«Wegen den Rhinozerossen.» Wieder Ramona. Weder sie noch irgendjemand sonst scheint sich vor irgendetwas zu fürchten.

«Wegen der Hirsche zum Beispiel.» Wenn es denn keiner tut, muss Cäsar das Tier auf dem Schild eben selbst nennen. «Lehrbuch, Seite 72. Der Hirsch steht stellvertretend für die Tiere des Waldes.»

Wie zum Trost streichelt der Mond Cäsars Nase. Vor einer halben Stunde hat der Mond noch auf eine chaotische Straßenkreuzung der 18-Millionen-Stadt Istanbul geschaut und sich schaudernd abgewandt, sich dann von seinem Platz über der Sultan-Ahmet-Moschee auf einen gemütlicheren begeben, wo er immer wieder gern steht, im Mast einer bestimmten Straßenbahnhaltestelle in der Mannheimer Neckarstadt, gegenüber der Fahrschule. So einen Cäsar, denkt er sich, bräuchte die Türkei als Verkehrsminister, dann gäbe es weniger Tote.

Immer noch flimmert das rotgeränderte Schild mit dem springenden Hirsch – das schönste im deutschen Schilderwald – auf dem Monitor. Verglichen mit den Gefahren des Lebens haben solche Bilder und Symbole etwas beruhigend Einfaches.

«Ihr kennt doch den Wald vom Spazierengehen?» An Cäsars Ton ist zu merken, er hat seine Zweifel. Jemand murmelt was von «Pilze suchen». – «Ja, sonntags, mit Papa», bequemt sich Ramona, «oder mit Oma.»

Waldferne Kindheiten, da ist nicht viel mehr zu sagen, eben Mannheimer Neckarstadt. Oder Kindheiten ohne Wald wie die von Larissa, die vor einigen Jahren aus der kasachischen Steppe kam, dort sind Bäume rar und selten höher als eine Ziege. Oder Kindheiten mit Wald ganz anderer Art, etwa ein Dschungel in Kolumbien. Für Djamil, den jungen Libanesen, ist Wald vermutlich ein Hain von Zedern, die stehen gewöhnlich frei, in gewissem Abstand voneinander, ein Wild kann sich da kaum verbergen und plötzlich einem Auto in die Quere schießen.

«Wald. Wo ist nur mein Wald geblieben? ... Moment», Cäsar sucht auf seiner Liste den Strichcode für das amtliche Bild von einem Waldunfall. Von draußen lacht der Mond herein, als wollte er sagen: «Endlich mal ein interessantes Thema. Weiter so!» Jetzt allmählich könnten doch die Gedichte und Lieder dran sein, die den Wald besingen – und seine Herrlichkeit, den Mond. «Der Mond ist aufgegangen», «Jäger aus Kurpfalz», gleich wird von Hänsel und Gretel die Rede sein. Jemand, eines der Mädchen, wird Eichendorff aufsagen:

«Es ist schon spät, es ist schon kalt,
Was reit'st du einsam durch den Wald.
Der Wald ist groß, Du bist allein ...
Kommst nimmermehr aus diesem Wald.»

Übrigens befinden wir uns in der Stadt, wo Carl Benz 1885 das Automobil erfand. Es ist anzunehmen, dass die ersten Autofahrer ein Schauder befiel, wenn sie, aus einer Ortschaft, von Wiesen und Feldern kommend, in einen Waldweg einbogen. Im Wald hatte damals selbst der Mutigste Angst, nachts war es hier noch dunkler als anderswo, überall konnten wilde Tiere sein, Hexen, böse Geister, und ein metallenes Gehäuse schützte vor ihnen nicht. Man näherte sich dem Wald, wenn man Auto fuhr, mit natürlichem Respekt. Oder freudig; bei Tempo 20 oder 30 mal eben die Fenster runtergekurbelt, um den würzigen Duft von Blättern, Moos, Pilzen, vermoderndem Holz zu riechen.

Die Großeltern, wahrscheinlich sogar die Eltern der Mannheimer Fahrschüler, werden noch wissen, wovon die Rede ist. Und dem Dichter Elias Canetti recht geben, der 1960 verwundert schrieb: «In keinem modernen Land der Welt ist das Waldgefühl so lebendig geblieben wie in Deutschland.»

Der Wald – ein Verkehrsproblem, das ist heute Thema (nichts weiter, lieber Mond). Auf dem amtlichen Bild, das Cäsar auf den Monitor holt, sind ein zerschmettertes Reh und die verbeulte Frontseite eines blauen Autos zu sehen, im Hintergrund, etwas verschwommen, ein paar junge Fichten.

«So kann es passieren.» Wenn man nicht achtgibt auf das Schild mit dem springenden Hirsch, die Wahrscheinlichkeitsrechnungen der Experten ignoriert.

«In der Dämmerung, vor allem im Herbst, besonders auf neuangelegten Straßen, ist die Gefahr am größten», zitiert Cäsar – Prüfungsstoff aus den amtlichen Fragebögen. «Merkt euch das, bitte. Und anders als bei Menschen auf der Fahrbahn: Nicht ausweichen! Keine Notbremsung!» Also Steuer ganz fest im Griff, Spur halten.

«Guckt mal, der Mond!», ruft Ramona. Im Hinausgehen entdecken die Fahrschüler ihn endlich.

Just in dieser Nacht kam der Wald in die Stadt. «Der Mond schien hell über Mannheim», vermerkte später der Polizeibericht – ungewohnt poetisch, eine Andeutung vielleicht, dass dieses Ereignis nicht nur ungewohnt, sondern auch etwas gespenstisch war. «Keiler verirrt sich in die City», lautete die Schlagzeile der Zeitung. «Kurz vor Mitternacht hatten Passanten der Polizei gemeldet, am Schloss ein Wildschwein erblickt zu haben. Die Streife fand kurz darauf ein verstörtes Schwein in der Fressgass, konnte es aber nicht aufhalten. Weitere Beamte kamen zu Hilfe, sodass zeitweise fünf Polizeiautos (Einbahnstraßen und alle Verkehrregeln missachtend) versuchten, das Tier einzukreisen.» Insgesamt vier Schüsse wurden abgegeben, der letzte war tödlich.

Dritter Teil

Der Akazienkavalier

«Warten Sie auf mich!», ruft der Fremde. «Warten Sie!» Er schreit aus Leibeskräften, rennt auf mich zu. Sein Gesicht, seinen Namen, wenn er ihn überhaupt genannt hat, habe ich vergessen. Eine flüchtige Begegnung, die lange zurückliegt – und eine der wenigen Erinnerungen, die mir immer bleiben werden. Wenn es denn stimmt, dass kurz vor dem Tod das Leben, Bedeutsames, Skurriles, Schrecken und Glück, noch einmal im Zeitraffer vorbeizieht, dann könnte mein Kavalier aus Odessa dabei sein und mich zum Lachen bringen. Jedenfalls wünsche ich mir es, und dazu, wenn das nicht zu unbescheiden ist, Akazienduft!

Ein Mann, eine schöne Stadt, ein betörender Geruch, Grundzutaten jeder Liebesgeschichte. Es ist aber keine. Oder doch?

Es war im Mai – 1993, in Odessa, der Hafenstadt am Schwarzen Meer. An einem Sonntag, sonst nämlich wären in der Frühe die Straßen nicht leer gewesen. Entgegen meiner Gewohnheit hatte ich das Zimmer im «Bristol» im Morgengrauen verlassen, und zwar ziemlich plötzlich. Nicht etwa wegen der Kakerlaken; derlei Mengen sowie die enorme Größe dieser Haustierchen kannte ich bereits von New York und wusste daher, dass das Einzige, was wirklich hilft, ist, die Augen zu schließen. Gegen den Geruch allerdings hatte ich in den drei Wochen, die ich nun schon in dem heruntergekommenen Belle-Époque-Hotel «residierte», kein probates Mittel gefunden. Überall, vom plüschigen Frühstückssaal bis in die Dachkammern, stank es nach Katzendreck. «Gemäß odessitischer Erfahrung», so war auf dem handgeschriebenen Schild an der Rezeption zu lesen, «ist dies angenehmer als eine Mäuseplage.» Ich war gegenteiliger Meinung, mir wären Mäuse entschieden lieber gewesen. Andere Gäste aus dem westlichen Ausland kommentierten die Sache grundsätzlicher. «Schicksal statt Service» oder drastischer.

Die Geschichte vom Akazienkavalier – ein sehr bedeutsamer Umstand – spielt im Jahre 2 nach dem Zusammenbruch der Sowjetunion. Damals gab es nämlich Sachverhalte, die man heute nur noch selten findet, und Argumentationen wie: Die Katzen und Kater seien gewissermaßen Angestellte des «Bristol», derzeit etwa 32 erwachsene Tiere, plus Nachwuchs, den man nicht immer zählen könne, schon gar nicht zur Hygiene erziehen. Die Dejournajas, welche kürzlich von der Leitung des Hauses damit betraut worden waren, weigerten sich hartnäckig. Tatjana Iwanowna, die auf meinem Flur für Ordnung, Sitte, Staatssicherheit und neuerdings auch Katzenpädagogik zuständige, grimmige alte Dame, hatte mir persönlich von dieser Zumutung erzählt – mit vorwurfsvollem Blick, schließlich hätten Leute wie ich den «Ukas» verschuldet.

Tatjana Iwanowna ließ mich täglich spüren, wie sehr sie sich nach den Gästen von früher zurücksehnte, den Arbeitern und Generälen, den eleganten Pianistinnen, den Parteidelegationen aus Moskau. Niemand hätte sich je beschwert, nicht mal der große Komponist Isaac Osipovic Dunaevsky, und alle seien gleich behandelt worden: «normalna», normal eben. Ein hierzulande häufig benutztes Wort, das bekanntlich auch in westeuropäischen Sprachen vorkommt, jedoch an keine wie auch immer geartete Norm gebunden zu sein scheint, sondern der Beschreibung jeglicher Zustände und Befindlichkeiten dient, besonders der gewohnten. Alles und jedes kann normal sein.

Ich war also ein «Hotelflüchtling» (eine oft unterschätzte Art der Zwangsmigration), hundemüde und missmutig, von diversen «Normalitäten» in den Sonntagmorgen vertrieben. Um Tatjana Iwanowna, die selig schlief, nicht weiter zu verärgern, war ich auf allen vieren an ihrer Glasloge vorbeigekrochen. Kaum war ich wieder in der Vertikalen, ging es mir schlagartig besser. Draußen war es ziemlich warm. In der Nacht hatten Regengüsse die Alleebäume, Kastanien und Akazien, mächtig geschüttelt. Die Blüten und Ästchen unter meinen Füßen gaben sanft nach, wie ein luxuriöser Teppich, und verströmten eine faulige Süße. Ich war der erste Mensch, der sie betrat. Wenn ich mich beeilte, meine Blicke von dem prächtigen Opernhaus fernhielte, die Medusenhäupter, Karyatiden, all die Schönheiten unterwegs ignorierte, könnte ich rechtzeitig an der Potemkin'schen Treppe sein.

Ich stand auf der obersten Stufe, das Meer vor mir war schon leicht rot, als der Sonnenball auftauchte. Es wurde röter, dann gelblich, dann, von einer Wolke verdunkelt, blau. Nach etwa einer Stunde hatte es die an Sommertagen übliche Farbe angenommen, ein intensives Türkis. Einige Fischerboote schwammen darin, umflogen von weißen Möwen. In der Ferne tutete ein Ozeanriese, südwärts gleitend, Richtung Bosporus, Istanbul. An diesem Morgen wusste ich es endlich: Ich war nicht nur verliebt in Odessa, ich war ihm verfallen. Ohne dieses seltene Gefühl schöner Ergebenheit wäre ich wahrscheinlich nicht in die Situation, von der ich erzählen will, hineingeraten.

Noch drei Wochen zuvor wusste ich von dieser Stadt so gut wie nichts. Odessa? Das war für mich eine der grandiosesten Szenen der Filmgeschichte, die berühmte Treppe, von deren Höhe die Kosaken marschieren und auf Flüchtende schießen, am Ende trifft eine Kugel die junge bleiche Mutter, der Kinderwagen mit dem Baby holpert die Treppe hinunter ... Achteinhalb quälende Minuten aus dem Film von Sergej Eisenstein, der dem Matrosenaufstand auf dem «Panzerkreuzer Potemkin» im Juni 1905, der «Generalprobe des Roten Oktober», wie Lenin ihn nannte, ein Denkmal setzt. Ansonsten kannte ich noch «Die Geschichte meines Taubenschlags», eine autobiographische Erzählung von Isaak Babel, in deren Mittelpunkt ebenfalls das Jahr 1905 steht – ein Pogrom, der Großonkel des neunjährigen jüdischen Helden ist unter den Erschlagenen und seine heißgeliebten Tauben. Wie andere russlandliebende Westeuropäer hatte ich den Schelmenroman «Zwölf Stühle» des odessitischen Autorengespanns Ilf und Petrow gelesen, eine Geschichte ohne Mord und Totschlag zwar, ihr Kontext jedoch – sie spielt nach der Oktoberrevolution – ist nicht weniger düster, das Schicksal der Autoren ebenso. Beide wurden, wie Babel, in der Stalin-Zeit umgebracht.

Armes Odessa! Dachte ich, wenn ich vor dem Fall des Eisernen Vorhangs den Namen hörte oder las. Jetzt war ich da, vom Wind der neuen Zeit hergeweht, und staunte, wie nur Ahnungslose staunen können.

Im südlichen Licht zeigte sich eine bildschöne und heitere Stadt, eher zerzaust als sichtbar verwundet, wie «vom Schlaf verquollen und ermattet». Diese Liedzeile von Wladimir Wyssotzkij über das Russland der Breschnew-Ära, schien mir, beschrieb ihren gegenwärtigen Zustand sehr treffend. Auch der Sänger selbst kam mir ständig in den Sinn. Ein Moskauer, der Odessa über alle Maßen liebte. Und besang:

«Hundertmal, Ladys und Gentlemen, könnte
ich sterben, um *hier* geboren zu werden.
Alles gibt es in Odessa. Einen Hafen,
Boulevards, Austern und Akazien. Nur eine
winzige Kleinigkeit fehlt: ein Varietétheater.»

Seit ich hier war, wusste ich, warum Wyssotzkij 1970 seine Hochzeitsreise in Odessa begann. Nirgends in der ganzen großen Sowjetunion hätte sich seine französische Ehefrau Marina Vlady heimischer fühlen können. In meiner Phantasie sah ich das Paar bei Sonnenaufgang oben auf der Potemkin'schen Treppe, er sagt zu ihr: «Darf ich dir den Duc de Richelieu aus Bordeaux vorstellen!» Sie, verdutzt: «Ein Verwandter von jenem?»

Wyssotzkij dreht die Vlady schwungvoll herum, so wie ich mich jetzt, im Mai 1993, herumdrehte, vom Meer der Stadt zu, um den Mann in Bronze, oberhalb der Freitreppe, zu begrüßen. Da steht er! In römisch-klassischer Pose, mit Toga und Lorbeerkranz, die Rechte einladend ausgestreckt – Richelieu, Neffe des berühmten Kardinals, ein Emigrant aus Frankreich, der in russische Dienste trat, von 1803 bis 1814 Stadtoberhaupt von Odessa. Er leitete die Planung und Peuplierung der gerade von Katharina der Großen gegründeten Stadt.

Was das mit meinem Akazienkavalier zu tun hat? Alles hat mit *ihm* zu tun! Warum? Weil in Geschichten dieser Art immer alles wichtig ist! Weil es ohne die große Katharina kein Odessa gäbe, nur hier konnte ich *ihm* begegnen. Weil der Herzog von Richelieu und sein Nachfolger Woronzow, ein in England ausgebildeter russischer Aristokrat, der jungen Stadt Alleebäume verordneten. Weil diese, besonders die Akazien, den charakteristischen Maienduft ausmachen. Weil seit damals ein Odessit, und mein Akazienkavalier ist ein typischer Odessit, im Frühling ohne den Duft nur halb so vergnügt wäre. Weil im Mai 1993 keine Diskussion in Odessa ohne diese komischen «Weils» auskam, diese mir unbekannte historische Logik hatte ich gerade gelernt.

Wer sind wir? War die große Frage dieser Jahre. Dass sie besondere Menschen waren, darüber hatten die Hiesigen keinen Zweifel. Das wusste in der Sowjetunion jedes Kind. Ein «Odessit»? War ein Mensch von undefinierbarer nationaler Zugehörigkeit, der gern lachte, politisch nicht ganz zuverlässig, extravagant, vor allem in der weiblichen Variante, und anachronistisch in seiner Affenliebe zur Heimatstadt. Jetzt gingen die Odessiten der Sache auf den Grund, sie entdeckten sich neu: dass ihre Eigenart im Wesentlichen vorsowjetischen Ursprungs ist. Und Odessa: eine «Bürgertochter». Anders als St. Petersburg, das sich nach der Idee eines Zaren formte, entstand Odessa im Wettbewerb vieler Ideen. Die Erbauer waren freie Leute, an den Gestaden des Schwarzen Meeres wehte der Wind der Französischen Revolution. Die ersten Siedler: Soldaten der Garnison, Flüchtlinge aus dem Osmanischen Reich, also Griechen, Armenier, Moldauer, Albaner, Bulgaren, dazu entflohene russische und ukrainische Leibeigene, Juden, vorwiegend aus Galizien, Portugiesen, Deutsche, Franzosen. Eine Völkermelange, die ihresgleichen sucht.

«Das soll Russland sein?», fragten ausländische Gäste

verwundert, die sich im 19. Jahrhundert vom Meer her oder aus der bessarabischen Steppe näherten. «Odessa ist eine europäische Stadt, deswegen gibt es hier keine russischen Bücher», schrieb Puschkin, der in Odessa 1823/24 die angenehmsten Monate seiner Verbannung verbrachte. «Dort wehen schon Europas Lüfte …, pulsiert das Leben leicht beschwingt, Italiens holde Sprache klingt.»

Zitate dieser Art, vergessene geschichtliche Fakten, waren im Mai 1993 täglich in den Zeitungen zu finden. Ihre Darbietung wurde häufig mit den erwähnten «Weils» verknüpft, wahlweise auch mit «Deswegens». Wir gehören zur freien Welt, weil man bei uns schon zu Puschkins Zeiten auf der Straße rauchen und singen durfte. Ich bin ein Grieche, tat der Ex-Sowjetbürger Wladimir K. in einem Leserbrief kund, deswegen nenne ich meinen zweiten Sohn Aristoteles. Eine Kolumnistin der Frauenseite schrieb: Wir haben über dem Schlangestehen das Flanieren nicht verlernt, weil unsere Boulevards schon zum Flanieren angelegt wurden. Im Wirtschaftsteil stand: Wir hatten vor 1917 eine italienische Makkaronifabrik, deswegen werden wir wieder eine haben und die von den Zarentöchtern geliebte französische Sioux-Schokolade wiedererfinden.

Nicht immer waren die kausalen Verknüpfungen zwischen Vergangenheit und Gegenwart hundertprozentig logisch und sinnvoll. Manche Entdeckung ließ sich leider auch gar nicht verknüpfen, wie die gestrige Trouvaille, sie war der Redaktion eine ganze Seite wert: Ein gewisser, in Odessa geborener Oskar Becker, Sohn eines aus Sachsen stammenden Lyzeumsdirektors, verübte 1861 in Baden-Baden ein Attentat auf König Wilhelm von Preußen. Mit so einem Mordanschlag, noch dazu einem erfolglosen, war aktuell schwer Staat zu machen. Immerhin bewies Beckers

Familienbiographie Odessas Weltläufigkeit, dass man als Odessit einst ganz schön weit herumkam.

Man erinnerte sich unentwegt – an den atemberaubenden Aufstieg der Stadt, an ihre Wunderkinder Nathan Milstein und David Oistrach, die «Geschichten aus Odessa» des verfemten Isaac Babel, sein Judentum, an das Jiddische. «Lebn vi Got in Odes!» Was für ein schönes geflügeltes Wort! Es schien auf die Träume von heute zu passen, als Motto auch für das 1994 anstehende zweihundertjährige Stadtjubiläum. Oder: «Zibn mayl arum Odes brent der gihenum.» Frei übersetzt: «Die Strafen der Hölle gelten innerhalb der Siebenmeilenzone von Odessa nicht.» Eine These oder Wunschbehauptung, so recht geeignet, die Plagen abzuwehren, die Odessa und die Ukraine gerade heimsuchten, Hyperinflation und Staatsbankrott, Benzinknappheit und Arbeitslosigkeit, Seuchengefahr und Seelennot.

Nie zuvor in meinem Leben hatte ich so sehr das Gefühl, zur rechten Zeit am rechten Ort zu sein. Die Stimmung in Odessa entsprach irgendwie meiner, und umgekehrt – die Verwirrtheiten, Euphorie gepaart mit Angst, alle Leute schienen zu schweben, alles schien zu schwanken, wie betrunken vom Maienduft.

«Warten Sie!» Der Ruf des Fremden erreichte mich in diesem merkwürdigen Zustand der Unzurechnungsfähigkeit. Zuerst hörte ich ihn gar nicht. Ich war, von der Potemkin'schen Treppe kommend, ziellos durch die Alleen gestreift und damit beschäftigt, die feuchten Akazienblüten unter meinen Füßen zu kleinen Haufen zusammenzuschieben. Wie ein Kind es mit frischgefallenem Schnee tut, glücklich, weil es alleine ist, weil niemand sieht, seine Schuhe sind schon nass.

«Warten Sie auf mich!» Am Ende der langen Straße sah ich jemanden, der in meine Richtung lief. Der erste Mensch an diesem Morgen! «Warten Sie!» Ich blieb stehen, drehte mich einmal um meine Achse. Niemand sonst in Sicht, er musste also mich meinen. «Laufen Sie nicht fort!», schrie er und rannte schneller. Es war kurz vor 6 Uhr, normalerweise bewegt sich der Mensch, dachte ich, um diese Stunde leise, träge.

Er kam näher, das forcierte Tempo fiel ihm sichtlich schwer. Ein kleiner Dicker, weißes Hemd, graue Hose, in jeder Hand ein Netz mit offenbar schwerem Inhalt. «Warten Sie!» Links, rechts, links, rechts, seine Schritte wurden länger, er schwenkte die Netze und verlor dabei fast die Balance. Was mochte dieser Mann wollen? Was schon? Ich sah ihm voller Neugier entgegen, wie von selbst hob sich meine Hand, ich winkte ihm zu. Daraufhin wurde er langsamer, er watschelte nun, spreizte merkwürdig die Beine, sein Bauch schien sich von der Anstrengung aufzuplustern.

Jetzt konnte ich erkennen, was er mit sich herumtrug. In einem Netz waren Brotlaibe. In dem anderen Fische. Sie tropften noch, vielleicht war der Mann ja einer der Fischer, die ich auf dem Meer gesehen hatte?

«Warten Sie!» Prustend hielt er mir die beiden Netze entgegen. Das also war es! «Ich kaufe nichts!», sagte ich, und weil ich mich überrumpelt fühlte, klang es etwas unwirsch. Energisch drückte er mir die Netze mit Broten und Fischen in die Hand. Während ich dastand wie Piksieben, ging ein Strahlen über sein Gesicht. Er strahlte und zog derweil seine Hose hoch, ein Ruck, ein Zuck, Gürtel auf und enger geschnallt, bis sie so saß, wie er es anscheinend gewohnt war, fast unter den Achseln. Er seufzte vor

Behagen, sein «Bolschoi Spacibo, danke, dass Sie gewartet haben» ging in meinem Gelächter unter. Mir spritzten die Lachtränen nur so aus den Augen.

Wir lachten beide, der etwa sechzigjährige Odessit und die mindestens um einen Kopf größere Deutsche. Es dauerte viele Minuten und länger, wir steckten einander immer aufs Neue mit unserem Lachen an. Ein Bild für die Götter, und weil diese noch schliefen und weil die odessitischen «Weils» spätestens in diesem Moment zum festen Bestandteil meiner eigenen Logik geworden waren, gehört das Bild für immer nur uns beiden.

Inzwischen waren mir die Arme lang geworden, ich hatte die Netze hochgewuchtet, Brot und Fisch lagen unter meiner Brust. Ihr dankbarer Besitzer sammelte derweil vom Trottoir ein paar Ästchen mit Akazienblüten auf. Bevor er sie mir überreichen konnte, war die Hose wieder gerutscht, also warf er den Strauß fort. Dieselbe Prozedur, Gürtel auf und so weiter, Charlie Chaplin hätte seine Freude daran gehabt. Er bückte sich wieder, die Hose rutschte. Um es kurz zu machen: Ich bot ihm an, ihn nach Hause zu begleiten. Er trug das Netz mit dem Fisch, die andere Hand hielt den Hosengürtel, ich trug das mit dem Brot, in der freien Hand den Akazienstrauß, den ich mir umständehalber selbst aufgelesen hatte.

Wir spazierten sehr zufrieden durch das noch immer schlafende Odessa, das vom Blätterschatten gesprenkelte Licht, erfüllt von unserer wunderlichen Begegnung, wie zwei Gäste, die von der Hochzeit zu Kanaan übrig geblieben waren. Worüber wir sprachen? Ich erinnere mich bloß noch, dass er sagte, er sei Georgier und Odessit seit vielen Generationen, alles andere ist wie weggeblasen.

Eine Geschichte wie diese verträgt keine Deutungen.

Sie geht mir schon anderthalb Jahrzehnte nach, ich werde den Akazienkavalier einfach nicht los. Inzwischen weiß ich wenigstens, in welchen Zusammenhängen, auf welche Stichworte hin er aufkreuzt. «Direkte Begegnung» ist eines – die zwischen ihm und mir ist seit damals mein Ideal. «Vertrauen» – der Mensch kann es einfach haben, er braucht nicht notwendig einen Grund dafür. «Leichtigkeit» – besonders in Zeiten, wenn sie fehlt, sehne ich mich nach Odessa, danach, ein «Luftmensch» zu sein, wie es früher auf gut Jiddisch hieß. «Europa» – in den Debatten darum, deren Hauptthema die Fixierung einer Trennlinie ist, erzähle ich manchmal, warum ein georgischer Odessit ein Europäer ist. «Akazien» – ihr Duft, wo immer er meine Nase streift, lässt *ihn* sofort lebendig werden. Leider weiß ich mittlerweile, dass, was man gewöhnlich Akazie nennt, botanisch eine Robinie ist, trotzdem weigere ich mich, ihn in «Robinienkavalier» umzubenennen.

Wo kämen wir da hin? Puschkins Verse müssten korrigiert werden, Wyssotzkijs Lieder, Isaak Babel und Konstantin Paustowski, Volkslieder, die Operette «Weiße Akazie» von Dunaevsky. Das ganze kollektive Gedächtnis der Stadt, die Erinnerungen der nach Haifa, Berlin oder «Little Odessa»/New York emigrierten Odessiten. Akazie, nur dieser Name ruft die Heimatdüfte auf und alles, was einmal war und lieb ist.

Apropos Dunaevsky – bei meiner Rückkehr ins «Bristol» an jenem Sonntag im Mai 1993 war ich so frei und riskierte erstmals eine kesse Lippe bei meiner Dejournaja. «Sie riechen nach Fisch!», bemerkte Tatjana Iwanowna naserümpfend und begann wieder mal, von ihrem Lieblingsgast Isaac Osipovic Dunaevsky (gestorben 1955) zu schwärmen. «Sie meinen den zweifachen Stalinpreisträger!», sagte ich trocken, für mehr war mir der Tag zu schade.

Am Dienstag darauf nahm ich den Autobus nach Kiew. Am Busbahnhof, der in einem unwirtlichen Außenbezirk gelegen ist, musste ich zum Abschied wieder Tränen lachen. Über dem Gebäude hing ein großes, von Akazien beschattetes Transparent, darauf war in roten Lettern geschrieben: «Busfahrer! Wenn ihr die Stadt verlasst, denkt daran, ihr seid Odessiten!»

Ostpreußische Wolkengärten

Frankfurter Städel, Sommer 2007. Die große Ausstellung «Gärten. Ordnung – Inspiration – Glück» ist durchwandert. Monets, Bonnards, van Goghs, und wie immer im Wirrwarr der Eindrücke suche ich ein Bild, das ich unbedingt im Kopf behalten will. Es wird die anmutige junge Frau sein: «Pasie näht im Garten von Bougival». Pasie, das Hausmädchen der Malerin Berthe Morisot, auf einer blauen Bank, versunken in ihre Handarbeit, hinter ihr ein weißer Rosenbusch, starkes Sonnenlicht – 1881, an den Rändern rohe Leinwand; unvollendete Bilder gefallen mir oft besonders.

Wie immer bin ich an vielen Wänden ungerührt vorbeigetrottet, die Gruppe kleinformatiger Ölgemälde bemerke ich erst im Hinausgehen. Sie haben ein ungewöhnliches Thema: Wolken. Auf einem ist am unteren Rand, als schmales Band, ein parkartiges Gelände zu sehen, darüber ein dramatischer Wolkenhimmel. Ein anderes zeigt in der rechten Ecke einige Baumwipfel, den Rest der Fläche nimmt wieder der Himmel ein. Das dritte nur Himmel, sein Titel «Sonne bricht aus dunklen Wolken hervor». Auf der Rückseite des Bildes, so der Katalog, hat der Künstler eine Wetternotiz hinterlassen: «Ungefähr 2 Uhr 10 nachmittags, Blick in Richtung Norden, starker Wind von Westen, helles Licht kommt durch die Wolken, sie liegen übereinander.»

Mit virtuosem Pinselstrich halten John Constables Wolkenstudien flüchtige Augenblicke fest – über seinem Garten in Hampstead, Sommer 1821. Eine glückliche Entscheidung der Kuratoren, diese Bilder in die Ausstellung zu nehmen! Normalerweise richtet, wer gärtnert oder vom Garten spricht, seine Augen nach unten, auf die Erde. Dabei hat jeder Garten ein Himmelsdach, und auch wenn wir nicht gerade ins Wetter schauen, ist es immer da. Und, kaum bewusst, Teil des Bildes, der besonderen Stimmung, die uns von ihm in Erinnerung bleibt.

Plötzlich ist meine Müdigkeit verflogen. Plötzlich ist er wieder da, der Wolkentag in Ostpreußen.

Memelniederung, Gebiet Kaliningrad, Sommer 2003. Schon lange war mir diese Landschaft mit ihren hohen Himmeln vertraut. Viele Male hatte ich auf der südlichen, heute russischen Seite des Stroms eine Gruppe von Ostpreußen auf der Suche nach ihrer verlorenen Heimat begleitet. Es verlief alles wie üblich: Der Reisebus hielt in einem Dorf an, in Levoberschnoe, in Moskowskoe, Leninskoe. Alles aussteigen! Und der alte Herr, der einmal hier zu Hause war, fand sein Elternhaus nicht mehr, nur Gestrüpp, wenn er Glück hatte: ein paar Scherben. Im nächsten Dorf, dem ersehnten Ziel eines anderen Teilnehmers, dasselbe und so fort. Unterwegs halbüberschwemmtes Wiesenland, auf dem sich Buschwerk ausbreitete, hier und da ragte ein roter Kirchturm ins Blau, beim Näherkommen zeigte sich: eine Ruine.

Man war auf all dies vorbereitet, man war aufgebrochen ohne Illusionen. Jeder wusste über das Schicksal dieser Kulturlandschaft Bescheid: wie im 18. Jahrhundert wasserbaukundige Pioniere, die Vorfahren der heutigen Reisenden, das Delta der Memel trockenlegten, den Urwald rodeten und das Land allmählich seine geometrische Form annahm – Polder und Deiche, Kanäle und Drainagen, Pumpstationen, Wehre.

Jeder wusste auch, wie es, nach zweihundert Jahren bäuerlichen Wirtschaftens, wieder unterging – ein Drama in mehreren Akten. Beim ersten, als gegen Ende des Zweiten Weltkriegs die deutsche Wehrmacht zahlreiche Brücken sprengte, Panzer und Flüchtlingstrecks die Deiche zerpflügten, waren einige von ihnen als Kinder selbst mit dabei. Über den zweiten Akt, der gleich danach, im Sommer 1945, mit der Wiederbesiedlung des Gebiets durch die Sowjetmacht begann, konnten sie jahrzehntelang nur Vermutungen anstellen. Erst nach dem Fall des Eisernen Vorhangs erfuhren sie, dass die neuen Siedler mit dem Wasserland nicht umzugehen wussten. Die Kolchosen, hieß es, hätten das Ackerland als Weide genutzt, tiefer liegende Flächen, weil sie der Hochwasser nicht Herr wurden, verkommen lassen, schließlich ganze Dörfer abgebrochen.

Den dritten Akt verfolgten die inzwischen alt gewordenen ehemaligen Niederungsbewohner ab 1991 aufmerksam in Presse und Fernsehen. Mit dem Zusammenbruch der sowjetischen Kollektivwirtschaft, so hofften viele, würden nun tüchtige private Bauern das Delta rekultivieren. Doch diese mieden das schwierige Terrain. So übernahm die Natur das Regiment, sehr rasch breitete sich Wald aus, die Kanäle fingen an zu mäandern.

Den meisten Reisenden war völlig klar: Auf sie wartete eine Wildnis.

Inzwischen war sogar offiziell ein Schlussstrich gezogen worden. Nicht von den Russen, das hätte sie nicht weiter verwundert, sondern eine europäische Autorität hatte dies getan: Brüssel hatte die Region zum Biosphärenreservat, also die Zivilisation für beendet erklärt. Sie würden ihren Fuß in ein abgeschlossenes Kapitel Geschichte setzen. Wenn man mit kühlem Kopf darüber nachdachte, waren sie daran im Grunde nur sehr kurz beteiligt – sieben Jahre, drei oder noch weniger, alle waren sie Kinder gewesen 1945. An die Orte wie Kuckerneese, Schakuhnen, Gilgetal hatten sie kaum eine Erinnerung. Davon Aufhebens zu machen war nicht ihre Sache. Sie hatten viel gearbeitet, waren oft mit Wohlstand belohnt worden. Allenfalls hatte der eine oder die andere im Laufe des Lebens gelegentlich eine Unruhe verspürt, die signalisierte, dass da ein Trauma war.

Trotzdem weinten sie viel. Mir schien, sie weinten mehr und irgendwie anders als die Erlebnisgeneration, die sich gleich nach der Öffnung des Kaliningrader Gebiets aufgemacht hatte, die Heimat noch einmal zu sehen. Die Szenen damals, im Sommer 1991, erinnerten mich an antike Tragödien. Schockiert vom elenden Zustand der Städte und Dörfer, überwältigt von den Schrecken ihrer eigenen Vergangenheit, brachen viele deutsche Besucher völlig zusammen. Ob sie «den Iwan» verfluchten oder Schokolade und Nylonstrümpfe verteilten oder erst gar nicht aus dem Reisebus aussteigen wollten, manche heulten Tage dadrinnen – die Hilflosigkeit hatte viele Gesichter.

Dagegen kam, 2003, das Weinen der Reisenden eher sanft daher. Sie waren von vornherein um die deutsch-russische Freundschaft oder wenigstens Realismus bemüht und mussten ihre Gefühle immer wieder gegen ihren abgeklärten, klugen Kopf durchsetzen. Dann quoll es heraus wie das Weinen von früh resignierten Kindern. Mir fiel auf, dass vor allem die Frauen in der Gruppe sehr von den russischen Gärten angezogen waren. Über die

Dolmetscherin ließen sie nach Samen von Malven und Wicken fragen. Eine pensionierte Lehrerin aus Itzehoe mit rotgefärbtem Haar sehe ich noch vor mir, sie hatte an einer kaputten Schleuse, mitten in der Wildnis, Reste eines Hausgartens, vermutlich des letzten deutschen Schleusenwärters, entdeckt, unter anderem einen verkümmerten Rosenstock. Den Zweig, den sie abschnitt, legte sie nicht mehr aus der Hand. An diesem Julitag, der mir in vielen Einzelheiten im Gedächtnis geblieben ist, nahm sie ihn mit aufs Boot.

Es erwartete uns an einem Holzsteg, halb versteckt im Schilf. Es war grau gestrichen und für zwanzig Leute eigentlich viel zu klein – ein ehemaliges Patrouillenboot der Roten Armee, auch der Kapitän Jurij Iwanowitsch, sagte man uns, habe eine solche Vergangenheit, ein Ex-Militär, der in der DDR Deutsch gelernt hatte, er sei einer der wenigen, die hier in der Wildnis ihr Auskommen fänden. Die dreistündige Schiffspartie auf der Gilge, einem Mündungsarm der Memel, und weiter durch den großen Friedrichsgraben bis nach Polessk, dem früheren Labiau, war als Höhepunkt der Reise angekündigt worden.

Beim Einsteigen spürten wir den kühlen Wind, die Passagiere ohne Pullover waren froh, dass wir uns so eng aneinanderdrücken mussten. Und los ging es in rascher Fahrt, unter russischer Flagge. Jurij Iwanowitsch hielt das Boot ungefähr in der Mitte zwischen beiden Ufern. Links Dickicht, rechts Dickicht, aufgescheuchte Wasservögel, Reiher und Blesshühner, Kormorane, die ihr Gefieder trockneten.

Aufmerksam, ohne viel zu reden, verfolgten die alten Ostpreußen die Uferlinie.

«Jetzt müsste Schönwiese kommen», sagte einer. Und

tippte mit dem Finger auf die Landkarte, die auf seinen Knien lag.

Nirgends ein Haus in Sicht. Nach einer Weile entdeckte ein Mann, der vorne am Bug saß, eine Lücke im Schilf, jemand hatte offenbar kürzlich die Rohrkolben geschnitten. Eine gelbe Plastikwaschwanne stand da, und plötzlich tauchte ein Kind auf, ein kleiner Junge, der winkte. Und alle zwanzig Passagiere winkten enthusiastisch zurück.

«Schade, dass die Russen das Land so verkommen lassen, es ist doch jetzt ihre Heimat.»

War es der Friseurmeister? Soweit ich mich besinne, war er es. Ein dicker Mann mit wenigen Haaren, der Einzige in der Gruppe, der die Russen etwas näher kannte, weil er als Kind nach Kriegsende noch einige Jahre durch Ostpreußen geirrt war.

«Nur die Wolken sind so wie früher.»

«Schaut mal, ein Schaf!»

«Nein, das ist ein Kamelkopf!»

«Rechts meinen Sie, neben dem Spaten?»

«Da unten, die kleine. Wie ein Fisch. Mit einer Haartolle wie unser Brigittchen.»

So ungefähr ging es zu, der genaue Wortlaut ist hier nicht wichtig. Jedenfalls blickten alle gebannt nach oben. Wer einmal die Sommerhimmel in Ostpreußen gesehen hat, könnte sofort in den Chor mit einstimmen. Es sind ganz besondere, ereignisreiche Himmel. Vom Haff kommend ziehen Formationen von Wolken tief übers Land, sie scheinen es beinahe zu berühren. Sie ziehen, schweben durch klares, italienisch wirkendes Blau, immer aus derselben westlichen Richtung und oft so rasch, wie von einer unsichtbaren Kanone ausgestoßen.

An diesem Tag wurde uns großes Theater geboten!

Ganze Kamelherden eilten über uns hinweg, Delphine wurden gesichtet, Tarzan, der Erzengel Gabriel. Schwarzweiße Haufen bauten sich zu immer neuen, phantasieanregenden Kulissen auf, in jedem Augenblick etwas anderes. Von meinem Platz aus sah ich von der Seite drei seltsame graue Gebilde anfliegen – Perlhühner im Sturzflug! Zwischendurch tropfte es kurz, und dann war das Regenreservoir wieder geschlossen. Es überwog das Weiß, ein duftiges, manchmal sahniges, von der Sonne erleuchtetes Weiß.

«Wie Glumse.»

«Fahren Sie nicht so schnell, Jurij Iwanowitsch.»

«So eine Wolke wiegt so viel wie ein Kleinwagen. Das hat man neulich im Radio erzählt.»

«Quatsch, Rudi! Das kann auch nur ein Mann sagen.»

«Sie sind leicht, wie Eischnee.»

«Was kommt denn da?»

«Kaddick. Wacholderbüsche.»

«Ein Wolkengarten. Dort rechts, das sind Lilien.»

Eine Stunde, vielleicht auch weniger, dauerte das Spiel – Kopf im Nacken, Blickfeld Himmel. Das graublaue Wasser der Gilge und die wild grünen Ufer liefen am unteren Rande des Panoramas mit, sie interessierten nicht mehr. Nach fünf angestrengten Tagen hatten die Reisenden davon abgelassen, etwas zu suchen.

Es war etwas Besonderes passiert. Auf den Fotos, die ich von der Schiffspartie machte, habe ich es immer vergeblich gesucht. Erst jetzt, durch John Constables Bilder, verstehe ich es ein wenig. Seine Himmel über Hampstead, Sommer 1821, sind den ostpreußischen nicht nur ähnlich. Sie zu betrachten lässt das Gefühl des Himmelguckens auf der Gilge sofort wieder entstehen. Woran könnte das liegen?

Der Beitrag im Ausstellungskatalog über John Constable, seine Epoche und sein Leben ist ein seltener Glücksfall. In den Wolkenstudien, schreibt der Kunsthistoriker Werner Busch, offenbart sich ein Künstler, der anders als viele Zeitgenossen nicht nach Italien zieht, er konzentriert sich bewusst auf die heimatliche Landschaft («I should paint my own places best»). Gegen den herrschenden Geschmack, dass ein Himmel heiter sein müsse, setzte er die Gewitterstimmung. Jede Region habe zudem ihre eigenen Himmel, dieser spiele in der Landschaft eine Schlüsselrolle. Das Flüchtige da oben musste möglichst genau festgehalten werden, so wie er es schon als Junge, als er noch auf der elterlichen Farm in East Bergholt lebte, beobachtet hatte und wie Naturforscher es taten, die damals gerade die Wolken entdeckt hatten, sie analysierten und klassifizierten.

Unter anderem grenzte sich Constable damit gegen die verschwommenen und unwirklichen Landschaften William Turners ab. Constables «Wolkenkampagne» – über hundert Ölstudien in den Jahren 1821/22, in denen er sein malerisches Himmelsvokabular erweiterte und verfeinerte – war auch eine Antwort auf seine Kritiker.

In seiner Malerei arbeitete er zugleich eine persönliche Geschichte auf: Constable, der bei London lebte, nahm von der bäuerlichen Welt seiner Kindheit Abschied. Er hatte noch das Mühlenhandwerk gelernt, sich dann aber dem Wunsch des Vaters, die elterlichen Besitztümer zu übernehmen, verweigert, um Maler zu werden. Jahrelang kehrte er im Sommer nach East Bergholt zurück, um dort nach der Natur zu zeichnen und, so wird vermutet, sein Schuldgefühl gegenüber seinen Eltern zu bewältigen.

Mit der Zeit entrückte die Heimat – die Mutter starb,

der Vater starb, dann wurde das Elternhaus verkauft, Landarbeiteraufstände erschütterten die alte patriarchalische Ordnung. Alles, was einmal war, verflüchtigte sich. Im Juli, August, wenn Constable mit der Familie in einem Sommerhaus bei Hampstead wohnte, am Rande einer hügeligen Heidelandschaft, spürte er dem Verlorenen nach. Dabei wanderte sein Blick immer mehr nach oben, verließ die Landschaft, Gärten und Behausungen, zuletzt fixierte er nur noch den Wolkenhimmel, wo alles immerzu vergeht. Er fand dort Bilder für die wechselnden, flüchtigen Zustände unserer Seele.

Im Bernsteinwald

«Ganz ruhig, die Lupe ruhig halten, dann sehen Sie die Baumrinde.»

«Wo genau?»

Kostas schüttelt seinen Lockenkopf. «Geduld! Dort am Rand, links von der Mücke.» Kopf und Auge, zarte Flügel, die Beinchen, wie ein lebendiges Wesen, als würde es jeden Augenblick aus dem Gold auftauchen. Das dunkle, vergleichsweise große Ding daneben soll die Rinde sein?

«Pflanzen kommen viel seltener vor als Tiere und sind schwerer zu erkennen.»

«Und beides zusammen ist besonders wertvoll?»

«Ja. Sie kriegen auf das Stück 10 % Rabatt. Sagen wir 20 %. No problem, ich bin mein eigener Chef.»

Spätestens am zweiten Ferientag verfällt der Gast in Nida dem Bernstein. An einem der wunderbarsten Plätze der Welt, auf der Kurischen Nehrung, der schmalen Landzunge zwischen Haff und Ostsee, wo es unglaublich viel Schönes anzuschauen und zu erleben gibt, alte Fischerhäuser und immer neue Wolkenhimmel, allerfeinsten Sand und lichthelle Kiefernwälder, möchte er immer wieder die Lupe nehmen und in den urzeitlichen Wald eintauchen. Das Auge, das in der Weite geschwelgt hat, ermüdet vom Pilzesuchen, Elchebeobachten, will sich ins Nahe vertiefen, mikroskopisch kleine Details – Farbnuancen, eine

Luftblase, Ameisenbeine. «Stebuklas», sagt Kostas, «ein Wunder.»

«Kaufen Sie bei Kostas!», rät ein Hotelgast dem anderen. «Erstens ist er ehrlich, zweitens weiß er fast alles über Bernstein.» Unter den ambulanten litauischen Händlern auf dem zentralen Platz von Nida ist der 27-jährige Kostas einer der älteren. Vor drei Sommern fiel er mir auf, weil er, meist schon am frühen Morgen, Bier trank – einer dieser Jungen, die viele Engel brauchen, damit sie nicht verloren gehen. In diesem Juli steckt er die Nase in ein Buch, wenn kein Tourist am Stand ist. Er liest Dan Browns Bestseller «Da Vinci Code». Beinahe hätte ich ihn nicht wiedererkannt, sein Gesicht ist entspannt, er wirkt selbstsicher.

«Haben Sie mal eine Rosenblüte im Bernstein gesehen?»

«Nein», antwortet Kostas und legt das Buch beiseite. «Rosen gibt es so gut wie nie. Eine Vogelfeder war das Schönste – bisher. Wurzelgeflecht mag ich, auch trockene Zweige. Schauen Sie.»

Kostas' Begeisterung für Bernstein begann 1990, in der dramatischen Zeit des litauischen Unabhängigkeitskampfes. Damals kam er, ein Landkind aus der Gegend von Alytus, nach Nida, seine Mutter sollte dort eine Stelle als Briefträgerin antreten. Für einen Elfjährigen eine ziemlich schwierige Situation. Endlich war die Freiheit da! Aber fast alle Selbstverständlichkeiten, nicht nur im Staat, auch des Alltags, die dem Sowjetbürger Halt gaben, waren zerbrochen.

Wie zum Beispiel erzieht man Kinder? Sie tanzten in diesen Jahren des Umbruchs ihren Eltern auf dem Kopf herum. Die Mutter wusste keinen Rat, der Vater des Jungen, ein Ukrainer, war ohnehin längst aus dem Leben der Familie verschwunden. Es war gut, meint Kostas, am fremden Ort «gleich ein Hobby zu haben», eines, das man zusammen mit Gleichaltrigen ausübte. Nach starkem Seegang, besonders im Herbst, wenn ein Sturm den anderen ablöste, rannten die Jungen zur Ostsee und klaubten den aus den Tiefen emporgespülten Bernstein aus dem Sand.

So wie es Kinder – und Erwachsene – auf der Kurischen Nehrung immer getan haben. In gewisser Weise, in gemilderter Form, erlebte der kleine Kostas, was die nach 1945 von der Sowjetmacht hergeschickten Neusiedler durchmachten. Die Litauer aus verschiedenen Ecken des Landes, die Russen aus den Regionen Pskow und Nowgorod, ohne jede Ahnung von den örtlichen Gegebenheiten des Fischfangs, wie man einen schweren Kurenkahn manövriert, Stint oder Zander fängt. Denen alles unheimlich war, Wanderdünen, der Geruch der Häuser, die Gerätschaften der vertriebenen Kuren. Und für die der Bernstein eine Gabe der Natur war, die sie ohne große Anstrengung und Vorwissen nehmen konnten – ein erster Schritt, Angst und Heimweh zu überwinden, die erste Liebe vielleicht auf dem langen Weg der Eingewöhnung.

Kostas, ebenfalls zur Zeit einer großen gesellschaftlichen Wende in Nida eingetroffen, war sofort vom allgemeinen Bernsteinfieber angesteckt. In der Schule interessierten ihn die Stunden, in denen vom Bernsteinwald die Rede war, vom «Tertiär», der erdgeschichtlichen Epoche vor 55 Millionen Jahren. Und er malte sich aus, wie Spinnen, Heupferdchen, zappelnde Eidechsen im austretenden Harz des «Pinus succinifera» kleben blieben und von ihm eingeschlossen wurden. Der Urwald, erzählte die Lehrerin, wurde nach und nach vom Meer überflutet, das Harz sank mit ab, es wurde dann von Sand und neugebildeten Gesteinsschichten zugeschüttet und allmählich, über Millionen von Jahren, unter Luftabschluss und Druck zu Bernstein.

Eine tolle Geschichte, abenteuerlicher als Jules Vernes «Kapitän Nemo», das Kostas damals las. Seit er Mitte der neunziger Jahre pochenden Herzens im Kino «Jurassic Park» gesehen hat, ist er davon überzeugt, dass im Körper der blutsaugenden Mücken, die das Harz konservierte, Fragmente der DNA von Sauriern zu finden sind. Irgendwann, auf jeden Fall zu seinen Lebzeiten, glaubt er, werden die Amis imstande sein wird, daraus einen «Dino zu basteln».

Natürlich die Amis! Amerika! Sein Traum – würde Kostas dort leben, hätte er vielleicht eine Chance gehabt, so ein Dino-Spezialist zu werden. In Litauen reichte sein Abitur gerade, um eine Stelle beim Zoll zu bekommen. Drei Jahre fertigte er in Klaipeda LKWs ab, danach war er arbeitslos.

«Wissen Sie eigentlich, wie stürmisch und dunkel die Winter in Nida sind?» Sein Deutsch ist ziemlich gut.

«Nur vom Hörensagen!»

«Da ist kein Hund auf der Straße.»

«Und Sie?»

Meistens sitze er allein zu Hause, erzählt er, während wir am Strand entlanglaufen. Ab und zu umspült eine Welle unsere bloßen Füße. Die Sonne ist längst untergegangen, doch der Himmel bleibt hell, milchweiß bis Mitternacht und länger.

«Auch die stärksten Männer saufen hier im Winter», sagt Kostas.

An diesem Abend erfahre ich, wie er zum Bernsteinprofi geworden ist. Erst war es nur Langeweile, er holte die Schachtel heraus mit den Stücken, die er als Kind gesammelt hatte. Ein Freund brachte ihm das Schleifen bei, dem rohen Stein eine Form zu geben. Etliche aus seiner Klasse hatten in Ermanglung besserer Arbeit mit dem Handel angefangen, also tat Kostas es auch. Manchmal, im Suff, redeten die Jungen davon, einmal so reich zu werden wie der Bernsteinhändler K. Oder das verschwundene Bernsteinzimmer zu finden, das sich laut Angabe eines Niddener Fischersohns auf der litauischen Seite der Nehrung befinden soll.

Eines Tages, im Januar vor zwei Jahren, hatte es Kostas gepackt, er wurde süchtig, wollte immer mehr wissen. Den restlichen Winter über las er Fachbücher über die Farbnuancen des Bernsteins, 215 wurden bisher entdeckt – durchsichtiges Gelb, die klassischen Harztöne, Weiß wie fette Sahne, verursacht durch kleinste Luftbläschen, Schattierungen von Rot, durch Oxidation und Verwitterung entstanden. Unter den trüben Steinen gefielen ihm sehr das Schwarz, das durch Holzspäne hervorgerufen wurde, und die von Pflanzenhäcksel gefärbten Grüns. Unter den klaren natürlich besonders die seltenen Stücke mit Einschlüssen.

Beim Bearbeiten hatte er mal einem komplett erhaltenen kostbaren Wurm das Vorderteil abgeschliffen, seitdem achtet er besser darauf. Bald konnte er mit bloßem Auge eine Blattlaus oder Fasern wahrnehmen, oft ahnte er, schon bevor er die dicke Verwitterungskruste entfernt hatte, dass im Rohbernstein ein Lebewesen sein würde.

«Kostas geht gerade im Bernsteinwald spazieren», bemerkt Jurate, seine neue Freundin, die ihn sonntags am Stand vertritt, ironisch. Nein, sie sei nicht eifersüchtig. Nur besorgt, weil der Liebste offenbar den Bezug zur

Realität verliere. Ihres Erachtens sollte er weniger durchs Mikroskop und mehr in die Welt gucken, dorthin, wo das Geld ist, das sie beide zum Leben brauchen, oder wo die Gefahr droht.

Denn wer mit Bernstein zu tun hat, lebt am Rande der Legalität, es geht gar nicht anders. Kleinunternehmer wie Kostas hängen an den dunklen Geschäften der Großen dran. Jeder hier weiß das, auch die Polizei. Vor den Augen der Urlauber wird es, soweit möglich, verborgen, um ihnen nicht den Spaß am Kaufen zu verderben. Eine der beiden Hauptfiguren ist der erwähnte Herr K., er und ein weiterer Mann aus Nida ziehen die Fäden eines großangelegten Schmuggels.

Der Großteil des Bernsteins kommt aus der russischen Exklave Kaliningrad, an der Samlandküste liegen 90 % des Weltvorkommens. Und weil er in den Nachbarländern weitaus höhere Preise erzielt als in Russland, wird er illegal über die Grenze verschoben.

Russland! «Zum Glück lebe ich nicht dort!», meint Kostas. Hier in Litauen ist er ein kleiner Hehler, übernimmt die heiße Ware nur. Drüben hätte er, um zu überleben, vielleicht als Wächter im Tagebau Jantarny angeheuert – die dortige Wachmannschaft hat eine lukrative Schlüsselposition im organisierten Schmuggel. Die andere Alternative für einen jungen Mann ohne Arbeit wäre, einer dieser Hasardeure zu werden, die heimlich tiefe Trichter in die Bernstein führende Erde graben und dabei riskieren, verhaftet zu werden, zusammengeschlagen von der Polizei, von Konkurrenten, rivalisierenden Zwischenhändlern. Manche hat man tot in den selbstgeschippten Gruben gefunden, andere verschwinden spurlos.

Von Nida sind es nur vier Kilometer bis ins russische

Morskoe, das frühere Pillkoppen. Alle paar hundert Meter sitzt ein Bursche mit Handy in der Düne, sie beobachten die Autos der Grenzwache, die Schichtwechsel beim Zoll. Wann ist die Luft rein, wann ist der bestochene Komplize im Dienst? Auf der anderen, der russischen Seite, ist es ähnlich. Bis auf die Hintermänner sind die Akteure jung. Sehr viele der Zwanzig- bis Dreißigjährigen in Grenznähe leben vom Bernstein.

«Was würdet ihr machen, wenn es den Bernsteinwald nicht gegeben hätte?»

«Nichts», sagt Kostas.

Hoffen wir, dass der Bernsteinwald noch lange ein paar heutige Erdenbewohner nährt. Meinen Beitrag dazu habe ich geleistet. Allerdings habe ich nicht auf Kostas' Rat gehört und den unscheinbaren dunklen Stein mit den zwei Ameisen gekauft. Sondern den größeren, goldhellen, in dem eine Mücke neben einer Baumrinde schwebt, Kostenpunkt 120 Euro, abzüglich 30 Prozent Rabatt.

Und leider habe ich der Versuchung nicht widerstehen können und zu Hause meinen Bernstein auf seine Echtheit geprüft. Echter Bernstein schwimmt in Salzwasser oben, und wenn man ein Streichholz daran hält, gerät er leicht in Brand, duftet würzig nach Harz. Beide Tests hat mein Stück nicht bestanden. Baumrinde und Mücke wurden erst jüngst in ihren goldenen Sarg – aus Kunstharz und geschmolzenen Bernsteinresten – gelegt. Kostas, der Gute, hat den Bezug zur Realität anscheinend doch nicht verloren.

Bettlers Geheimnis

«Susimylekit, miela ponia!» – «Erbarmen, gnädige Frau!» Die einen rufen, andere murmeln oder seufzen. Eine vielstimmige Melodie, sie ertönt rund um das Tor der Morgenröte, vom Morgen bis in die Nacht, wenn nur noch die wundertätige schwarze Muttergottes zuhört. «Susimylekit, miela ponia!»

Unter den Bettlern ist in diesem Sommer ein junger Mann mit buschig wildem Haarschopf, der besondere Aufmerksamkeit erregt. Ein hübscher Bursche, dessen Haut an Armen, Brust und Hals stellenweise seltsam verfärbt ist, große Placken von Rot, aus dem weiße Blasen hervortreten. In den Augen der Passanten, die Geld in seinen Hut werfen, mehr als in die Hüte und Kästchen der anderen, des Beinamputierten, des Buckligen, des bärtigen Säufers, ist neben Mitleid auch Neugier zu lesen. Was hat er nur? So etwas hat man noch nicht gesehen. An belebten Tagen, zum Beispiel am Sonntag, wenn die Gläubigen nach St. Teresa strömen, in die barocke Kirche direkt vor seinem Stammplatz, scheint sich seine Krankheit ein wenig zu verschlimmern. Mal sprießen ihm Blasen auf der Stirn, mal zeigt er die entblößten Füße, sternförmige Wunden auf den Oberseiten, an der Stelle etwa, wo man Christus ans Kreuz genagelt hat. Und weil der Mensch in diesem Alter nicht andauernd eine Leidensmiene machen kann, wackelt der Junge zur Abwechslung lustig mit den Zehen, lacht und hat wieder mal die Herzen gewonnen. «Susimylekit, miela ponia!» Seinem Akzent nach ist er kein Hiesiger. Nein, er kenne den Namen seiner Krankheit nicht, sagt er höflich auf Befragen. Seit seiner Kindheit sei sie da, sie komme und gehe wie der Regen.

Ein Erlebnis, kurz vor der Jahrtausendwende in der litauischen Hauptstadt Vilnius. Im nächsten Jahr, an einer Straßenecke in Warschau, sehe ich eine Bettlerin mit ähnlichen Symptomen. Etwas später in Köln vor dem Dom ein Kind, einen höchstens zehnjährigen Romajungen, der mit wunden, blasigen Füßen dasitzt. Gibt es im neuen Europa eine neue Krankheit? Amtlicherseits noch nicht erfasst und, weil sie noch nicht durch die Medien ging, nicht besorgniserregend? Im Sommer 2003 stelle ich fest, sie hat Paris erreicht, beim Spazieren über den Montparnasse zähle ich vier von ihr befallene Clochards. Als ich vor einem Café Nummer fünf entdecke, patrouillieren gerade zwei Uniformierte vorbei. Die Gendarmen könnten es wissen! Und tatsächlich, sie wissen es – ganz genau. Die beiden lachen über mich wie über ein dummes Kind oder jemanden, der hinter dem Mond lebt. «Bois gentil» ist des Rätsels Lösung! «Nie von ‹Bois gentil› gehört?» Die Bettler verursachen die Wunden selbst, mit Hilfe dieser Pflanze, das hätten Ermittlungen der Pariser Polizei schon vor ein paar Jahren ergeben.

«Bois gentil», wörtlich: «freundliches Holz». Im Deutschen sagen wir «Seidelbast», volkstümlich auch «Beißbeere», «Pfefferbusch», «Blasenstrauch», «Menschenmörder», «Quälerhals», «Imkerstrauch», «Warzenbast», «Wilder Holler» genannt, botanischer Name «daphne mezereum», ein in all seinen Teilen stark giftiger Strauch. In den Wäldern

Europas, heißt es von ihm im Internet, das ich dazu befrage, sei er immer seltener zu finden. In kultivierter Form bei Gärtnern wegen der von ihm ausgehenden Gefahr wenig beliebt, obwohl er so intensiv dufte und rosa blühe, einer der ersten Frühlingsboten, für Bienen, also auch für Imker, eine besondere Freude.

Medizinern gilt Seidelbast als Nutzpflanze, von alters her wurde er bei Gicht und Rheuma angewendet, auch als Brech- und Abführmittel, was aber immer wieder zu schweren Vergiftungen führte. In der modernen Homöopathie nach Samuel Hahnemann wird eine äußere Anwendung bei Hautproblemen, Ausschlägen, Juckreiz und Herpes angeraten. «Ähnliches soll mit Ähnlichem geheilt werden», so der Leitsatz von Hahnemann. Heureka! Wenn Seidelbast in geringer Dosis Hautleiden heilt, wird er solche, konzentriert aufgetragen, verursachen können!

Es ist die richtige Spur, ich muss nur in die Vergangenheit eintauchen. Ein Tag in der Bibliothek, und alles ist klar: die Geschichte des Bettelns in Europa – hier und da, in Stadtchroniken, Gerichtsakten, Unterlagen der Armenfürsorge taucht der Seidelbast auf.

Vor allem im Zusammenhang mit Krisenzeiten, wenn zu den Bettlern, die von Gott oder der Natur zur Arbeitsunfähigkeit verdammt waren, die Heerscharen von «Gesunden», von Traumatisierten und hoffnungslos Verarmten kamen. Ihnen blieb nur der Bettelstab, und um erfolgreich zu sein, mussten sie betrügen, Blindheit vortäuschen oder ein Bein auf den Rücken binden. Manch einer verstümmelte sich selbst. Wie dies zu bewerkstelligen war, erfuhr man in Vagantenlagern außerhalb der Ortschaften, auf Treffs in Katakomben, Gewölben, die jeder kannte. Leidensmienen auflegen, Bittformeln in verschiedenen Sprachen und Dialekten, das ganze Handwerk des Bettelns konnte man dort lernen. Ebenso die Geographie des Bettlerlebens, wo es was zu holen gab und wo nicht, Unterschlüpfe, Gefahrenzonen.

Einer der bekannteren, fast überall und leicht zu verwirklichenden Tricks, wenn auch mit Schmerzen verbunden, war, mit dem «Blasen ziehenden Saft des Seidelbasts mitleiderregende Wunden zu erzeugen». Er wuchs im Wald, die Äste ließen sich im Ränzlein oder Bündel mitführen. Wenn kein Bedarf mehr war, verschwand das selbstfabrizierte Leiden schnell.

Wer hat dieses alte Wissen wiederentdeckt? Oder war es etwa gar nicht ausgestorben? Vielleicht überlebte es auf dem Balkan, in den Karpaten, wo auch immer, und wird heute von modernen Nomaden, den Bettlern Europas, zusammen mit anderen nützlichen Dingen, wieder verbreitet.

Kürzlich erzählte ein Freund, der gerade aus Rumänien zurückkehrte, er habe auf seiner Reise häufig Seidelbast gesehen, vor allem in der Gegend von Sibiu/Hermannstadt, rund um die Häuser und armseligen Buden der Roma.

Wer einmal ein Thema verfolgt, dem läuft es hinterher. Plötzlich, eines Dienstags, steckt eine Karte aus Polen im Postkasten, auf der Briefmarke: Seidelbast. Im Februar, bei einem Spaziergang durch die Rheinauen, leuchtet es aus dunklem Gestrüpp plötzlich rosa: Seidelbast. Und wie ein Kommentar dazu fällt mir, noch im selben Monat, Gabrielle-Sidonie Colettes Eloge auf den Wohlgeruch des blühenden bois gentil in die Hände.

Kurz darauf ein Verwandtenbesuch in Bayern. Beim Abendbrot fällt, Sie mögen es glauben oder nicht, im Zusammenhang mit Hochzeitsvorbereitungen in der Nachbarschaft das Wort: Seidelbast. Ein Bauer erzählt von verschiedenen ausgestorbenen Bräuchen. Unter anderem, dass noch zur Zeit seiner Großeltern der Fuhrmann der Hochzeitskutsche den Pferden einige Seidelbastbeeren ins Futter mengte. Dadurch sollten sie mehr «Schneid» bekommen und würden besonders kräftig wiehern. Pferdegewieher, glaubte man damals, bringe dem Brautpaar Wohlstand, Glück und viele Kinder.

Andalusische Laube

Nirgendwo in Europa kann ein Januarhimmel so blau sein. Blendend weiß die frischgekalkten Mauern, Balkone, Dachterrassen, Treppen und Treppchen, am nicht sehr fernen Horizont die schneeweißen Gipfel der Sierra Nevada. Über Nacht hat es im Gebirge wieder geschneit, und hier unten bricht, an diesem Donnerstag, der andalusische Frühling aus.

Auch die Pueblos blancos, die weißen Dörfer oberhalb der Costa del Sol, sind inzwischen von Touristen erobert, jetzt aber haben sie Verschnaufpause. Nur ein paar alte Engländer, die seit Jahren überwintern, schlappen durch die Gassen von Frigiliana, in sportlich bunten Anoraks. Etwas scheu, so jedenfalls kommt es mir vor, vielleicht, weil ihnen im stillen Januar auffällt, dass sie eigentlich nicht hierhergehören. Und ein wenig auch über sich selbst verwundert, dass sie, die Weltbürger und Angehörigen der einst größten Kolonialnation, so schüchtern sein können.

Keine Stühle auf der Plaza del Sacristán? Scheinen ihre Augen zu fragen. Noch kein dienstbarer spanischer Geist in Sicht? Auf der Mauer gegenüber der Kirche sitzen zwei schwarzgekleidete alte Frauen und zeigen einander ihre fast fertigen Häkeldecken. Winterarbeit, die nun draußen, schwatzend und kichernd, vollendet wird. Ab und zu räkeln und strecken sie sich, gähnen, schließen die Augen und wenden ihr Gesicht der Sonne zu. «Pablo! Noch ein Kissen!», ruft die eine ihrem Sohn zu, «por favor! Der Stein ist noch kühl.»

Ein Kissen nach dem anderen wandert aus Frigilianas Häusern auf die Gasse. Gegen elf Uhr hocken alle vor der Tür, zeitunglesende Männer in zerbeulten dunklen Wollhosen, die Frauen in strengem Schwarz. Einige nehmen schon mal die verregneten Rosmarintöpfe vor dem Fenster in Augenschein. Es müsste viel getan werden, doch nicht gleich, nicht heute. Bloß etwas die wintersteifen Finger bewegen, Däumchen drehen, der Nachbarin herüberwinken, leichte Arbeit allenfalls, häkeln und Kleider ausbürsten, Schilf flechten vielleicht wie der Alte in der Calle Santo Christo. Irgendwo rumpelt es, die schläfrigen Gassenhocker runzeln die Stirn. Hinter der Kirche bepackt offenbar jemand ein Maultier, es schnaubt und stampft. Nochmaliges Stirnrunzeln, und es ist Mittag, San Antonio läutet.

Das Maultier und sein humpelnder Führer sind längst dorfauswärts verschwunden, und noch immer schlagen die Glocken von San Antonio. Padam, Padam, zwei Töne, hart und monoton. Wie das Warnsignal an einem unbeschrankten Bahnübergang, nur lauter. Eisern insistierend, und es will nicht aufhören. Damit könnte man Menschen foltern, denke ich.

Plötzlich sind sie da, die Bilder von Franco-Spanien, von Bürgerkrieg, Diktatur, jener Welt im sozialen Koma, ohne Hoffnung – das ländliche Andalusien, bevor es durch die EU in die Moderne katapultiert wurde. Es ist nicht sehr lange her, der alte Mann vor mir, der das Schilf flicht, ein rätselhaftes, meterlang sich schlängelndes Band, hat all dies durchlebt. Bitterarme Zeiten, in denen von Hand geflochtene Bänder lebensnotwendig waren. Für Maultiertaschen? Körbe oder schattenspendende Hüte der Zuckerrohrarbeiter? Gern würde ich danach fragen, aber ich traue mich nicht. Weil das Dorf heute ganz offensichtlich für sich sein will.

Leichter zugänglich als die jüngste Vergangenheit ist, wie so oft und beinahe überall, die fernere. Im postkartenständer- und fremdenführerlosen Januar lässt sie sich wunderbar betrachten. Die ineinandergeschachtelten weißen Häuser, denen Nordafrikas verblüffend ähnlich – intime Patios, Dachterrassen, Proportionen, von der Bauweise bis hin zum Blumenkult: Spuren des muslimischen Al-Andalus, das Erbe der Mauren.

Der Glockenturm von San Antonio, sagt eine Inschrift, war einmal Minarett einer Moschee. Tatsachen dieser Art werden seit einiger Zeit nicht mehr versteckt, im Gegenteil. Auf zwölf Keramiktafeln, die über den ganzen Ort verteilt sind, wird das letzte Rückzugsgefecht der Mauren geschildert. Die Sympathie gilt, wie in den spanischen Geschichtsbüchern, selbstverständlich der christlichen Reconquista – und zu gleichen Teilen den muslimischen Verlierern, den Getöteten, Vertriebenen, Versklavten und Zwangsgetauften. Ein Stück Heimatgeschichte, geschehen 1569, hier in Frigiliana.

«Callejón del Inquisidor», steht da, überall spanische Geschichte, der Name des Gässchens erinnert an eines der grausamsten Kapitel. Mitten im Grübeln, ob der Inquisitor höchstselbst hier gewohnt haben mag, sehe ich das Orange. Ein flammendes, geradezu magisches Orange. Kaskaden üppig blühender Ranken, das Haus ist völlig darunter verschwunden. Vom Erdboden bis hoch übers Dach ist es bedeckt, kein Fenster, kein Balkon ist mehr zu sehen. Dornröschen! Unsinn, das sind keine Rosen!

Und vielleicht gibt es ja kein Schloss oder Haus mehr dahinter?

Bewegt sich da nicht etwas? Im oberen Drittel der orangenen Fläche scheinen einige Zweige leicht zu schwanken. Eine Hand taucht auf und zieht sich zurück, das Geräusch einer Schere. Schnipp-schnapp, schnipp-schnapp, jemand schneidet von innen ein Loch in die Pracht. Ein schwarzgrauer Männerschopf erscheint, eine Nase, groß und blass, kein Spanier vermutlich.

«How do you call these flowers?» Probiere ich auf Englisch. Ein vielleicht siebzigjähriger Mann steckt lachend den Kopf aus dem Orange: «They are gorgeous, you are right. Ganz recht, sie sind großartig! Bignonia heißen sie.»

«Wie?»

«Bignonia! B-i-g-n-o-n-i-a», buchstabiert er. «Das sind Biester! Monster! Jedes Jahr kämpfe ich mit ihnen, sie erwürgen mein Haus. Schauen Sie die dicken Äste an.»

«Where are you from?»

«From London!» Dem englischen Regen entflohen, sagt er im Weiterschneiden, wie jeden Januar, seit er vor fünfzehn Jahren das Haus gekauft habe, die Bignonia sei damals noch «ein Kind» gewesen. Irgendetwas an seinem Englisch lässt mich aufhorchen.

»You are really from London?«

»Yes!»

»Really? Wirklich?» Was treibt mich dazu, derart zudringlich zu sein?

»Yes! Ich lebe seit 40 Jahren in London!» Es klingt fest, jedoch nicht verärgert.

«Und vorher?»

«I am from Kaunas.»

«In Lithuania.»

«Yes.»

«At Nemunas river.»

»Yes.» Und er fügt auf Deutsch hinzu: «An der Memel.»

«Dann kannten Sie bestimmt das Café Konrad!»

Er nickt und schnappt nach Luft, hält sich für einen Moment im nächstbesten Ast der Bignonia fest. Kaunas, da kennt eine mein Kaunas, das kaum jemand kennt, lese ich in seinem Gesicht, nicht zu fassen, und das hier, in Spanien.

Unterdessen rattert es in meinem Kopf: Seit den sechziger Jahren in London ... ein Jude ... aus der Sowjetunion emigriert, vermutlich während des Krieges in eine der mittelasiatischen Republiken geraten ... Kaunas, Juni 1941, 3. Einsatzkommando unter dem berüchtigten, wie hieß er gleich? Jäger. Karl Jäger! ... Der Mann vor mir muss damals ein Kind gewesen sein.

Kaunas – das Passwort für eine Einladung zum Kaffee. «My name is Abraham.» Er bittet mich zu warten, bis er die Vorderfront des großen Balkons frei geschnitten hat. Eine halbe Stunde später sitze ich mit ihm und seiner Frau Tamara, einer russischen Jüdin, unter dem orangenen Baldachin. In ein Gespräch vertieft, das ebenso intim wie sprunghaft ist, eine jener atemberaubenden Begegnungen, wie ich sie sonst nur im Osten erlebe.

Er war sieben, sagt er, 1940, als Stalin Litauen besetzen ließ, die Siebenzimmerwohnung – sein Vater war Rechtsanwalt – wurde beschlagnahmt, die Familie, Vater, Mutter, Abraham und dessen beide jüngere Brüder, in ein bescheidenes Holzhaus gezwungen. Und im Jahr darauf, Mitte Juni 1941, als «Bourgeois», Klassenfeinde, in die Sowjetunion deportiert. «To cut a long story short, um es kurz zu machen: Die Deportation war das Beste, was uns passieren konnte, eine Woche später waren Hitlers Mordkommandos in Kaunas.»

Samarkand in Usbekistan ist die nächste Station, Abraham ist noch keine acht, er hungert und vergisst seine Muttersprache, das Deutsche. Wächst ins Russische hinein, es bleibt seine Sprache nach 1945, als sich die Familie wieder im jetzt sowjetischen Kaunas niederlässt. Fünf von ein paar Dutzend überlebenden Juden, die zurückkehren, und noch immer schnürt ihnen die Angst die Kehle zu.

1958 die Ausreise nach Israel, Kibbuz, Hebräischunterricht, «a very poor life», auch darüber spreche er nicht gerade gern. Was soll man da groß erzählen und warum?

«Let's talk about Bignonia.» Seit er 1964 in London ankam, sagt er, sei das alles vorbei. «Konez!» Er verfällt ins Russische und fasst Tamaras Hand. «Zu Ende, verstehen Sie?» Mit 29 Jahren habe er komplett neu angefangen, Englisch, Import-Export, «wenn Sie es genau wissen wollen», von Badewannen, eine durchaus harmonische Ehe, Haus und Garten, zwei gute, kluge Töchter, drei Enkel. «Tschastliwtschik», ein Glückspilz gewissermaßen. Und seit kurzem, nach dem Tod der ersten Frau, noch einmal ein Glück, mit Tamara aus Moskau. «Isn't she beautiful?» Und natürlich die spanische Sonne.

«The rain in Spain stays mainly in the plain», singt er und breitet dabei theatralisch die Arme aus. «The sun and», er schnappt nach einem Zweig, der ihm fast ins Gesicht hängt, und sucht nach einem Wort: «die Laube.» Wieder hat sich die Sprache aus Kaunas eingeschlichen.

«Noch Kaffee?», fragt Tamara. Sie ist wirklich schön, sehr zart, sehr mädchenhaft, ihre braunen, lässig hochgesteckten Haare sind noch ohne Grau. Neben dem stämmigen Abraham, der als Kind zu früh aufgehört hat zu wachsen, erscheint sie beinahe groß. Im orangenen Licht wirken beide jünger, es verstärkt das Unwirkliche unserer zufälligen Begegnung.

«Der Islam wird alles Glück der Welt zerstören!» Es kommt aus heiterem Himmel, sehr scharf, auf Englisch. «In London, überall Bärtige, sie bedrohen Israel. Putin kriegt die verdammten Tschetschenen nicht klein. Seit die gute alte Sowjetunion tot ist, ist der Schutzwall gegen die mittelasiatischen Muslime gebrochen. Am 11. September 2001 ist mir alles klar geworden. Kurz danach sind die ersten Hundesöhne ins jüdische ‹Little Odessa› gezogen, das Stadtviertel von New York, wo Tamaras ganze Mischpoke lebt.»

Er sagt noch mehr, vergeblich versucht seine Frau ihn zu besänftigen. Sie wendet ein, auf Russisch, man lebe auch ohne Religionskriege gefährlich. So wie ihr einziger Sohn, der in Moskau bei einem Verkehrsunfall starb. Ob einer in Tschetschenien totgeschossen werde oder von einem Rowdy totgefahren, «tot ist tot».

«Unsere westliche Zivilisation muss verteidigt werden, um jeden Preis!»

«Und Hitler? Und Franco? Kamen die nicht auch aus der westlichen Zivilisation?» Frage ich vorsichtig.

«Ja, wenn Sie so weit zurückgehen wollen. Auch Dschingis Khan war grausam. Alles Vergangenheit!»

Tamara nickt. «Ich bin Ihnen, Ulla Karlowna, doch auch nicht böse.» Zum ersten Mal benutzt sie die russische Anrede, meinen Vatersnamen, nach dem sie gleich bei der Begrüßung gefragt hat. «Sie sind nicht schuld, dass die Deutschen meinen Bruder erschlagen haben. 1941, in der Ukraine. Er war zwei Monate alt.»

«Der Westen muss zum Krieg rüsten, glauben Sie mir.» Er zittert.

In der Laube glüht es auf einmal. Das Orange, das unsere Gesichter verschönt hat, erscheint mir wie feuriges Magma. Noch ein Satz von Abraham, und ich werde schreien. Wie löscht man ein solches Feuer? Welcher Satz könnte jetzt richtig sein? «Stammen nicht Juden, Christen und Muslime aus einer Wurzel?» Blödsinn, viel zu allgemein, ich werde den Genius Loci von Frigiliana beschwören. «Hat nicht hier vor 800 Jahren das Zusammenleben mal wunderbar geklappt? An den Höfen von Al-Andalus haben Christen, Juden und Muslime gemeinsam die Werke von Plato und Aristoteles studiert.» «Kabul … Karatschi … Samarkand», höre ich mit halbem Ohr, «Berlin-Kreuzberg … Paris …»

Wie lange mag es dauern, bis er um den ganzen Erdball gerast ist? «Herr Abraham!», würde ich gerne sagen: «Sehen Sie den Glockenturm gegenüber, das Minarett der früheren Moschee? Es ist ein Relikt der muslimischen Herrschaft, des ‹Silbernen Zeitalters›, die Juden, die darin lebten, nannten es die ‹Goldene Diaspora›. Ihr Ferienhaus befindet sich in der ‹Callejón del Inquisidor›, es war die katholische Inquisition, die 200 000 Juden vertrieben hat, 1492, aus Granada, ganz Andalusien, auch aus dem kleinen Frigiliana. Ausgerechnet hier fühlen Sie sich so wohl. Sie verkehren mit spanischen Nachbarn, Katholiken, die Nachfahren zwangsgetaufter Muslime sein könnten …»

Wie wenn er meine Gedanken erraten hätte, sagt er: «Die Spanier haben die Muslime rausgeworfen, sie haben es uns vorgemacht. Und die können das heute noch! Gerade gestern ist ein Seelenverkäufer aus Marokko vor der Costa del Sol aufgebracht worden.»

Nichts wird ihn erreichen, kein Argument, keine Tatsache. Wahrscheinlich liebt er sogar das Minarett vor seiner Nase? Ich wette, er fährt jedes Jahr nach Granada auf die Alhambra und nimmt sich aus dem Garten der maurischen Sultane, dem Generalife, Samen für seinen Patio mit. Und er würde es sogar zugeben, wenn ich danach fragte. Vielleicht antworten: «Geschichte ist Humbug. Eine kulturvolle Umgebung hebt die Grundstückspreise. That's it.»

Differenzierte Weltbilder, ein Diskurs mit dem Feind, sich öffnen für die heillosen Verwirrungen, die Europa nach 1989 erlebt, für die Traumata seiner Völker, die der Wind mittlerweile von Ost nach West, von Nord nach Süd und zurück geweht hat, sodass man heute in Spanien ohne weiteres einem deutschen Juden aus dem litauischen Kaunas begegnen kann und in der kasachischen Steppe einem französischen Spanienkämpfer, der Franco entkam und vom Moskauer Exil in den Archipel Gulag geriet – all das ist Luxus, all dies verstehen zu wollen, das Geschäft verwöhnter Leute, die die Geschichte glücklich verschont hat. Er hat Angst, dieser Abraham aus Kaunas, immer noch, eine Angst, so stark, dass sie das Denken auslöscht.

«Lassen Sie uns über Ihre Bignonia reden!» Höre ich mich sagen.

«O. K.»

Er springt auf, dreht mir den Rücken zu. Und steht da, ich sehe seine Schultern beben. Wie klein er ist! Ich schließe die Augen, einundzwanzig, zweiundzwanzig, dreiundzwanzig, vierundzwanzig, eine Minute, vielleicht etwas mehr, vergeht. Dann öffne ich die Augen. Er hat die Gartenschere in der Rechten und setzt sie an einen Ast. Der Spuk ist vorüber. Unversehens habe ich auch eine Schere in der Hand. «Well. The Bignonia», sagt er, lasse sich am besten so kennenlernen, beim Schneiden. Morgen Abend beginne der Sabbat, «da sollte ein Jude aus seinen Fenstern gucken können. Und ruhig in seiner *Laube* sitzen.» Wieder dieses Wort. Wir arbeiten zügig, ohne zu sprechen, bis um sechs die Glocken von San Antonio läuten.

In der ‹Callejón del Inquisidor› türmt sich ein wahres Gebirge von abgeschnittenen blühenden Ästen.

«Wohin werden wir sie bringen?», frage ich.

«Nicht nötig», meint er. Und lächelt.

Abends, beim Spazierengehen durch die dunklen Gassen, sehe ich einen kleinen Jungen mit einem orangefarbenen Büschel unter dem Arm. Ein Mädchen kommt hinzu, die beiden flüstern, dann läuft sie los. Ein Gerenne setzt ein, Kinder, Alte, halb Frigiliana bedient sich vor dem Haus von Abraham und Tamara.

Freitagmorgen zieht ein orangener Prozessionszug durchs Dorf. Bignoniaästchen umkränzen die Füße des hölzernen, pfeilgespickten San Sebastián, und die sechs Männer, die ihn tragen, haben eine Blüte im Knopfloch. Orange hinter den Ohren der Maultiere, Orange in den Händen der frommen Frauen, die um die besten Plätze, nahe beim Heiligen, kämpfen. Bläser und Trommler haben an ihren Instrumenten Zweiglein angebracht, sie wippen im Takt, zu den schnellen, unverkennbar von den Mauren beeinflussten Rhythmen und Melodien. Bei allzu heftigem Spiel werden sie fortgeschleudert und von Andächtigen, welche die Gassen säumen, wieder aufgehoben.

Es ist der 20. Januar, das letzte Kirchenfest in diesem Jahr, an dem die Bewohner des weißen Dorfes noch weitgehend unter sich sind.

Buon Enrico

Von der Höhe des Monte Bersaio sind nur rostige Wellblechdächer zu sehen, überragt von zwei steingrauen Campaniles, und eine schmale Passstraße, die sich am westlichen Ortsrand hochwindet, Richtung Frankreich. Das «schwarze Loch Europas» nennt man diese Gegend, ihre Bevölkerungsdichte ist heute etwa so gering wie die Alaskas – seit einigen Jahrzehnten erobert Wildnis die Kulturlandschaft der Cottischen Alpen zurück. Sie ist mittlerweile so weit vorgedrungen, dass die italienische Regierung es für vertretbar hielt, gegen den Protest der letzten Bauern und Hirten ein paar Dutzend Wölfe auszusetzen. Ein Wanderer, der den Tag in der Einsamkeit der Berge verbracht hat, ist fast erschrocken, wenn er im Tal noch bewohnte Häuser sieht. Wieder eines dieser sterbenden Dörfer! Jeden Abend derselbe Schock, dasselbe Glücksgefühl: «Menschen! Da sind Menschen.» Plötzlich laufen die Füße wie von selbst.

«Buena sera!» Die alte Frau auf der Steintreppe erwidert etwas, was man als ein «Buena sera» verstehen könnte, sie schaut nicht einmal hoch. Niemand sonst zum Grüßen da? Geschlossene Fensterläden, verbarrikadierte Eingänge. Eine Villa – prachtvolle schmiedeeiserne Gitter umfassen den Balkon, auf der Vorderfront eine gemalte Sonnenuhr, über die zwei Adler ihre Flügel spannen. An der Seite steht das Flurfenster offen. Ein Kuckuck ruft aus dem Garten hinter dem Haus. Holundersträucher verdecken den Blick; ob dort noch Gemüse wächst, weiß der Himmel.

Fast hätte der junge Mann mir die heiße Flüssigkeit über die Füße geschwappt. Er kommt rechts aus der Tür geschossen, mit einem dampfenden großen Topf, überquert die Gasse, blitzschnell wie ein Reh, das mit Verkehr, der seinen Weg kreuzt, nicht rechnet. Schon ist er im Haus gegenüber verschwunden. Dann entdecke ich den blitzenden Chrom. Wo sich die Gasse zur Piazza hin öffnet, parken drei Dutzend Autos und mehr, Limousinen und Jeeps mit italienischen und französischen Kennzeichen, einige deutsche sind auch darunter. Deren Besitzer scheinen allesamt in der «Osteria della Pace» zu sitzen.

«Benvenuti!» Ein Wink des Wirtes, und ich sitze mitten im Getümmel an einem langen Tisch, zwischen zwei Fußballmanagern aus Turin, mir gegenüber ein halbes Dutzend Kinder mit Tomatenmündern. «Wünschen Signora zum geschmorten Sambucolamm lieber Zucchiniblüten oder Buon Enrico?» Um mich nicht in Verlegenheit zu bringen, erklärt Bartolomeo Bruna, Letzteres sei eine Art Spinat, er wachse wild in den Bergen. Natürlich nehme ich «Guten Enrico». Alles ist gut an diesem Abend, die Küche, der schnauzbärtige Wirt, zum Schluss serviert Signora Bruna, eine mollige, mütterliche Frau, Kastanientorte.

Anderntags stehen die Reste des grünen Gemüses zum Omelett verarbeitet auf dem Frühstückstisch. Als hätte er meine Neugier erraten, setzt sich Signor Bruna zu mir und setzt seine Lektion vom Abend fort. Warum das gute Gemüse «Enrico» heißt? Dieser Enrico sei ein Wohltäter gewesen, ein Herzog von Burgund, zu dem Sambuco, das

Valle di Stura und das ganze Piemont einmal gehörten. Zur Zeit der fast uneingeschränkten Privilegien des Adels, dem alles Land einschließlich der Berge unterstand, eingeschlossen das Recht zu jagen und zu fischen, Holz oder Kräuter zu sammeln, habe Enrico seinen Untertanen erlaubt, wilden Spinat zu pflücken. Das erste Gemüse, das die Natur von selbst hervorbringt, im Mai, Juni, in der kritischen Jahreszeit, wenn die Wintervorräte zu Ende gingen und noch nichts Neues reif war. Jede Generation kannte früher den Hunger.

Bruna lächelt. «Die sopravvivenza, das Überleben, konnte davon abhängen. An Kalorien war der ‹buon enrico› nicht gerade reich, aber an Vitaminen.» Er lächelt wieder, anscheinend spricht er gern mit den Gästen und ohne das unter Küchenchefs übliche Brimborium.

Es ist natürlich übertrieben zu behaupten, dass ich wegen des «Buon Enrico» blieb. Es war mehr die Schwerkraft des Wohllebens, die Herzlichkeit der Brunas, die mich faul werden und den Entschluss fassen ließen, den piemontesischen Fernwanderweg aufzugeben, mich stattdessen für ein paar Tage in und um Sambuco herum zu bewegen. Fixpunkt «Osteria della Pace», sie ist auch eine komfortable Herberge. Die Lust, dem «Buon Enrico» nachzusteigen, vergeht mir gleich am ersten Tag. Mitte Juni ist er nur noch auf dem Colle Maddalena anzutreffen, kein Spaziergang. Da er bevorzugt auf kotgedüngten Böden gedeiht, müsste ich den Pfaden der Schafe folgen, ihre Nachtpferche auf großer Höhe, die «Gias», aufsuchen.

«Buon giorno!», ruft die alte Dame und steuert über den tagsüber fast leeren Parkplatz auf mich zu. «Ich bin Teresa.» Es scheint, als hätte sie auf mich gewartet. «Wie finden Sie Sambuco? Ja, wirklich, es ist schön hier. Aber zu wenige Leute. Früher musste man nur auf die Gasse gehen und traf alle naselang Bekannte.» Sie hat mir aufgelauert. Sie lauert jedem auf, wird Bruna am Abend sagen. Ein Gast, der wie ich im Dorf verweile, sei selten und eine willkommene Beute. «Sambuco hatte sehr gute Zeiten.» Von jetzt an werden Signora Teresa und ich uns jeden Tag über die «guten Zeiten» unterhalten.

«Gut» waren die 1930er Jahre, als ihr Vater aus Bergamo herkam, um sich beim Bau der Passstraße als Arbeiter zu verdingen, schließlich dablieb, in eine Bauernwirtschaft einheiratete. Bis etwa 1965 dauerten sie an, dann wurde zuerst der Ackerbau im Tal unrentabel, aus Feldern wurden Weiden, Schafe und Kühe mussten nicht mehr so hoch in die Berge zum Fressen, so lange, bis auch die Viehzucht nicht mehr lohnte.

Mehr als 300 Einwohner hatte Sambuco in Frau Teresas Kindheit, jetzt sind es 65. Keine Schule mehr, kein Kindergarten. Einmal pro Woche kommt der Bürgermeister des Dorfes aus der Provinzhauptstadt Cuneo zum Regieren, der Postschalter öffnet an drei Vormittagen. In Frankreich, vor allem in der benachbarten Haute Provence, und in Übersee leben mehr Sambucaner als zu Hause. Neulich, sagt Signora Teresa, habe ein emigrierter Heimatforscher anhand von Kirchenbüchern festgestellt: Allein im 10. Arrondissement von Paris sind seit Ende des Zweiten Weltkriegs 46 Kinder mit Namen Bruna und 22 mit Namen Fossati geboren, Familiennamen, eindeutig von hier.

«Buon giorno» hier, «buon giorno» da, vor der großen ockerfarbenen Kirche, am Brunnen. Der Mann mit der Sense, der es eigentlich eilig hat, bleibt gern bei mir stehen. Wer behauptet, Bergbewohner seien überall und immer scheu, irrt. Anscheinend hört den Sambucanern schon keiner mehr richtig zu, wohl deswegen sind sie so gesprächig.

Besonders meine Frage nach dem «Buon Enrico» bringt die Gesichter zum Leuchten. Jeder der Alten hat früher Wildspinat in den Bergen gepflückt, viele tun es aus Gewohnheit und Sentimentalität heute noch. Mit ihm verbinden sich Erinnerungen an die Armut ihrer Kindheit, an frühe Verantwortung und gegenseitige Hilfe.

Oft fällt beim Erzählen das seltsame Wort «Haarjäger». Das waren Männer aus Elva, aus einem benachbarten Tal, die meist in der Zeit, wenn die Lebensmittel knapp wurden, über das Dorf herfielen und die Frauen überredeten, gegen Geld ihre langen Zöpfe abschneiden zu lassen. Diese wurden als Perückenhaar an reiche Pariserinnen weiterverkauft, weiße angeblich auch nach England, an die Mitglieder des «House of Lords». Den Sommer über trugen die kahl geschorenen Frauen von Sambuco schamhaft ein Kopftuch. Es handelt sich übrigens um dieselben Jahre, in denen Sambuco nach allgemeiner Ansicht lebendig und hoffnungsfroh war.

Abends steht der «Buon Enrico» wieder auf dem Tisch, mal füllt er eine Blätterteigpastete, oder er liegt von Olivenöl glänzend über den Gnocchi. In der «Osteria della Pace» herrscht Trubel, sie ist der einzige vitale Ort in Sambuco. Bartolomeo Bruna, seine Frau, Sohn und Tochter und deren Ehepartner schaffen und wirbeln. Sie strahlen. Man könnte meinen, im Sturatal sei ein Wirtschaftswunder im Gange, eine Zukunft in Sicht. Eine kleine Anna ist da, das erste Enkelkind, und wackelt zwischen Küche und Restaurant hin und her. «Anna, ciuccio!!!» Dutzende Male am Tag tragen ihr Verwandte und Gäste den verlorenen

Schnuller, den «ciuccio», hinterher. In zwanzig Jahren, hofft ihr Großvater Bartolomeo, wird sie das alles weiterführen.

Sambuco duftet nach Holunder. «Sambuco» heiße auf Italienisch «Holunder», sagt die Imkerin Battista Bruna. Von ihr bekomme ich den Schlüssel zur Wallfahrtskapelle St. Anna. Ein leichter Fußweg, nach einer Dreiviertelstunde bin ich in Chiardoletta, einem der verlassenen Weiler oberhalb von Sambuco. Auf 1442 Metern Höhe liegt das Kirchlein, inmitten von Ruinen, im Schatten zweier Silberpappeln. Jetzt im Juni treibt der Wind die wolligen Samen umher. Wenn niemand sie hindert, und wer sollte das schon tun, wird hier in Bälde Wald sein, so wie in dem schon seit über hundert Jahren unbewohnten Chiardola Grande weiter oben; die letzten Dörfler wanderten 1890 nach Argentinien aus.

Bis auf die Altarseite sind die Wände der Kapelle mit Votivtafeln bedeckt: kleine, größere, dicht an dicht, von Laienhand gemalte Bilder, die von der wunderbaren Errettung durch St. Anna erzählen. Da wird ein Mann, Carlo Bruna, im Ersten Weltkrieg schwer verletzt – genesen dank zweier tüchtiger Ärzte, welche mit der Heiligen im Bunde waren. Da entgleist ein Dampfzug am Berg – und es gibt keinen einzigen Toten. Glücklich überstandene Geburten sind ein häufiges Thema und immer wieder Unfälle. Verursacht durch die moderne Technik, 1934 zum Beispiel kam einer der Fossatizwillinge auf der Passstraße unters Auto. Oder durch den Berg – Steinschlag, Lawinen, jemand verirrt sich im plötzlich einfallenden Nebel. Ein Junge fällt aus großer Höhe von einem Felsen herab mit weit ausgebreiteten Armen, es scheint, als flöge er von St. Anna, im blauen Himmel links über ihm, sie hält ihr

Kind, Maria, im Arm und lächelt, in einen Vogel verwandelt. Das war im Mai 1904.

Eigentlich gehörte auch Bartolomeo Brunas Geschichte in die Galerie der frommen Bilder. Abends beim Wein erzählt er mir davon: wie er 1980 einen Absturz mit dem Fallschirm überlebte, und trotz gebrochener Wirbel wurde er nicht zum Krüppel. Dreißig war er damals, jung verheiratet, Vater von zwei Kindern. Nach langer und schwieriger Rekonvaleszenz begann er ein neues Leben, übernahm von seinen Eltern die renovierungsbedürftige «Osteria della Pace». Vom Kochen hatte er nicht die geringste Ahnung, er war bis dahin Verkäufer von Sportartikeln gewesen.

Bruna, heute der erfolgreichste Mann im Dorf, ist immer dabei, wenn am 26. Juli, dem Namensfest von St. Anna, Träger für ihre Statue gesucht werden.

An der kleiner werdenden Prozession, sagt er, könne man jedes Jahr sehen, wie es um Sambuco bestellt ist. Kann die achtzigjährige Anna Pierrina noch krauchen, wie viele Junge oder besser «Jüngere» sind dabei? Also Mittfünfziger wie Bartolomeo Bruna, seine besten Verbündeten sind ebenfalls in diesem Alter. Die Schwägerin Battista Bruna zum Beispiel, deren Imkerei jährlich 3000 Kilogramm Honig produziert. Adriano Fossati (sein Vater ist der Zwillingsbruder des 1934 verunglückten Jungen) und seine Frau, beide als Frührentner aus Cuneo zurückgekehrt, sie war dort Säuglingsschwester, er stand mehr als 25 Jahre am Fließband bei Michelin. Weil sie merkten, dass die Stadt ihnen immer weniger zu bieten hat, führen sie jetzt die Schafzucht von Adrianos Eltern fort. Ohne die Fossatis und ein paar andere im Sturatal wäre die alte Sambucana-Rasse inzwischen ausgestorben. Einige Piemont-Kühe werden noch gehalten, ihre noch halbwegs rüstigen

Besitzer wüssten sonst nicht, wohin mit der Langeweile. Manch einer sammelt in den Bergen «Buon Enrico», im Verlauf des Sommers sind Enzian und Beifuß, aus denen Likör fabriziert wird, dran. Das meiste kauft das Hotel «Albergo della Pace».

Wer noch ein bisschen Kraft hat, bearbeitet wenigstens seinen Garten. Der muss nicht jeden Tag gefüttert werden, verträgt zur Not nachlässige Zeiten, in den Wintern herrscht lange Ruhe. In diesem regenarmen Juni hängen Pfingstrosen und Rittersporn, Margeriten und Lilien, Akelei, Lupinen, die ganze bunte Gesellschaft der Bauerngärten oft schlapp zu Boden. Wasser schleppen müssen die Enkel, die erst am Wochenende aus Cuneo oder Turin kommen. Vielleicht werden diese auch Zeit finden, den mächtigen Holunder zu kappen, der den Zaun bedrängt, und die Winden, die ihn würgen. Bei Signora Anna Pierrina werde ich das tun, dafür hat sie mir ein Fläschchen Enzian versprochen.

«Haben Sie schon gehört? Unser Don Franco ist tot.» Klagt sie und schüttelt den Kopf, ihre braunen Augen blitzen wie die eines Mädchens.

«Der Mensch soll den Berg fürchten!»

Alle sprechen davon, es ist erst vier Monate her. Im Februar wurde der junge Priester Don Franco beim Skilaufen von einer Lawine erfasst, man fand den Toten erst Tage später. Er war derjenige, der die übrig gebliebenen Bewohner von Sambuco und den anderen an der Passstraße gelegenen Dörfern zusammenhielt. Einen neuen Geistlichen wird die Kirche wohl nicht mehr schicken.

Immerhin hat der Staat noch Geld, den Monte Bersaio zu sichern. Nach der gewaltigen Steinflut vergangenen Sommer – sie ging knapp an Sambuco vorbei – sind zwei

Bagger erschienen, um Terrassen zu bauen, sie sollen zusätzlich mit Stahlnetzen befestigt werden.

Alte Gefahren und neue – die Berge rutschen, je mehr die globale Ökonomie den Bauern und Hirten zusetzt. Wenn diese endgültig von hier verschwinden, hält die Alpen nichts mehr. Was tun?

«Buon Enrico!», sagt Bartolomeo Bruna. Und lacht.

«Eine ziemlich verrückte Antwort.»

«Es gibt eben keine andere.»

Für Bruna ist der «gute Heinrich» die Leitfigur seiner regionalen Küche. Seine Philosophie der «Sopravvivenza», des Überlebens: auf das Einzigartige setzen und auf den natürlichen Zusammenhang der Dinge. Der wilde Spinat wächst nicht ohne den Kot der Sambucanaschafe, diese halten durch eifriges Fressen Landschaft und Pfade von Buschwerk frei und erhalten die besondere Artenvielfalt der Wiesen, was wiederum Wanderer anzieht. Ihretwegen braucht man ein wenig Service, das schafft Arbeitsplätze, unter anderem besuchen sie das «Albergo della Pace», und diese Fremden werben, wenn sie zufrieden sind, in Rom, Paris, Berlin, Utrecht, Manchester, für Sambuco.

Vor zwei Sommern übrigens ist im Dorf eine bekannte Kulturpflanze auf den Plan getreten: die Geranie. Sie vertritt, könnte man sagen, das gegenteilige Konzept – des überall Gleichen, Standardisierten. Gezüchtet in gigantischen Gewächshäusern und übers Internet «www.asproflor.it» vertrieben, wird sie generalstabsmäßig und staatlich subventioniert im Sturatal verbreitet, nebst Kästen, hängenden Ampeln, Halterungen. Wer will, kann sie bestellen. Wenn viele das tun, bekommt die Gemeinde das Prädikat «Commune fiorito», unter Sambucos Ortsschild steht die Tafel schon.

Und das ist im Wesentlichen Alfredo zu verdanken.

Gleich am ersten Tag ist mir der Herr im rotkarierten Flanellhemd aufgefallen. Normalerweise hat ein Dorfbewohner seine gewohnten Wege, zur Arbeit, zum Laden, zur Nachbarin, zu einer mehr oder weniger festen Zeit. Aber dieser Alfredo bewegt sich anders, seine Eigenart ist, unverhofft irgendwo aufzukreuzen. Morgens hinter der Kirche, etwas später ganz woanders, auf einem Stein Ausschau haltend, aber wohin? Mal trägt er eine Gießkanne, mal hat er den Handwerkskoffer dabei. Oder eine Leiter, mit deren Hilfe er auf fremde Balkone klettert. Es heißt, er sei ein pensionierter Druckereiarbeiter, kürzlich aus Genua zugezogen. Vier-, fünfmal täglich begegne ich ihm irgendwo. Es dauert eine Weile, bis ich verstehe, ich habe den Aktivisten der Geranifizierung vor mir. Sein Hobby ist, vor verlassenen Häusern, in Ortsteilen, wo keiner mehr wohnt, Geranienkästen zu installieren. Sie gießen und düngen, Verblühtes herausschneiden, auch das hat Alfredo übernommen, ein Riesenpensum.

«Che bello!» Meinen alle, die ich frage. Einschließlich Bruna:

«Wie schön! Sambuco wirkt dadurch lebendiger, als es ist.» Fürs Überleben sei die schöne Lüge von Nutzen, für die Gäste natürlich und auch für einen selbst.

Jäten beim Feind

Hitlerjungen in französischer Kriegsgefangenschaft

«Dann geh ich eben Hühner züchten in der Corrèze!», rief der Logistikmanager Karl Heinz Mehler manchmal den Kollegen und seinem Chef zu. Das konnte mitten in einer entnervenden Sitzung passieren oder an einem langweiligen Montagmorgen. Er machte diese Ankündigung nie wahr, er blieb, wo er war, in Mannheim, und setzte seine Karriere bei «Unilever Deutschland» bis zur Pensionierung fort. An den Tagen, an denen dieser Satz fiel, ging er nach der Arbeit meist «auf den Acker», in seinen großen Garten außerhalb der Stadt, jätete, grub oder hackte wie ein Wilder.

«Ich liebe Esel!», sagte Helmut Graf gern. Der Zusammenhang zum jeweiligen Gesprächsthema – Arbeitslosengeld, Stadtstreicher, alleinerziehende Mütter – war ihm selbst oft nicht klar. Eine ziemlich merkwürdige Äußerung in einer Großstadt, für einen obersten Chef, den Leiter des Mannheimer Sozialamtes. Aber sie schien, obwohl kaum ein Kollege über die Hintergründe seiner Vorliebe für Esel Bescheid wusste, zur unkonventionellen Direktheit des Mannes, der sie aussprach, zu passen. Auch Helmut Graf fuhr oft nach Dienstschluss in seinen Garten am Neckar.

Wie wird ein Mensch zum Gärtner? Welche Bedeutung

hat der Garten in seinem Leben? Was geht da vor in Leib und Seele, während des Hackens und Schwitzens, beim Bohnenhochbinden und danach, wenn er sich ausruht, im Schlaf? Tausenderlei Antworten sind denkbar, Triebkräfte, Einflüsse, Geheimnisse. Bevor ich Helmut Graf und Karl Heinz Mehler kennenlernte, habe ich nie darüber nachgedacht, dass auch Krieg und Gefangenschaft – millionenfache Erfahrung der Generation meines Vaters – dabei eine Rolle spielen könnten.

Ungewöhnlich an der Geschichte von Karl Heinz Mehler und Helmut Graf ist: Sie waren bei Kriegsende noch Kinder, gerade mal fünfzehn Jahre, als sie im Mai 1945 von den Franzosen gefangen genommen wurden. In einem kühlen Frühsommer, sechzig Jahre später, haben sie meinem Mann und mir von ihrer Odyssee erzählt, den ganzen Verlauf von Mannheim ins Elsass und weiter in den Schwarzwald bis nach Mittelfrankreich, in die ländliche Corrèze, wo sie als Gefangene auf Bauernhöfen eingesetzt wurden.

Zusammen mit diesen beiden Zeitzeugen und einem dritten, Kurt Rockenfeller, der eigens aus Kalifornien kam, haben wir mit der Kamera die Schauplätze von damals besucht. Während dieser mehrwöchigen Reise zeigte sich, wie bedeutsam und prägend die bäuerliche Arbeit in Feindesland war. Die Natur überhaupt, stellten sie rückblickend fest, war von allergrößter Wichtigkeit, schon vor der Gefangenschaft, im Krieg.

Sie waren Stadtkinder, und das Drama begann mit ihrem Fortgang aus der Stadt. Im Spätjahr 1943, nach den schweren Bombenangriffen auf Mannheim, wurden die dreizehnjährigen Mittelschüler nach St. Pilt, ins besetzte Elsass, gebracht. «Kinderlandverschickung» nannte man diese Maßnahme verharmlosend, abgekürzt: KLV, Evakuierung hätte zu defätistisch geklungen. «Ich für Dich, Du für mich, alle für Führer, Volk und Reich», schreibt Karl Heinz Mehler am 10. November 1943, «so lautet die Losung für unser Lager.» In den kommenden anderthalb Jahren führt er Tagebuch, und da dieses erhalten ist – ein Dokument nationalsozialistischer Verblendung, aber auch des Alltags, unzensierter kindlicher Gefühle –, wissen wir in etwa, was damals geschieht.

«Ich hatte kein Heimweh in St. Pilt, die Zeit verging wie im Fluge», sagt der fünfundsiebzigjährige Karl Heinz Mehler in die Kamera. Im Tagebuch des Hitlerjungen liest sich das anders: «22. XII. 43: Ab 5 Uhr lag ich im Bett und grübelte.» Darüber, ob er zu Weihnachten nach Hause darf. Und am 24. Dezember heißt es: «Abends dachte ich an die Eltern, was werden die nun machen. Für die ist es vielleicht schlimmer als für mich. Hoffentlich kann ich nächstes Jahr Weihnachten zu Hause sein.» Seine ganze Klasse ist auf unbestimmte Zeit in einer alten Schule einquartiert, auch Helmut Graf sowie weitere Jahrgänge der Mannheimer Mittelschule, mit ein paar Lehrern, insgesamt «120 Mann» sind in St. Pilt. Anfangs ist das Leben noch halbwegs geordnet – Morgenappell, Unterricht, HJ-Dienst, Ausmärsche in die Umgebung, ungewohnte Verantwortlichkeiten wie Betten machen und Strümpfe stopfen.

Sie genießen die Schönheiten der Region, St. Pilt liegt inmitten von Rebhängen, unterhalb der Hochkönigsburg. Fast eine Ferienidylle, wäre da nicht die deutlich spürbare Feindseligkeit der Elsässer. So viel wie möglich sind die Jungen im Freien, Karl Heinz beobachtet Hasen und Bussarde aus nächster Nähe, er schaut und lauscht und freut sich. «Traubenfuttern in den Weinbergen» notiert er in Schönschrift, gleich nach der Ankunft im November, im Winter ist er «das erste Mal auf Skiern», im Juni auf «Kirschenklau».

In diesen Monaten verändert sich allmählich die Wahrnehmung der Landschaft. «Abends brummten Feindflieger über uns weg.» Seit Februar 1944 spitzt Karl Heinz die Ohren, sobald er nach draußen geht. Bei jedem ungewöhnlichen Geräusch suchen seine Augen den Himmel ab. «Heute war etwas ganz Besonderes los: Eine Luftschlacht. Ungefähr um 2 Uhr mittags begann ein wildes Brummen am Himmel. Bald konnte man auch schon die Bomber erkennen. Es waren ungefähr 800–1000 Stück.» Was unten, vor den eigenen Füßen passiert, Feldhasen, Geländespiele, ist nicht mehr so wichtig.

Im Tagebuch stehen immer öfter Bemerkungen über neue Tätigkeiten: «Holzarbeit im Wald» oder «Gartenarbeit», pädagogisch verbrämt auch «Gartenbau» genannt. Offenbar wird die Versorgungslage schlechter, da werden Kinderhände dringend gebraucht. Und man mutet den Jungen auch neue seelische Anstrengungen zu: «Bunter Abend vor Verwundeten» berichtet Karl Heinz, eine Woche vor seinem vierzehnten Geburtstag.

Je näher der Krieg rückt, desto politischer die Tagebucheintragungen: «Wir müssen und werden siegen, und ich glaube durch eine neue Waffe.» An diesem Tag sind die Alliierten in der Normandie gelandet, sechs Wochen später, am 20. Juli 1944, die nächste Hiobsbotschaft: «Eine feige Verräterclique hat es gewagt, einen Anschlag auf den Führer zu machen.» Eine Formulierung des Lehrers oder aus dem Volksempfänger, streckenweise wird das Tagebuch zum bloßen Protokoll der Indoktrination. Subjektive Äußerungen fehlen nun weitgehend, das Bauchgrimmen wegen «Dünnpfiff» zu erwähnen, ist schon das höchste der Gefühle.

Wir dürfen vermuten, dass in diesem Sommer die Angst wächst – das Wort selbst fällt nie, es ist für Hitlerjungen tabu. Im September drückt man ihnen einen Spaten in die Hand: Sie müssen schanzen. Zwei Wochen später, die Front ist auf 60 Kilometer herangerückt, werden sie in den Schwarzwald evakuiert, die Jugendherberge von Titisee wird ihr Quartier.

«Wir waren richtig stramme Hitlerjungen!», sagt Helmut Graf im Jahr 2004 lachend, Karl Heinz Mehler gut gelaunt etwas Ähnliches. Sie steigen aus einem blauen BMW und singen vor der Kulisse von St. Pilt «Die blauen Dragoner, sie reiten». Aufgesagtes, Jux für den Film, und wir hinter der Kamera denken, wie unglaublich weit weg dies ist.

Wir haben ein bisschen gehofft, sie würden, von der Erinnerung überwältigt, wenigstens für einen Moment wieder zu kleinen Jungen werden. Eine fröhliche Altherrenpartie – in Titisee ist es nicht anders, Spaziergänge am Ufer, Streifzüge durchs Höllental, wie Touristen es eben tun. Am Ravennaviadukt erzählt Helmut Graf, wie er dort mit ein paar Kameraden die feindlichen Jagdbomber beobachtete, «jedes Mal ein Hurrageschrei, wenn sie nicht trafen». In der Landschaft erkennen die Männer vieles wieder. Doch wenn Karl Heinz Mehler auf einer Wiese, inmitten von Butterblumen und Klee, Fürchterliches aus seinen Aufzeichnungen über den letzten Kriegswinter vorliest, scheint er ganz im Heute, in der Wärme, darauf bedacht, dass der Strohhut seine sonnenempfindliche Stirn gut beschattet. Was die Männer nachts in dem schicken Hotel am See träumen, wissen wir nicht.

Auch damals gibt es die touristische Dimension: Hirschsprung, Zweiseenblick, Schneelandschaft mit Fichten, Karl Heinz kauft Fotos davon im Ort und klebt sie ins Tagebuch. Einige schickt er an seine besorgten Eltern, in der Hoffnung, so viel Schönheit könnte sie beruhigen. Seine Eintragungen erzählen dagegen von einer ganz anderen Natur. Das Brummen am Himmel, im Elsass noch sporadisch, wird jetzt zum Dauerton. Mit Tinte gezeichnete Flieger verzieren die Notizen. «Mittags hatte ich schanzen. Wir waren kaum draußen, als es stark brummte.» Zeitweise müssen sie täglich schanzen, in der Umgebung Gräben und Löcher ausheben. Immer öfter fällt der Unterricht aus, was Karl Heinz nicht ganz unrecht ist, denn er hasst Französisch und seinen Französischlehrer. «Morgens meldete ich mich zum Gärtner, nur um nicht Französisch mitmachen zu müssen. Mittags mussten wir schanzen.»

Plötzlich ist der Winter da, strenger noch als sonst im Schwarzwald, die Jungen schippen Straßen und Bahnlinien frei. In der Jugendherberge geht das Heizmaterial aus, also werden sie zum Bäumefällen losgeschickt. Zur «Holzräuberei», schreibt Karl Heinz, wohl wissend, dass dies eigentlich illegal ist. Überall löst sich die Ordnung auf, auch im KLV-Lager: «Die Lehrer ärgern sich, dass wir so offen murren.» Meist ist es der «Saufraß», über den sie schimpfen. Im Schlafsaal, wo im Dezember 1944 weitere «90 zehn- bis zwölfjährige Kerlchen» aus dem zerbombten Freiburg «hineingezwängt wurden», nehmen die Schlägereien zu.

Für Freiübungen und militärischen Drill ist kaum noch Zeit, die Natur ist jetzt Arbeitsplatz. Und zugleich Freiraum für die überanstrengten Jungen; wenn möglich, entwischen sie der Autorität der Lehrer. Waghalsige Skitouren, Tarzanspiele oder «Lucki-Lucki machen», das heißt den Tieffliegern zusehen, oder sie folgen der Spur eines Bombenabwurfs. Einmal beteiligen sie sich an der Plünderung eines getroffenen Militärtransports. «Hier holten wir uns Brot, Käse und einige Büchsen Gemüse. Wir stolperten nur so zwischen den Blindgängern herum.» Ein gefährliches Leben – sie verwildern zusehends, und manchmal sind sie ganz schrecklich müde.

Heiligabend packt den vierzehnjährigen Karl Heinz das heulende Elend, «das zweite Weihnachten ohne Eltern», nicht mal Post von ihnen: «Ich hielt es in der Stube nicht mehr aus und ging hinaus in die Nacht. Langsam schlenderte ich hinab zum See. Meine Gedanken waren daheim bei den Eltern. Über den See, der zugefroren ist, ging ich eine Strecke weit, und dann stieß ich auf einige meiner Stubenkameraden.» Der nahe See ist für die Kinder in ihrer Einsamkeit der liebste Ort. Vor Silvester beginnt es heftig zu tauen, «den ganzen Tag über stöhnt das Eis».

Im Frühling ist immer noch Krieg, sie lernen jetzt, dass manch junges Grün essbar ist. «Nach dem Kaffee mussten wir Löwenzahn sammeln für Salat.» Das ist am 11. April, genau eine Woche später wird der Jahrgang 1929 zum Militärdienst einberufen. Karl Heinz' letzte Tagebuchnotiz am 13. des Monats kommentiert den Tod des amerikanischen Präsidenten Roosevelt: «Gott sei Dank, ein Schweinehund weniger auf der Welt.»

Für unseren Film haben wir die Männer an einem Tag mit klarer Sicht auf den Feldberg gefahren und sie in die Weite, auf das Alpenpanorama, zugehen lassen, in die Richtung, wohin sie – ein Haufen Kinder in Phantasieuniformen, «Hitlerjugend-Panzervernichtungsregiment 21 – Baden» genannt – seinerzeit marschieren mussten.

An diesem Abend beim Picknick auf einem Parkplatz über dem See passiert es: Plötzlich reden sie wild durcheinander ... Marschieren ... Schießen ... Leipferdingen ... Habe ich getötet? ... Schnee im Mai! ... ein Hornschlitten ... Und was wäre aus mir geworden, wenn der Marokkaner mich vergewaltigt hätte? Wir können kaum folgen; die Kamera auszupacken und zu filmen, haben wir nicht den Mut. Es ist die erste Situation während dieser langen Sommerreise, in der das Trauma zutage tritt. Unisono bestreiten sie, dass es eines gebe, sie wollen ihr Schicksal keinesfalls dramatisieren.

Kann man Krieg zeigen? Im Film haben wir uns für Nüchternheit entschieden; über dem Bild vom besonnten Feldberg, der drei Männer, die sich von uns entfernen, sagt der Sprecher: «In Gewaltmärschen werden die Jungen von einem einarmigen Feldwebel in Richtung Alpen geführt. Manche sind so klein, dass das umgehängte Gewehr bei jedem Schritt auf den Boden stößt. Die Panzerfaust ist für alle zu schwer. Strafexerzieren bis zum Umfallen, wenn einer beim Wacheschieben einschläft. Manchmal schießen sie von der Höhe auf Dörfer, wo weiße Fahnen wehen. Dann setzt sich der Feldwebel plötzlich ab. Führungslos marschieren sie weiter, sie verlieren einander im Chaos. Die Waffen haben sie längst weggeworfen, als französische Soldaten sie gefangen nehmen.»

Das ist im tiefverschneiten Allgäu. Befreite KZ-Häftlinge greifen Ende April 1945 die frierenden Buben auf und übergeben sie an die Franzosen. Nächste Station ist das «Dépot de Transit No. 2» in Tuttlingen. Im Lager, das mit etwa 30000 Gefangenen belegt ist, treffen sich Helmut, Karl Heinz und fünf weitere Mannheimer Schüler zufällig wieder, ein kleines Wunder.

Gefangenschaft, das ist eine mit Stacheldraht eingezäunte Wiese und darüber der Himmel, eine einzige Wasserstelle, nicht mal ein Feuer. Einmal am Tag ein halber Liter Rübenbrühe mit einem Stück Brot, während sie stundenlang darauf warten, wird über Lautsprecher der «Kuckuckswalzer» gespielt. Jeder ist sich selbst der Nächste, ab und zu wirft ein älterer Landser den Jungen einen mitleidigen Blick zu. In den noch ungewöhnlich kalten Nächten kriechen die Mannheimer sieben zusammen: Löffelchen liegen, alle Stunde ist Wechsel, die äußeren zwei dürfen dann nach innen. «Wir waren damals fast wie Brüder», sagt Helmut Graf, «wir sind ja schon über anderthalb Jahre eng zusammen gewesen.»

Binnen weniger Tage nur ist die Welt, an die sie glaubten, zusammengebrochen. Am 8. Mai noch einmal Gewehrsalven, die Besiegten liegen bäuchlings auf der Wiese, ringsherum feiern die Sieger: «Itler kaputt!» Wenigstens werden wir jetzt nach Hause kommen, denken die Jungen. Wer noch keine sechzehn ist, heißt es, wird entlassen.

Die Wiese am Bahndamm Tuttlingen ist leicht wiederzufinden. Kaum haben sich die alten Männer (drei von ursprünglich sieben, drei sind bereits gestorben, einer lebt irgendwo in Afrika) dort niedergelassen, inspizieren sie die Vegetation: Brennnesseln und Gänseblümchen, beides ist auch heute reichlich da, ihr «Maiensalat» 1945, genossen voller Gier, mit ein paar Brocken Salz, Geschenk eines älteren Kameraden. Dann führen sie uns vor, wie sie einander nachts gewärmt haben. «Und jetzt: Rumdrehen!» – «Ich glaub, wir haben die Beine angezogen!» Sie juchzen, blödeln, die Kamera läuft. Später, am Schneidetisch, werden wir in der Komik der Situation das Anrührende entdecken. Das Löffelchen-Liegen ist im Film eine lange Szene; den

Ton haben wir leise gedreht, damit der Zuschauer auf die nähesuchenden Körper achtet.

Auch der Körper hat sein Gedächtnis. Knochen und Nerven, das Herz, die Haut, der Geruchssinn erfahren und speichern oft mehr und anderes als der Geist. Vieles wird nie zum Gedanken, vieles lässt sich nicht in Worte fassen. In diesem angstvollen Frühling 1945 schalten sich vermutlich Teile des Gehirns weitgehend aus, spätestens als das Undenkbare geschieht: Auch sie sind unter den 2000 deutschen Männern, die Mitte Mai bei Kehl über den Rhein geprügelt und in Straßburg auf Güterwaggons verladen werden. «Sale boche!», «Dreckiger Deutscher!», ruft es von überall her.

Helmuts Mutter hat in diesen Tagen Geburtstag, bis dahin wollte er unbedingt zu Hause sein. Jetzt ist er unterwegs ins Ungewisse, der Schüler mit der Gefangenennummer 216079, gerade mal 1,60 Meter, der zweitkleinste der Mannheimer. Karl Heinz Mehler, Gefangenennummer 216709, ist ein wenig größer, ein Foto aus der «Kinderlandverschickung» zeigt ihn brav mit weißem Kragen, ein zartes Jüngelchen.

Es wird eine Höllenfahrt. Drei Tage und zwei Nächte verbringen sie in offenen Kohlewaggons, im schwarzen Staub. Kein Essen, kein Wasser. Von den Brücken werden Steine auf sie geworfen, mancher Angreifer zieht hohnlachend die Hosen runter und zeigt ihnen sein bloßes Hinterteil. Sobald der Zug in einem Bahnhof anhält, stürzen sich wütende Franzosen auf die Gefangenen und malträtieren sie. Manchmal hält jemand mitten in der Attacke erstaunt inne: «Petit, petit, quel âge as-tu?»

Feindesland – auch die Natur ist feindlich, solche Mittagshitze kennen sie nicht. Am Sonnenstand können sie ersehen, es geht nach Südwesten. Sie brüllen, halb wahnsinnig vor Durst. Einmal ergießt sich ein Wasserschwall über sie, aus einem Stutzen, der sonst Dampfloks befüllt, in dem Waggon der sieben können die Gefangenen mit Hilfe einer Plane ein paar Liter auffangen.

Das alles ist nichts gegen das, was nun kommt, am Abend des dritten Tages, Pfingstsonntag: in Tulle, ihrem Bestimmungsort, Hauptstadt der Provinz Corrèze. Die Entkräfteten verlassen die Waggons, man befiehlt ihnen, sich in Siebenerreihen aufzustellen. Beim Verlassen des Bahnhofs erwartet sie eine riesige Menschenmenge. Unheimliche Stille liegt über dem Platz, dann bricht ein ohrenbetäubendes Gebrüll los. Mit Knüppeln, Stöcken, Reitpeitschen, Ketten oder bloßen Fäusten fallen die Bewohner von Tulle über sie her. Im Laufschritt, einer beim anderen untergehakt, hasten die Gefangenen durch die Stadt, geleitet von Wachmannschaften, die sie – vergeblich – zu schützen suchen, bergauf ins Lager. Manche fallen zu Boden, die Nachstürmenden trampeln über sie hinweg. Unterwegs fliegen Wurfgeschosse jeder Art, darunter Nachttöpfe mit Urin und Kot, aus geöffneten Fenstern auf sie herunter. «Diese fünf, sechs Kilometer», sagt Helmut Graf heute, «das war ein Inferno. Und das Allerschlimmste: nicht zu wissen, warum die Bevölkerung so bös auf uns war.»

Wieder ein eingezäuntes Rechteck aus Gras, «Dépot de prisonniers de guerre No. 123» heißt es. Am Stacheldraht warten schon deutsche Kameraden auf die blutenden, erschöpften Neuankömmlinge und bieten ihnen zu trinken an. Dankbar wollen diese danach greifen, da heißt es: «Was gibst du mir dafür?» Manch einer tauscht seinen Ehering für einen Schluck Wasser ein. Nach Tagesanbruch zeigt sich, dass in unmittelbarer Nähe ein Wasserhahn ist, die sieben sind entsetzt. Armes Deutschland! Wo sind deutsche Ehre, deutsche Treue geblieben? Für die Wahrheit sind sie noch lange nicht bereit.

Beim ersten Zählappell klärt der Lagerkommandant die Vorkommnisse des Pfingstabends auf: Einem Gerücht zufolge sollten sich in dem Transport Angehörige der Waffen-SS befinden, die verantwortlich für ein Massaker an Zivilisten waren, im Juni 1944, hier in Tulle. Neunundneunzig junge Männer wurden damals an Balkonen und Laternen aufgehängt, weitere nach Deutschland deportiert. Verantwortlich war die berüchtigte Division «Das Reich», die kurz darauf weiterzog nach Oradour. Die Jungen wollen dies nicht glauben, auch die Schautafeln im Lager mit Fotos aus den Konzentrationslagern halten sie für Feindpropaganda. Sie fühlen sich zu Unrecht als Verbrecher behandelt, kahl geschoren, mit weißer Farbe wird auf ihre Kleidung ein «P. G.» gemalt, «prisonnier de guerre». Im Juni werden die Mannheimer sieben und ein weiteres Dutzend Jungen in ihrem Alter auf «Bauernkommando», ins nahe gelegene Pompadour, geschickt.

Unterschiedlicher kann ein Empfang nicht sein: Damals stolpern sie verängstigt von der Plattform eines LKWs, die Bauern, die Arbeitskräfte suchen, warten schon, begutachten sie. «Wie auf dem Sklavenmarkt», sagt Helmut Graf im Interview. Heute steigen sie, nach einer Tagesreise von 1000 Kilometern, in Pompadour aus dem klimatisierten Auto, spazieren durch einen Garten, bewundern die Rosen und Margeriten: Sie sind bei Freunden, Umarmungen à la française, auch die Gäste sprechen flüssig Französisch. Gastgeber sind Raymond Queyraud, der Sohn des Bauern, wo Karl Heinz Mehler 1946 einige Monate arbeitete, und seine Frau Marie-France sowie eine Cousine mit ihrem Mann, Marguerite und Raymond Boyer.

Zwischen Franzosen und Deutschen herrscht eine Vertrautheit, die uns Außenstehende erstaunt. Geschichten aus der Vergangenheit machen die Runde, lustige – Raymond Boyer erzählt auf Patois, im hiesigen Dialekt, von einem ausgebüxten Esel. Alle lachen an derselben Stelle, bloß wir verstehen kein Wort. «Pierre, Vageminza la schuppa!», ruft Helmut Graf lauthals und formt dabei die Hände zu einem Trichter.

Am nächsten Tag sprudeln, auf unsere Frage, die anderen Geschichten, die vom «Sklavenmarkt», heraus. Zu Füßen des mächtigen Schlosses, unweit des Hippodroms, hätten sie gestanden, Juni 1945. Der Größe nach aufgereiht, die Bauern betasten ihre Muskeln, besonders skeptische schauen auch in die Münder, wie man es bei Gäulen tut. Starke Jungen wie Kurt Rockenfeller, dessen Geschichte ich hier nur am Rande erzähle, gehen zuerst weg. Karl Heinz Mehler muss lange warten, bis ein Mann «mit dunkler Brille und gefurchten Zügen» auf ihn zukommt und ihm bedeutet, er möge seinen Karren ziehen. Er ist der Drittletzte, der einen Patron findet. Helmut Graf und ein noch schmächtigerer Junge namens Walter bleiben übrig. Über Nacht sperrt man sie in einen Obstschuppen, in der Dunkelheit stopfen sie sich mit Äpfeln voll. Erst anderntags holt sie jemand ab, der sie dorfauswärts fährt, jeden in eine andere Richtung, in die Kastanienwälder.

Im Erzählen jagen die Zeitzeugen auf einen ganz bestimmten Punkt zu: Dort, wo es sie hin verschlägt, gibt es nämlich zu essen. Suppe, Eier, Bratkartoffeln. «Ein großer schöner Weißbrotlaib», der zum Aufbewahren an der Decke hängt, wird vor Helmuts Augen heruntergeholt, aus dem Keller gepökelte Ente und roter Wein. Karl Heinz genießt bei den Soirats den ersten Ziegenkäse seines Lebens, «wie ein Traum war das». Kurt verdrückt, ermuntert von Frau Lamarche, ein Omelett nach dem anderen. Schlaraffenland – nach Monaten des Hungers werden sie endlich einmal satt, ein gutes Essen, serviert von einer Frau.

Es ist die Patronne, die es bemerkt: Dieser Gefangene ist noch ein Kind. Wen um Himmels willen hat der Mann da nach Hause gebracht! Als Karl Heinz auf die Bitte, beim Essen die Mütze abzusetzen, seinen Kopf entblößt, sind die Soirats hell empört. Wie kann man einen Menschen kahl scheren? Umgehend statten sie ihn mit Zivilkleidung und einer Baskenmütze aus, er darf im Wohnzimmer auf dem Sofa schlafen.

Auch Helmut erregt einiges Aufsehen, im Weiler Villemaux wird er sämtlichen Nachbarinnen vorgeführt. «Un petit boche!», flüstern sie. «Bonjour», grüßt er, Augen gesenkt. Die Französinnen schütteln verwundert die Köpfe. Die Dumas, ein älteres Ehepaar, quartieren ihn in ihrem eigenen Schlafzimmer ein.

«Wir wussten nicht einmal, wo sich diese Gegend befindet», erzählt uns Helmut Graf. Einige der Jungen glauben damals zunächst, weil sie trotz ihrer zwei Jahre Französisch kein Wort verstehen, sie seien in Spanien. Damit liegen sie nicht ganz falsch, denn der Dialekt, den die Bauern sprechen, das Patois, ist dem Spanischen verwandt. Alles ist unheimlich fremd und zugleich, nach den Jahren des Lagerlebens, liebenswürdig ungewohnt.

Auch die «Kinderlandverschickung» war ja ein Lager – Schlafsaal und Essenfassen, alles unter Männern, Befehl und Gehorsam, und plötzlich gibt es ein richtiges Haus, jeder Junge ist auf sich gestellt, er wird als Individuum wahrgenommen. Als «Pierrot», Helmut können die Dumas nicht aussprechen, oder «Charles», wie Karl Heinz genannt wird. Jemand richtet persönlich das Wort an sie: Hol die Kühe von der Weide! Hack das Unkraut! Komm Suppe essen, auf Patois: Vageminza la schuppa! Und das Gesagte, auch wenn die Jungen es nicht gleich begreifen, hat einen vernünftigen Sinn. Sie nehmen am Leben einer Familie teil, da ist ein Tisch, um den alle sitzen, und ein Kaminfeuer, gemeinsame Arbeit, die Nacht und ihre Geräusche. Eine gewisse Intimität, bäuerliche Schamlosigkeit, die ein Stadtkind nicht mehr kennt. «La toilette?», antwortet der Patron auf die Frage des Gefangenen: «C'est partout», und zeigt mit weitausholender Geste in den Garten, dort sei für jeden Platz genug.

Offiziell sind den französischen Bauern persönliche Kontakte zum Feind verboten. Der Deutsche muss am geschorenen Kopf und einem «P. G.» auf der Kleidung als Gefangener kenntlich, nachts hinter Schloss und Riegel sein. Viele dieser Bestimmungen sind auf einem Bauernhof kaum praktikabel, und weil die Höfe oft allein in einem Kastanienbusch liegen, von der Polizei schwer zu kontrollieren, tut jeder Bauer nach Gutdünken, was ihm passt – Frau Dumas strickt für «Pierrot» einen schafswollenen Pullover, sie hätte ihn auch ungestraft frieren lassen können.

Wie brisant die Situation ist, in die sie als Gefangene geraten, wird den Mannheimern erst Jahrzehnte später bewusst. Sie kommen damals in ein tiefverstörtes und gespaltenes Land, das soeben aus einem Rausch von Rache und Vergeltung auftaucht. Nach der Befreiung Frankreichs im Sommer 1944 sind überall Deutschenliebchen öffentlich kahl geschoren worden, bis zum Mai 1945 starben eine halbe Million Franzosen durch die Hand von Franzosen.

Die ländliche Corrèze, die Teil des unbesetzten, von Marschall Pétain regierten Frankreich und eine Hochburg des Widerstands gewesen ist, wirkt äußerlich fast unversehrt, ist jedoch traumatisiert wie kaum eine andere Provinz. Von Gewaltakten wie dem Massaker der SS in Tulle und von innerfranzösischen Kämpfen zwischen «Résistance» und «Collaboration», die noch lange fortdauern.

Pompadour allerdings hat Glück, denn der Chef des örtlichen Maquis, unter seinem Decknamen «Olive» bis heute verehrt, ein Fischhändler und Kommunist, setzt sich mit all seiner Autorität für Gewaltlosigkeit ein. Derselbe «Olive» hat im Juni 1945 die Idee, Gefangene aus Tulle nach Pompadour zu holen. Im Lager sucht er gezielt die Jungen heraus, sie kosten nur 15 Francs, erwachsene Gefangene dagegen 60 im Monat. Die wenig entwickelte Region ist während des Krieges noch weiter zurückgefallen, da viele Bauern zur Zwangsarbeit nach Deutschland mussten. Billige Arbeitskräfte sind jetzt sehr willkommen. Auch gegenüber den Kriegsgefangenen rät «Olive» zur Mäßigung, seine nüchterne lokale Friedenspolitik kommt Helmut, Karl Heinz und den anderen zugute.

In Pompadour hat die Mechanisierung der Landwirtschaft noch nicht begonnen; Feindesland bedeutet für die Jungen, in eine andere Zeit versetzt zu werden. Ohne Uhren, man orientiert sich am Sonnenstand. Den Pflug zieht ein Pferd, bei ärmeren Bauern ein Ochse, bei den noch ärmeren eine Kuh. Nur das Dreschen übernimmt seit kurzem eine Maschine, die in der Saison von Hof zu Hof wandert. Helmut Graf erinnert sich an seine Aufregung, als er entdeckt, dass sie von der Firma Lanz hergestellt ist, Lanz in Mannheim. «Die stammt aus meiner Heimatstadt», verkündet er seinem Patron stolz.

Karl Heinz ist zunächst Gehilfe beim Gemüsehändler Soirat, Obst aufladen und abladen, Holzhacken ist anfangs nicht leicht, Gartenumgraben auch nicht. Die Ziege zu melken, bringt ihm Madame – sie ist die Hebamme des Ortes – geduldig bei. Sechs Wochen ist er bei den Soirats, zum Abschied weint er, er muss zur Kastanienernte bei einem anderen Patron. Dann weiter zu einem Bauern, bei der Winterarbeit helfen, Bäume fällen, Äste bündeln und Wurzelstrünke spalten, auf den Wiesen müssen die Wassergräben gereinigt werden. Stallarbeiten jeder Art, vor allem das Ausmisten ist ihm ein Gräuel. Noch dazu in Holzschuhen – bis die Blasen geheilt sind und sich Hornhaut gebildet hat, ist das neue Jahr da. Den ganzen Winter über friert Karl Heinz jämmerlich, sein Bett steht im ungeheizten Speicher. Im Frühsommer 1946 wartet ein neuer Patron auf ihn, auf dem Hof der Queyrauds wird er es besser haben.

Helmut bleibt immer am selben Platz, bei den Dumas. Seine Hauptaufgabe ist es, die Schafe und Kühe zu hüten, das heißt morgens um 6 Uhr aufstehen und mit der Herde runter an den Fluss. Ab 10 Uhr Feldarbeit, im ersten Herbst lernt der Junge, der im Juli sechzehn geworden ist, die Ochsen vor den Pflug zu spannen und sie zu führen. «Alles hab ich gern gemacht», betont Helmut Graf immer wieder, «sogar das Jäten.» Auch Obst pflücken, Kastanien aufsammeln, Holz machen. Schweine werden vor seinen Augen getötet, die Dumas schächten sie, und Helmut gewöhnt sich schnell daran. Ihm schmeckt die Wurst aus frischem Blut und Kastanien sehr. Nur eines findet er unerträglich, das Gänsestopfen: «Ekelhaft – das Tier zwischen die Beine nehmen und den Schnabel aufklemmen, dann einen Trichter mit Kurbel reinstecken und den zerdrückten Brei aus Mais und Kastanien reinstopfen. Die Gänse sind danach umgefallen.»

Jeder Monat bringt neue Arbeiten mit sich, Helmut lebt ganz im Rhythmus der Natur, ab November genießt er gemeinsam mit den Dumas die Winterruhe. Dann werden Nüsse geknackt am Kamin, oft sind Nachbarn dabei, es wird erzählt, gesungen, mittendrin der Gefangene «Pierrot», er macht jetzt große Fortschritte in Patois.

Ein normales französisches Landleben? Raymond Queyraud würde sagen «ja» oder «beinahe». Er berichtet uns von seiner ersten Begegnung mit Karl Heinz: Er, Raymond, sitzt gerade im Kirschbaum. Von oben sieht er einen älteren Jungen kommen, der ihm gleich gefällt. Als der Vater sagt, dies sei der neue Gefangene, ist er verdutzt. Trotz elterlicher Ermahnungen zur Vorsicht bleibt der Zwölfjährige unbefangen, für den kleinen Franzosen wird der Deutsche so etwas wie ein großer Bruder. Von ihm lernt er wichtige Dinge wie Schwimmen und ein bisschen Deutsch, das er später, während seines Militärdienstes in Baden-Baden, gut gebrauchen kann. Es ist der junge Offizier, der in den fünfziger Jahren den ehemaligen Gefangenen sucht und schließlich ausfindig macht. Und ihn 1960 in Mannheim besucht – ein Umweg auf einer Dienstreise, die er als französischer Repräsentant der Firma Triumph-Adler macht; «le materiel allemand», die deutsche Technik, die er schon als Junge bewunderte, ist vielleicht nicht ganz zufällig sein Leben geworden.

Für Queyraud hat immer nur Freundschaft existiert, in seiner Version der Geschichte lebte der Gefangene wie ein Feriengast auf dem elterlichen Hof. Dem widerspricht Karl

Heinz Mehler, neckend, mal mit einem Anflug von Ärger, indem er Raymonds Vater «einen Choleriker» nennt. Und zum Beispiel von seinem Missgeschick im Herbst 1946 erzählt, wie ihm eine Ladung Farn vom Karren kippt und Queyraud ihn anbrüllt wie ein Stier. «Du vergisst, Raymond, wir waren nicht frei. Ich hatte Heimweh nach zu Hause.»

Manchmal, scheint uns, wird in Pompadour die Feindschaft der Vergangenheit regelrecht in Freundschaft ersäuft. Schon bevor Adenauer und de Gaulle sich 1958 zum ersten Mal trafen, hat man einander besucht. Ist Graf bei Dumas gewesen, ist der alte Dumas in Holzschuhen über die Mannheimer Fußgängerzone geschlurft. Eine inzwischen feste und weitgehend fröhliche Verbindung, mit sentimentalen Details – Helmut Graf vermisst in Mannheim «seine» Kastanienwurst, in Karl Mehlers Garten wachsen Mangetouts und blaue Kartoffeln aus Pompadour.

Seit Monsieur Reillier, der Bürgermeister, die über hundert ehemaligen Kriegsgefangenen, soweit ausfindig zu machen, nach Pompadour eingeladen hat, ist die Freundschaft auch offiziell. In einer Feierstunde, 1997, wurden die Leistungen der Gefangenen für den Ort, die zum Teil noch sichtbar sind, gewürdigt, vom Straßenbau, ein paar Ostpreußen etwa haben die «Rue de la libération» angelegt, bis zum «Stade de Rugby». Der humorvolle, warmherzige Reillier hat in seine Rede persönliche Erinnerungen eingeflochten – als kleiner Junge ärgert er oft den Gefangenen Willy, den habe nichts so sehr auf die Palme gebracht wie «Les fleurs de Paris». Ein leichtes Chanson von 1945, das Maurice Chevalier der Hauptstadt Paris zur Befreiung geschenkt hat, ganz Frankreich liebte es damals.

In Frankreich hat man vergleichsweise spät begonnen,

über die Jahre des Krieges und der Nachkriegszeit offen zu sprechen. Das spüren wir in Pompadour auf Schritt und Tritt. «C'est le bon moment», meint Bürgermeister Reillier, endlich auch die dunklen Seiten anzuschauen, genau der richtige Augenblick für unseren Film.

Wir bemerken das zunächst an der Art und Weise, wie die Franzosen die guten Geschichten erzählen, etwa von «Pierrot» und seinem Eselskarren. Viele alte Pompadourer erinnern sich, ihn auf sonntäglicher Vergnügungstour gesehen zu haben. Ein Gefangener, der frei herumkutschiert, von seinem Patron mit Taschengeld versorgt, das war etwas Seltenes. Wer es nicht wusste, hielt den dunkelhaarigen schmalen Jungen mit der Baskenmütze für einen Einheimischen. Das innige Verhältnis vor allem von Madame Dumas zu ihrem «Pierrot» hat das Dorf immer wieder beschäftigt, «le coluche des Dumas», der Liebling der Dumas, ein unendlicher Stoff für Klatsch und fast ein modernes Märchen: Eine Mutter hat vor dem großen Krieg zwei kleine Kinder verloren, und dann läuft ihr mit vierundfünfzig Jahren ein Junge zu, ein Sohn, am liebsten hätte sie ihn für immer bei sich behalten. Helmut Graf bestätigt dies, die Dumas, sagt er, hätten ihn adoptiert, wenn er gewollt hätte, und ihm den Hof vererbt. Eine besondere, eine leuchtende Geschichte – je öfter sie uns erzählt wird, desto stärker wird unser Gefühl, dass sie indirekt ausdrückt, wie anders die Wirklichkeit größtenteils war.

Extrem entgegengesetzt ist zum Beispiel die Erfahrung von Walter, dem kleinsten der Mannheimer Gefangenen: Er wird wie ein Tier gehalten. Walter Müller hat sein ganzes Leben darüber geschwiegen; von seinen Kameraden hat nur Helmut Graf, der ihn 1946 einmal kurz auf dem Hof der G. besucht hat, annähernd gewusst, wie schlecht es ihm dort ging. Auf dem Treffen der Gefangenen in Pompadour, 1997, hat Walter Müller nichts darüber verlauten lassen. Erst kurz vor seinem Tod hat er sich einem Journalisten, der ihn danach fragte, meinem Mann Winfried Lachauer, offenbart.

Schwere Arbeit von Sonnenaufgang bis Sonnenuntergang, immer in denselben Kleidern, bis sie ihm in Fetzen am Leibe hängen. Die Bauern geben ihm weder Handtuch noch Seife noch Kamm, also wird er auch seine Läuse nicht los. Zu essen bekommt er in einem Tontopf, an dem eine Ecke fehlt, sodass nicht viel hineingeht. Er stillt seinen Hunger am Schweinetopf, im Stall, wo auch der Strohsack liegt, der sein Nachtlager ist. «Das war für mich ein friedlicher Ort, Sie verstehen das vielleicht nicht», ist ihm wichtig gewesen zu sagen, «die Familie hat immer Hass ausgesendet – und die Tiere, die haben mich akzeptiert.» Am schlimmsten habe ihm die Einsamkeit zugesetzt, sich mit niemandem unterhalten zu können. Immer nur ein kurzer Befehl, tu dies, tu das, jeglicher Kontakt nach außen unterbunden. Nach fünfzehn Monaten Gefangenschaft ist Walter Müller verwildert und sprachlos, vielleicht müssen wir ihn uns ein wenig wie Kaspar Hauser vorstellen.

Zu den Dreharbeiten bringen wir Walter Müllers Geschichte nach Pompadour zurück. Wir machen von diesem Wissen nur vorsichtig Gebrauch, auch weil die Nachkommen von Walters Patron noch am Ort leben. Die Reaktionen in Pompadour sind bedauernd, doch steuert das Gespräch meist rasch ins Allgemeine. Böse Menschen gebe es immer und überall, so die einen, siehe Balzacs «Comédie humaine». Andere argumentieren historisch und sind mehrheitlich der Meinung, die Gewalt nach der Befreiung Frankreichs sei weniger dem Hass auf die Deutschen entsprungen und dem Bedürfnis, selbst Erlittenes zu vergelten, sondern von Kollaborateuren der Nazis und Marschall Pétains verübt worden, die handgreiflich beweisen wollten, dass sie doch auf der richtigen Seite waren. Das Thema Walter Müller führt uns auf unsicheres Terrain.

Wie viel Wahrheit verträgt die Freundschaft? Da stehen die Kriegsgefangenen von einst am 14. Juli, am Nationalfeiertag, mitten unter den Franzosen, man erfreut sich gemeinsam am Feuerwerk vor dem Schloss von Pompadour. Kein Problem! Das Einfache dagegen ist anscheinend immer noch zu schwer – zuhören, nachfragen, «wo genau, und wie ging es weiter» und sich dieses lebhaft vorstellen.

Zum Beispiel die Jungen beim Unkrautjäten in den Gärten ihrer Patrons. Helmut? Sehr eifrig, er hält beim Arbeiten öfters inne, klettert mal eben in die Kirschen und pflückt sich eine Handvoll, mal erwischt er einen Maulwurf in Aktion, dafür zahlt ihm Monsieur Dumas eine Prämie. Karl Heinz? Reißt mit diebischer Freude außer dem, was er rupfen soll, junge Karotten und Radieschen mit aus. Walter? Muss zwischen den Kartoffeln jäten, die pure Schikane, denn anderntags werden sie geerntet, er bebt vor Zorn. Drei Gefangene, drei Wirklichkeiten, jede Gefangenschaft auf dem Lande ist anders.

Wissen sie damals, wie es ihren Eltern in Mannheim geht? Und diese, wo ihre Jungen geblieben sind? Frühestens nach einem halben Jahr haben einige den ersten brieflichen Kontakt. Mutter Graf zum Beispiel erhält zu Weihnachten 1945 die Nachricht, ihr Sohn lebe, und die Adresse vom Lager in Tulle. Ihre Zeilen erreichen ihn im Februar 1946: «Lieber Helmut! Will es heute versuchen, Dir durch das Rote Kreuz einige Zeilen zu übermitteln. Wir warten jeden Tag auf Dich, aber leider umsonst. ... Ihr arme Kerle müsst jetzt für die Sau-Hitlerbande büßen.» Der Briefwechsel zwischen Helmut Graf und seiner Mutter, den sie, vermittelt durch das Rote Kreuz und den «Service d'information du Vatican», unregelmäßig führen können, ist erhalten. Wer will, kann sich daraus ein Bild machen, wie sie die Trennung erleben.

«Liebe Eltern! Ich mache mir viel Sorgen um Euch. Ist Vater gefangen? Wie sieht es zu Hause aus? Habt Ihr genug zu essen, dass Ihr wenigstens satt werdet? ... In der Hoffnung auf ein baldiges gesundes Wiedersehen in der Heimat. Seid gegrüßt und geküsst von Eurem Helmut.» An den «kriegsgefangenen Schüler Helmut Graf» adressiert die Mutter ihre Post nach Frankreich, mal auch an den «Zivilisten Helmut Graf». Die fromme Katholikin setzt Himmel und Hölle in Bewegung, ihn und seine Mitschüler freizubekommen. Sie trommelt die anderen Mütter zusammen, verfasst in aller Namen resolute Bittbriefe an die Bischöfe von Mainz und Freiburg, Landräte, den Bürgermeister von Mannheim. Davon berichtet sie dem Sohn nach Pompadour und bittet ihn, sein Teil dazuzutun: «Und vergiss ja Dein tägliches Gebet nicht.» Anderes verschweigt sie ihm, zum Beispiel, wie furchtbar zerstört die Stadt ist oder dass der Vater (von Beruf Bäcker) nun Fährmann ist und Leute über den Rhein schippert, der keine Brücken mehr hat.

Auch Helmut gibt sich tapfer, im Sommer 1946 schickt er zwei Fotos von sich nach Hause: adrett im weißen Hemd als Führer eines Ochsengespanns, auf dem anderen steht er selbstbewusst zwischen Monsieur und Madame Dumas, alle drei sind in klobigen Holzschuhen – anscheinend ist der Junge wohlauf, und er ist beim Feind mächtig gewachsen.

Dieser Briefwechsel ist mitgereist nach Pompadour. Auch Karl Heinz Mehler hat seine Dokumente dabei, Briefe und Fotografien, Gefangenenpapiere (Ausweis, Impfzeugnis, Entlassungsschein etc.), sein Tagebuch aus der Kinderlandverschickung, alles ordentlich geschichtet in dem hölzernen Koffer, den er im Lager Tulle kurz vor seiner Rückkehr nach Deutschland hat anfertigen lassen.

Die beiden Männer haben dies für unseren Film mitgenommen, in aufklärerischer Absicht, für ein deutsches Publikum. Den französischen Freunden würden sie das normalerweise nicht unbedingt zeigen. Als Erster steckt Raymond Queyraud die Nase in Karl Heinz' Koffer, und obwohl er schlecht Deutsch versteht, ist er sofort fasziniert. Von Stempeln und alten Briefmarken, Schreibmaschinentypen interessieren ihn sehr, denn in seinem Berufsleben war er Fachmann für Büromaschinen. Eins nach dem anderen nimmt er in die Hand, vorsichtig, um das brüchig gewordene Papier zu schonen, und beinahe andächtig, wir sehen ihm sein Erstaunen an. So ungemütlich hat er sich die Gefangenschaft seines lieben Freundes bislang nicht vorgestellt – «horrible», schrecklich. Es bestärkt ihn in seiner Meinung, den jungen Deutschen sei schweres Unrecht geschehen.

Oft hat er darüber mit Karl Heinz gestritten. Er, der Franzose, hat immer gegen seine Landsleute die Partei der «unschuldigen Kinder» ergriffen, von den zwei Wochen, die sie Soldaten waren, nichts wissen wollen und niemals aufgehört, seine kindlichen Phantasien fortzuspinnen, wie ein großer Bruder, nach dem er sich sehnte, zu sein hat. Während der Deutsche sich schuldig bekannte und seit langem der Überzeugung ist, die Gefangenschaft sei heilsam gewesen auf seinem Weg, sonst wäre aus dem fanatisierten Jungen, der er war, womöglich nie ein guter Demokrat geworden. Und jetzt blättert Raymond Queyraud im Tagebuch des Freundes, sieht die Hakenkreuze, die Führerbilder, Buben in militärischer Formation: den Hitlerjungen Karl Heinz, den er nie kennenlernen wollte, und er beginnt zu ahnen, dass dieser damals ein Franzosenhasser ist und mit seinen fünfzehn Jahren bereit zu töten. Wie viel Wahrheit verträgt die Freundschaft?

Anderntags, als wir bei ihm auf der Terrasse sitzen, beim Cidre, schmückt Raymond Queyraud seine Lieblingsgeschichte mit einem neuen Detail aus: «Ich saß auf dem Kirschbaum, als du den Weg heraufkamst, und du hattest diesen hölzernen Koffer in der Hand.» – «Aber den Koffer, cher Raymond, gab es doch noch gar nicht», kontert Karl Heinz Mehler und lacht. Der Abend ist zu schön für Kabbeleien. Die «heure bleue» rückt heran, vor unseren Augen wird die sanft wellige Landschaft nach und nach von der Dunkelheit verschluckt. Unsere Rücken werden noch ein wenig von den Feldsteinen des Hauses hinter uns gewärmt. Es ist Raymond Queyrauds Elternhaus – er und seine Frau haben den Bauernhof im Laufe der Jahre in einen komfortablen Landsitz umgewandelt, anstelle von Kuhfladen zieren Topfpflanzen den Hof, vom Garten ist nur eine schmale Blumenrabatte geblieben, die Scheune wurde kürzlich für Feriengäste ausgebaut. Wie unglaublich sich das Leben in sechzig Jahren verändert hat! Dieser Gedanke liegt, wenn sie einander treffen, ständig in der Luft. «Wie viele Pferde hatte eigentlich dein Vater, Raymond?» Eigentlich weiß es Karl Heinz Mehler, er müsste nicht fragen.

Die Veränderungen sind das beherrschende Gesprächsthema dieser gemeinsamen Wochen. Ohne Raymond

Queyraud würden die Deutschen vieles, wonach sie suchen, nicht wiederfinden. Sie haben Orientierungsprobleme in der Landschaft. Ihnen erscheinen die Entfernungen von heute so klein, vor allem weil die Kastanienwälder fehlen. Damals fürchten sie, sich darin zu verirren, die paar Kilometer zur Moulin de la Jante, wo sie Getreide abliefern, oder zum Wochenmarkt in Pompadour sind eine aufregende Reise. Hinter dem Wald Acker und Äckerchen, Weizen, Gerste, Artischocken, dann Weide, mal Kühe, mal Schafe, und wieder ein anderes Bild, am Flüsschen Auvezère blühende Büsche, auf denen grünblau die Skarabäen leuchten, jenseits der Brücke ein Feld mit Flachs, an der nächsten Wegbiegung ein Dutzend Bienenstöcke. In Dorfnähe begegnet man immer häufiger Pferden; das riesige Schloss, das dazugehörige Gestüt und das Hippodrom kommen in Sicht, deretwegen der unscheinbare Ort eine gewisse Berühmtheit besitzt.

Pompadour – von einer Marquise dieses Namens haben die Jungen mal im Französischunterricht in Titisee gehört. Frankreich, das ist Dekadenz, viel mehr wissen sie bei ihrer Ankunft nicht von diesem Land. Ausgerechnet im Umkreis des Schlosses, das Louis XV. jener Mätresse schenkte, lernen sie es kennen.

Als Gefangene erleben sie die letzte Phase der jahrhundertealten bäuerlichen Wirtschaftsweise, fast jeder der vierzig Höfe um Pompadour ist nach dem Krieg noch autark. Nur wenige Jahre, und dies wird vorbei sein, eine radikale Zäsur, eine andere Epoche beginnt. Heute sind es noch sechs Bauern, ein bisschen Rinderzucht, ein bisschen Obstbau und Schluss, davon existieren kann man eigentlich nicht. Die meisten Häuser, die die Mannheimer von damals kennen, sind heute unbewohnt, viele nur noch Ruinen.

Karl Heinz Mehler findet das Stadthaus der Soirats verrammelt. Und Helmut Graf den Weiler Villemaux beinahe verlassen, zum Haus der Dumas muss er sich zwischen Disteln und mannshohem Gestrüpp durchkämpfen. Angeblich gehört es seit längerem einem Herrn aus Paris, der es als Feriendomizil herrichten lassen will, aber sich kaum blicken lässt. Inzwischen hat das Dach Löcher, in die zerbrochenen Fenster hat sich Holunder gedrängt. Die Haustür ist unverschlossen, also gehen wir hinein, Helmut Graf zuerst, gefolgt vom Kamerateam. «Dort hat unser Brot gehangen», er zeigt auf einen Haken an der rauchgeschwärzten Decke. Zielgerichtet durchquert er das große Kaminzimmer, streicht mit den Fingern über staubige Simse, öffnet Wandschränke, im Halbdunkel des Raumes findet er sich mühelos zurecht. Seine Füße, scheint es, kennen noch den Abstand der Treppenstufen.

Im ersten Stock sind die Fußböden schon beinahe durchgefault, vielleicht sollte er das frühere Eheschlafzimmer der Dumas besser nicht betreten. Er bleibt lange auf der Schwelle stehen, und plötzlich schüttelt es ihn vor Lachen. «Die beiden sind manchmal ziemlich laut geworden in der Nacht. Mit fünfzehn hat man natürlich schon ungefähr gewusst, was die da machen.» Wir lachen gemeinsam über den Stadtjungen, der seine Pubertät auf dem Lande verbringt. Vielleicht einer der großen Pluspunkte der Gefangenschaft? Bei der Ernte schaut «Pierrot», ermuntert von derben Sprüchen der Knechte, den Mädchen unter die Röcke. Sie tragen keine Unterhosen, niemand trägt damals welche, auch der junge Gefangene aus Mannheim nicht.

«Unser Haus», sagt Helmut Graf; es so vorzufinden, hat er anscheinend nicht erwartet. Beim Interview im verwilderten Garten hat er einen Frosch im Hals und auch noch am Abend, als er den Queyrauds und Boyers davon erzählt.

Den Franzosen tut das weh – den Bauernsöhnen, die es in kaufmännische Berufe verschlagen hat, bedeutet diese untergegangene Welt immer noch viel. Die Boyers haben deswegen, nachdem sie jahrzehntelang ein Textilgeschäft führten, einen kleinen Bauernhof gekauft. Und füttern als Rentner wieder Hühner und Enten, bauen allerhand Gemüse an, mehr als sie, die Kinder und Enkel, brauchen. Ein arbeitsreiches Hobby, Nachklang ihrer Jugend.

Nur ein einziger der Höfe, auf denen die Mannheimer Gefangenen eingesetzt waren, ist heute noch ein landwirtschaftlicher Betrieb: der Hof, wo Albert Waas lebte und es ziemlich gut hatte, unter anderem deswegen, weil Fernand, der siebenjährige Sohn dieser Leute, ihn mochte. Warum Fernand K. Bauer geblieben ist? Im Dorf glaubt man, dass dies mit seinen traumatischen Erfahrungen in Algerien zusammenhängt. Nach seiner Rückkehr aus dem Krieg, 1960, sei er völlig verstört gewesen, er habe keine Frau gefunden, vielleicht sogar die Einsamkeit gesucht und nicht die Kraft gehabt, irgendetwas zu verändern.

Sein aus Feldsteinen gebautes Haus erscheint uns tatsächlich wie aus einer anderen Epoche: Der Ziehbrunnen davor ist in Betrieb. Bevor wir eintreten, müssen wir einige Äste des Feigenbaums rechts der Haustür beiseitebiegen. Die Wohnküche versetzt uns in fast ehrfürchtiges Staunen – ein Kohleherd, vor dem gebündeltes Reisig liegt, unter dem Fenster ein niedriges steinernes Waschbecken, ein schweißgetränkter Strohhut und eine geflickte Joppe hängen an einem einsamen Haken, auf dem Holztisch eine Tasse, ein Messer, Brot.

Wir haben Fernand K. gedrängt, er selbst hätte uns

nicht hereingebeten. Er schämt sich vor den Gästen aus Deutschland, deswegen nenne ich auch seinen wirklichen Namen nicht. Ihm gefalle dieses Leben, betont er, er brauche eben nicht viel, außer der Natur, die sei ihm wichtig, doch habe er die Erfahrung gemacht, dass dies heutzutage niemand mehr versteht. Im Interview spricht er von Albert Waas lebendig und zärtlich, als wäre der gerade erst vom Tisch aufgestanden. Zum Beispiel erinnert er sich, wie der sechzehnjährige Albert die Nachricht vom Tod seines Vaters erhielt und schrecklich weinte. «Un enfant perdu», «ein verlorenes Kind». Erst in Algerien habe er Alberts Situation verstanden, «dass er im Krieg war, bevor er mit uns lebte».

In diesem Haus fühlen sich Karl Heinz Mehler und Helmut Graf der Vergangenheit, der sie nachspüren, nahe. Graf muss auf dem Hof und im Stall alles anfassen, Tröge und Schubkarren und Heugabeln. Er muss den Katzen hinterherschauen. Wahrscheinlich kann er das Lebensgefühl von Fernand K. am ehesten begreifen.

Es könnte seinem eigenen Wohlbefinden ähneln, das er damals als Hütejunge auf Dumas' Weide hat, in der Gesellschaft der Kühe und Schafe, mit den flinken, lustigen Hunden Médor und Bijou. Auf dieser Weide steigt das Heimweh in großen Wellen hoch, hier wird ihm erstmals bewusst, wie knapp er dem Heldentod entgangen ist. Nach dem seit 1943 fast ununterbrochenen Getöse ringsherum empfindet und genießt er die Stille, und im Alleinsein wächst – ganz von selbst – die Zuversicht: Alles wird gut. Eine Seelenlandschaft, die er im Februar 1947 mit nach Mannheim nimmt und die jetzt im Alter immer noch da ist.

Für die jüngeren Generationen ist das alles nur noch

Folklore. In Pompadour stellt man heute einmal pro Jahr auf dem Gelände des Hippodroms bäuerliche Tätigkeiten und alte Handwerke für Touristen zur Schau. Esel sind die Hauptattraktion, weshalb das Fest am 14. Juli «Fête de l'âne» heißt. Es zieht mehr Gäste an als nationale Reden, Fahnen, das ewige «liberté-égalité-fraternité».

Helmut Graf juckt es an diesem Tag in den Fingern, besonders auf dem Dreschplatz. Schließlich nimmt er dem alten Franzosen den Flegel aus der Hand und legt los, Körner und Spelzen fliegen nur so. Die Herren Mehler, Queyraud, Boyer applaudieren. Eine Szene für unseren Film, und uns ist endgültig klar, wie wichtig diese gemeinsame Erfahrung des Landlebens ist. Sie ist heute wichtiger als die Tatsache, dass sie einander als Sieger und Besiegte, Herren und Knechte begegnet sind.

An diesem 14. Juli denkt Karl Heinz Mehler an seinen verehrten Patron, den Obst- und Gemüsehändler Roger Soirat. Dieser Mann wagt es, am Nationalfeiertag 1945, dem ersten nach der Befreiung Frankreichs, seinen deutschen Gefangenen zum Fest mitzubringen. Karl Heinz trägt die ortsübliche Baskenmütze, zunächst fällt er unter den Bauern gar nicht auf, doch dann gibt es am Tisch einen Riesenskandal. Der Bürgermeister von Pompadour greift Soirat heftig an, woraufhin der selbstbewusst entgegnet: «Der Junge arbeitet mit mir, also feiert er auch mit mir.» Es ist der Bürgermeister, der die Runde verlässt. Etwas Ungeheuerliches für Karl Heinz, der gerade aus der Hitlerjugend kommt, seine erste Lektion in Zivilcourage. Wieder eine Anekdote, die der feindseligen Zeitstimmung diametral entgegenläuft.

Dazu passt ein weiteres Ereignis, das ein wenig später passiert ist: Helmut in Paris! Auf dem Rücksitz eines Citroëns fährt er mit Monsieur und Madame Dumas für einige Tage in die Hauptstadt: «Limonade auf den Champs-Élysées, Eiffelturm besichtigt, Triumphbogen besichtigt.» Ein Deutscher 1945 in Paris, das ist lebensgefährlich! Wissen diese Bäuerlein aus der Corrèze nicht, was sie riskieren?

Ganz naiv können sie nicht sein, Dumas' Bruder ist einer der Anführer des regionalen Maquis gewesen, er selbst war nach dem Ersten Weltkrieg Besatzungssoldat im Rheinland, ganz ohne Welterfahrung ist zumindest er nicht. Vielleicht ist ihr kleiner Frieden im Kastanienwald von Villemaux für sie ganz einfach der Maßstab aller Dinge? Und vielleicht besitzt Monsieur Dumas noch etwas von dem anarchischen Geist der Bauern, die in der Geschichte immer mal wieder der Stadt gezeigt haben, was eine Forke ist?

Die Erinnerung an das ganze große Drama dieser Zeit stellt sich für die ehemaligen Gefangenen bezeichnenderweise in der Stadt Tulle ein. Lange haben sie den Besuch vor sich hergeschoben, Helmut Graf hatte sich geschworen, nie wieder einen Fuß auf diesen Boden zu setzen. An der Stelle des Lagers No. 123 befindet sich heute ein Wohngebiet. An diesem Tag, den wir mit der Kamera filmen, ist es brüllend heiß. Die alten Männer sitzen auf der Wiese und reden sich stundenlang das Schlimmste von der Seele. Unter anderem hören wir zum ersten Mal ausführlich von den Nachstellungen der marokkanischen Wachleute. Niemand von den Mannheimer Jungen ist tatsächlich vergewaltigt worden, aber die Angst steckt bis heute in ihnen. Der Tortur des Redens folgt eine zweite, dieses Mal hören sie zu: Der Sohn eines Mannes, der 1944 nach dem Massaker der SS ins Konzentrationslager Hersbruck deportiert wurde und dort starb, spricht zu ihnen vom Trauma seiner Familie und der Stadt, die sich «Märtyrerstadt» nennt.

Es schmerzt, sie würgen daran. Zurück in Pompadour geht es weiter, und was jetzt kommt, haben sie nicht erwartet. Ihr Freund Raymond Queyraud führt sie in ein sumpfiges Waldgelände, zu einer der lange stillgelegten Mühlen. Warum er das tut? Es geschieht einfach. Eigentlich hätte er schon vor Jahrzehnten Karl Heinz Mehler von der Gewalttat erzählen können. Er unterließ es, einer der möglichen Gründe mag der Wunsch gewesen sein, den Freund zu schonen. Sachlich und betont höflich unterrichtet Queyraud nun die deutschen Gäste, dass hier, am Pont Laveyrat, im Februar 1944 Soldaten der deutschen Wehrmacht 37 junge Franzosen niedergemäht haben. Die jüngsten sind gerade sechzehn, alle unbewaffnet, sie haben sich in der Mühle versteckt, um sich dem «Service du travail obligatoire», der Zwangsarbeit in Deutschland, zu entziehen. Aus der «Sicht eines Offiziers», so Queyraud, müsse er kritisch anmerken, der in einer Senke gelegene Ort sei strategisch unklug gewählt, Flucht von hier kaum möglich. Dann kommt er zum Wesentlichen, und in seinen Augen stehen zum ersten Mal Tränen: Sein Cousin Charles wird unfreiwillig Zeuge oder, schlimmer, in das Geschehen verwickelt. Die deutschen Soldaten zwingen den Dreizehnjährigen, sie zum Versteck der Jungen zu führen. Charles hört die Schreie aus der Mühle, er selbst kann entkommen. «Noch heute, sechzig Jahre danach, muss er immer daran denken.»

Wir fragen später Charles' Schwester Marguerite Boyer nach Pont Laveyrat und erhalten keine Antwort, sie will nicht antworten. Ihr Mann Raymond, 1944 ein Junge von sechzehn Jahren, erinnert sich an minutenlange Gewehrsalven. Der Hof seiner Eltern liegt am Rande jenes Wäldchens, unweit der Mühle. «Wir hatten Angst, ständig, überall. Man hofft, einfach nur den nächsten Tag zu erleben. Wenn ich davon spreche, wird alles wieder lebendig.» Auch die Boyers haben also ihre eigenen Wunden vor den deutschen Freunden bislang immer verborgen.

So nah also sind die Mannheimer Kriegsgefangenen am Ort eines Verbrechens gewesen! Ein wenig von den Geheimnissen in Pompadours Wäldern können sie damals atmosphärisch spüren. Zum Beispiel schnappen sie öfters das Wort «bals clandestins» auf und erfahren nach und nach von den «geheimen Bällen» der Kriegszeit – da kamen aus dem Wald die Jungen, die im Maquis waren, in eine Scheune, die Mädchen warteten schon, draußen stand jemand Schmiere für den Fall, dass Polizei kam, und dann wurde ein paar Stunden «Java bleu» getanzt. Vielleicht ist es gut, dass die Jungen seinerzeit nicht viel mehr erfahren, sonst wären sie aus dem Fürchten nicht mehr herausgekommen.

Selbst Helmut, der sich bei seinen Bauern geborgen fühlt, wäre weniger unbefangen gewesen. Und hätte wohl nicht die Courage gehabt, einen Weihnachtsbaum zu stehlen. Monsieur Dumas erwischt ihn dabei, und weil ihm die gesellschaftliche Norm egal ist, wird die Sache ganz privat geregelt. Statt zu schimpfen, nimmt er dem Jungen die Axt aus der Hand und schlägt die Tanne selbst, damit sein «Pierrot» keinen Ärger mit der Polizei kriegt. Helmuts Weihnachtsbaum von 1945, mit versilberten Walnüssen geschmückt, den er für sich und drei ältere Gefangene aus Ostpreußen aufstellt, sei angeblich der erste in Pompadour gewesen. Seitdem habe sich die deutsche Sitte allmählich hier verbreitet – mit der Versöhnung schießen bekanntlich die Legenden ins Kraut. Wir erzählen sie natürlich weiter, in unserem Film.

Zum Abschied bietet uns Pompadour die üblichen Juligewitter. Gänseleber, Kastanienwurst, Walnussöl und Sämereien werden im Kofferraum von Mehlers Auto verstaut, bis zur deutschen Grenze sind es keine zehn Stunden.

Kein Vergleich zur Heimreise im Januar 1947, ein Eisenbahntransport, Abfahrt in Tulle. Karl Heinz ist da schon zwei Monate wieder im Lager, während Helmut Weihnachten noch bei den Dumas feiert. Zuvor, im Oktober, haben die beiden Jungen einen Fluchtversuch unternommen. Sie sind nach Limoges getippelt, bis sie der Mut verließ und sie umkehrten. Gendarmen nahmen sie in Pompadour in Empfang, Schläge, Verhöre und ab nach Tulle, zehn Tage Bunker. Monsieur Dumas konnte Helmut aus dem Lager vorübergehend noch einmal loseisen.

Am Ende ihrer Gefangenschaft sind alle Mannheimer sieben wieder beisammen. Auf dem Foto, das sie vor der Abreise aus Tulle machen lassen, wirken sie mit ihren Baskenmützen wie Franzosen. Groß und kräftig sind sie, sogar der schlechtgenährte Walter – aus den Hitlerbuben sind junge Erwachsene geworden. Noch einmal müssen sie hungern, im Lager Angoulême, dort lädt man sie für vier elend lange Wochen ab. Dann endlich bringt sie ein Schnellzug in 36 Stunden nach Deutschland. Am Abend des 21. Februar überqueren sie den Rhein, von Ludwigshafen nach Mannheim. Auf der Mitte der Behelfsbrücke schreien sie dreimal laut «Scheiße», so haben sie es für den Fall ihrer Freilassung vereinbart.

Und dann? «Dann muss ich noch heimwärts tippeln bei Glatteis. Um halb zwölf stehe ich vor der Tür und läute meine Eltern aus dem Schlafe.» Heißt es im Gedächtnisprotokoll von Karl Heinz Mehler, das er gleich nach seiner Rückkehr verfasst. «Ich glaube, es war der schönste Tag meines Lebens. Endlich zu Hause.» Über das in Frankreich Erlebte wird nicht allzu viel geredet, der Alltag in der zerstörten Stadt fordert Aufmerksamkeit und Kraft. Unter anderem müssen die Jungen pflanzen und jäten, nicht nur diesbezüglich sind die Jahre beim Feind Lehrjahre gewesen, sie sind den Eltern eine große Stütze. Im Vergleich zu den französischen Bauernhöfen ist das, was zu Hause auf dem Tisch steht, sehr bescheiden. «Auch fehlt der Wein», so der siebzehnjährige Karl Heinz.

Ab 5. März 1947 drücken die Mittelschüler wieder die Schulbank, die Rückstände holen sie schnell auf, und in Französisch sind sie spitze. Im April beginnt der Tanzkurs, da haben ihre Haare schon fast wieder normale Länge. Ein wenig fremd sind sie noch, in der Zukunft werden sie skeptisch bleiben gegenüber Verführungen jeder Art. «Was ist heute noch echt?» Philosophiert Karl Heinz in seinem Tagebuch. «Ich muss mich immer freuen, wenn ich den Wald, den See, die Wiese und den Himmel sehe. Nie wird er anders sein als echt.» Alle Jungen bleiben zeitlebens naturverbunden, Sportsleute, die Kanu fahren, Ausflüge mit dem Fahrrad lieben oder das Wandern.

Unter den Mittelschulabsolventen sind sie überdurchschnittlich erfolgreich. Karl Heinz steuert energisch eine Karriere in der Wirtschaft an. Helmut, der eigentlich Architekt werden will, lässt sich von seinem Vater überreden, «zur Stadt» zu gehen. Anfangs gefällt ihm die Lehre im Sozialamt nicht besonders, dann aber merkt er, dass er anderen etwas Wichtiges voraushat. In den Schlafsälen der Asyle sieht er die Kriegsversehrten und Spätheimkehrer, über dem Bett militärische Auszeichnungen, viele haben sonst nichts und niemanden mehr. Das rührt ihn, das fordert ihn heraus. Sie erinnern ihn an die älteren Gefangenen in Pompadour, denen er von seinem Essen, das er bei den Dumas reichlich bekam, etwas abgab.

Ihre Erfahrungen in Frankreich erwiesen sich im Laufe der Jahrzehnte als äußerst wertvoll – als ein Schatz, und sie waren viel weniger, als wir Filmemacher es erwartet haben, ein Trauma. Das Bäuerliche half ihnen nach der Rückkehr aus der Gefangenschaft, gut zu leben, ein Kontrapunkt zur schnelllebigen Stadt, zum Wahnsinn permanenter Modernisierung. Nach Feierabend waren sie eben ein bisschen Charles und Pierrot. «Nicht ohne meinen Acker», sagt der pensionierte Logistikmanager Mehler noch heute. Er und Helmut Graf waren Protagonisten der deutsch-französischen Freundschaft. Mehr als die meisten von uns sind sie fähig zur direkten Begegnung: Menschen jenseits von Nationalität und Stand, Religion und Ideologie wahrzunehmen, frei zu handeln, je nach Situation und persönlichem Gefühl – wie seinerzeit die Dumas, Soirats oder der kleine Junge Raymond Queyraud.

Paris aus meinem Fenster

Suchend wandert mein Blick durch den Garten des Palais Royal, von den elegant gestutzten Linden über die von Hecken eingefassten Rosengärtchen bis zu dem gewaltigen Springbrunnen und zurück – Kinder, nichts als Kinder, Mädchen in luftigen Sommerkleidern, kleine Jungen mit nassen Hosenböden, eine neue Wasserschlacht beginnt gerade. Mütter und Kindermädchen dösen, von der schwülen Hitze ermattet, im Schatten oder in der Kühle der herrschaftlichen Arkaden.

Erst jetzt bemerke ich den kleinen Mann, der einige Meter von mir entfernt auf Zehenspitzen tänzelt. Er versucht offenbar, mit den Händen den Saum des Lindenbaldachins zu erreichen. Ihn werde ich fragen!

«Monsieur! Wo hat Madame Colette gewohnt?»

«Colette?»

Er lächelt und steht nun gerade – einer jener distinguierten alten Herren aus dem ersten Arrondissement von Paris. Etwas verlegen erklärt er, er ziehe im Sommer oft die trockenen Äste aus den Bäumen. Das tue sonst keiner, und er kenne die Linden eben schon seit fünfzig Jahren, seit dem Tag, als sie angepflanzt wurden. Ich nicke, dann antwortet er: «Colette? Ich hab sie mal gesehen, hier im Garten. Zwei Männer stützten sie, das war im Krieg, da ging sie schon schwer.»

Er kostet meine Verblüffung aus. Und ahmt ihr Französisch nach, das harte «R» der Leute aus Burgund. Da suche ich einen Ortskundigen und finde einen Zeitzeugen!

Auf einer Bank im Garten des Palais Royal lese ich heute Colettes Buch ein zweites Mal – hier, wo es entstand.

Im Winter 1940 ließ die berühmte französische Schriftstellerin Colette ihr Bett ans Fenster rücken. Schon länger hatte sie darüber nachgedacht: Wenn die Arthrose in ihren Hüften noch weiter voranschreiten und sie endgültig ans Haus fesseln würde, könnte sie nicht einmal mehr die Rosen und die Bäume vor ihrer Haustür besuchen. Sie wollte den Garten des Palais Royal wenigstens von oben aus sehen. Ein Foto aus diesen Jahren zeigt sie halb liegend, ein Holzbrett als Arbeitsunterlage auf den Knien, unter der Decke schaut ein wenig kokett der nackte rechte Fuß heraus. Sie blickt durchs geöffnete Fenster über die große Esskastanie auf das gegenüberliegende Dach des Palais. Auf dem Beistelltischchen Telefon und Blumenstrauß, links an der Wand ihr geliebtes «fanal bleu», eine mit blauem Papier ummantelte einfache Wandlampe, und ein Barometer, das ihr ankündigt, was da vom Himmel über Paris kommen will. «Divan-radeau», «Bettfloß» nannte Colette diesen Platz, er war fortan für die Vielgereiste der wichtigste ihres Lebens. Von hier aus nahm sie auch den Krieg wahr, der 1940 nach Paris kam.

«Paris de ma fenêtre», «Paris aus meinem Fenster» ist die eigenartigste und charmanteste Kriegschronik, die ich kenne. Beinahe täglich, Monat für Monat beschrieb die alte Dame, was in ihrem Gesichtskreis vor sich ging, wie sich die Menschen, die sie sah, und vor allem die Natur unter dem Einfluss des Krieges veränderten. Das Fenster ist heute leicht zu finden: an der Stirnseite des Palastes im ersten Stock, das einzige, das obendrüber im Stuck, zwischen den korinthischen Säulen, ein Segelschiff zeigt.

An diesem Junitag steht es weit offen. Die Wohnung zu besichtigen ist unmöglich, der Besitzer, angeblich ein Verehrer der Dichterin, will ungestört bleiben. Ich stelle mir vor, was Colette von ihrem Beobachtungsposten in der ersten Etage sehen konnte – praktisch den gesamten Garten bis hinüber zur Comédie Française. Ganz nahe, für sie unsichtbar, aber noch fast in Hörweite, Louvre und Tuilerien. Sie lebte also mitten im Herzen der Stadt.

Unmittelbar vor dem 14. Juni 1940, als die deutsche Wehrmacht Paris besetzte, waren Colette und ihr Mann Maurice Goudeket wie Zehntausende andere Pariser zunächst aufs Land geflüchtet, doch kehrten sie bald, nachdem der Waffenstillstand geschlossen war, zurück. Colette setzte ihr Schreiben fort – in dem Sinne, wie sie es vor Erscheinen des Feindes, am 24. Mai des Jahres, in der Frauenzeitschrift «Marie Claire» angekündigt hatte: Die Rolle der Frau im Kriege bestehe darin, von Liebe und Verführung zu sprechen, und sie verriet ihren Leserinnen wie gewohnt Rezepte aus ihrer burgundischen Heimat und ihre Meinung zur Pariser Mode. Das wollte sie weiterhin tun, in der von der Besatzungsmacht kontrollierten Presse, ob im «Petit Parisien», der auf die Linie Marschall Pétains eingeschwenkt war, oder anderswo. 1944 erschienen ihre Artikel, wiederum mit Erlaubnis der Zensurbehörde, als Buch, sein Titel «Paris de ma fenêtre».

Auf den zweihundertfünfzig Seiten kommt das Wort «Krieg» selten vor, «Deutschland» und «Nationalsozialismus» nie. Nur einmal ist andeutungsweise von den Deutschen die Rede, von der «Allgegenwart einer Masse von

Ausländern». Die Untergrundpresse nannte sie daraufhin eine Kollaborateurin, zumindest «indirekt und naiv» sei sie es gewesen, urteilte die Nachwelt.

«Das Bassin des Palais Royal ist seit Monaten entleert», das ist ihr wichtig zu erzählen. Die Wege zwischen den Bäumen sind nicht gefegt, sehr wichtig, man kümmert sich in diesem Winter 1940/41 leider Gottes zu wenig um den «Garten, der einstmals königlich war». Die Buben und Mädchen, die dort frierend herumlungern, hüpfen ungeniert über die Rabatten. Die Spatzen sind in Not geraten, das ist ungeheuer wichtig: «Ich bin des Mitleids gewiss, das Paris für jene Geschöpfe empfindet, die … unsere Verwirrung und die Veränderung unserer Lebensbedingungen in ein elendes Schicksal stürzen.» Solange Schnee liegt, streut sie Brosamen aufs Fensterbrett, mit Genugtuung beobachtet sie die Nachbarin, die dies auch tut.

Diese Nachbarin war zugleich Adressatin ihres Schreibens – Nachbarinnen, die Concierge, die überforderten Mütter, die ihre Mittagspause im Garten des Palais verbrachten, weiterhin die Damen, die der Schriftstellerin fleißig Briefe schrieben, sowie die vielen unbekannten Leserinnen aller Gesellschaftsschichten, die die Romane «Claudine» und «Chéri» der Sidonie-Gabrielle Colette (ihr Nachname war mit wachsendem Ruhm zum vertrauten Vornamen geworden) liebten. Colette verkörperte damals die moderne Frau, die sich aus Konventionen befreit, von Liebeskummer geplagt, berufstätig und, weil auf die Männer kein Verlass ist, ständig übermüdet. Seit sie um 1900 als Varietétänzerin in dem Stück «La chair», «Das Fleisch», ihren üppigen Busen gezeigt hatte, war Colette, das Mädchen vom Lande, eine öffentliche Person. Nicht schön im Sinne der Zeit, der Belle Époque, oder späterer Ideale –

ihre Vitalität wirkte anziehend. Ihr Gesicht glich dem einer Füchsin. Frankreich, vor allem Paris, wusste vieles von ihr, den zwei unglücklichen Ehen, zahllosen Affären, auch mit Frauen – sie hatte diese Lieben, Glück und Leid, nie verheimlicht. «Liebe Leserinnen», schrieb sie nun, «wenn es euch trösten kann, meine lieben Frauen, so wisst ...»

Was tun bei Frost, wenn das Heizmaterial knapp wird? «Ins Bett mit den Kindern in den ungeheizten Häusern!» Was kochen wir, wenn es kein Fleisch, keine Eier, keine Butter gibt? «Herrliches Fleisch der braunen Kastanie, von der Vorsehung gespendeter Zusatz für herabgesetzte Mahlzeiten. Du bist das köstlichste Brot, das die kalte Jahreszeit hergibt, die geizig ist an Linsen und getrockneten Bohnen.» Es folgt das Rezept, das aus Colettes Jugend stammt, aus dem burgundischen Dorf, ein Erfahrungsschatz, der jetzt, da alles knapp wird, gebraucht wird. Wie können wir Französinnen bloß ohne Kuchen auskommen, ohne unsere Eclairs? «Ich rate der erfinderischen Meisterin, es mit in rotem Wein gekochten Bohnen zu versuchen, die als dicke Schicht auf viereckigem Zwieback zu liegen kommen. Es ist das beliebteste Vesperbrot der Kinder in meiner Heimat.»

Und so fort – Ratschläge, das Wetter, eine Beschreibung der weißen Sandlilie. Wäre ich zu Hause, ich würde immerzu weiterlesen. Doch auf der Parkbank ist es anders, Kindergeschrei unterbricht die Lektüre, eine Amsel, ein Handyklingelton. Rollläden knallen, am frühen Nachmittag öffnen unter den Arkaden des Palais die Geschäfte der Parfümeure und Antiquitätenhändler. Meine Gedanken schweifen von den Sandlilien fort, woandershin. Und Goudeket?

Colettes dritter Ehemann, ihre späte große Liebe Maurice Goudeket, war Jude. Sechzehn Jahre jünger als sie, ein Perlenhändler aus Belgien, der während der Weltwirtschaftskrise sein Vermögen verlor und danach Journalist wurde. Im besetzten Paris hatte er Berufsverbot, Schlimmeres stand zu befürchten. Keine Nacht ohne Verhaftungen, während der Sperrstunden war die Gestapo unterwegs. Also schliefen die Pariser meist schlecht, jeder lauschte, ob sich da Schritte näherten. Manche vermuten, Colette habe sich unpolitisch gegeben und weiterhin im Kulturbetrieb mitgewirkt, nur um ihren Mann zu schützen. Im ersten Jahr der Besatzung dürfte Goudeket noch oft bei ihr auf dem «Bettfloß» gesessen haben.

Ich male mir aus, wie sie gemeinsam nach draußen schauen, ins «Viereck», wie Colette den Garten des Palais gern bezeichnete; unter den Passanten, auf den Bänken, Soldaten in grüngrauen Uniformen.

«Eine Biene ist zu mir ins Zimmer gekommen, die erste in diesem Jahr», lese ich weiter. Angezogen von den Weidenkätzchen drinnen in der Vase, der Garten des Palais und die Tuilerien sind nämlich noch ohne Blüten. Und dann «sprengt der Frühling die Tore von Paris». Colette ist nicht mehr zu halten, sie spaziert hinkend aus dem Haus. «In einem großen Beet von Rhododendron an den Champs-Élysées drängt sich eine rosa Blüte an die andere. An der Rue Montorgeuil herrscht die würzige Frische des Salates und ganze Bollwerke von Radieschen.» Alles ist in diesem Frühjahr 1941 noch schöner als sonst, schwärmt sie. «Da Paris aufhört, eine Industriestadt zu sein, strömt es weniger Rauch und mineralische Gifte aus.»

Ihre Stimmung kippt ins Melancholische: «Eine große Stille, die über unserer Stadt liegt, bringt es mit sich, dass uns vereinzelter Lärm schmerzlich durchbohrt.» Kleine

Jungen sitzen in Colettes Viereck, am Rande des Wasserbassins, und lassen ihre Pfeifen gellen oder, noch schlimmer, schießen mit Spielzeugrevolvern aufeinander. Sonst lustwandelten hier um diese Zeit schon die ersten Flaneure, statt feinem Publikum sichtet die Schriftstellerin immer mehr spitzgesichtige, übermüdete Zeitgenossen. Arbeiter, die eilig ein Zigarettchen qualmen, verwildernde Kinder. Manch eines schreit unter dem Fenster des Schauspielers Jean Marais, der auch im Palais Royal lebt: «He, gib uns ein Autogramm!» Nicht «Monsieur Marais», wie es sich gehört, sondern: «He, Jeannot!» Frauen in abgetragenen Kleidern hasten durch die Alleen, ohne Hut, «die Haare wie Biskuitkuchen auf dem Kopf aufgesteckt».

Einmal hört Colette Holzsohlen klappern und glaubt zu träumen. Zuletzt hat sie das Geräusch am Meer, in der Bretagne, gehört – Arbeiterinnenfüße auf dem Weg zur Sardinenfabrik. Holzsohlen mitten in Paris? Ein Schwarm junger Mädchen tummelt sich laut stampfend und schlurfend unter den Arkaden, das Leder ist offenbar knapp geworden. Sie werden früher erwachsen, diese Jugendlichen beiderlei Geschlechts, stellt die alte Dame verständnisvoll fest, notreif. «Im Garten sehe ich sie unter meinen Fenstern aneinandergepresst, überwältigt niedersinken, wie es an den Rändern der Teiche die Libellen tun.»

Colette sorgt sich auch um die allerkleinsten Dinge. Im April hat ein verheerender Nordwind die blühenden Obstbäume zerzaust. Alle Bäume sind weit zurück, sogar der Flieder, «und selbst die Vögel machen nicht voran mit der Brut. Ich überwache die Nester so gut es geht, da ich weder Mittel noch Gründe habe, Paris zu verlassen.» Sie tut es doch, wie gewohnt barfüßig, Anfang Mai bricht sie auf, um die Nachtigallen im stadtnahen Bois de Boulogne zu belauschen, dies Rendezvous mit den Sängern hat sie noch kein Jahr versäumt. Sie erinnert sich in diesem Zusammenhang an den Frühling 1918, wie in den Pausen eines heftigen Bombardements Tausende Nachtigallen schlugen. Dieser erste Krieg kommt ihr allmählich ins Bewusstsein zurück, auch ein Reservoir an Erfahrung, das sie jetzt plündert. «Bei meinem dritten Krieg», witzelt sie, «werde ich, was das Praktische angeht, niemanden mehr fürchten.»

Etwa um diese Zeit, Ostern 1941, war gerade der zweite in eine neue Dimension eingetreten. Im Osten, an der sowjetischen Grenze, postierte sich die Deutsche Wehrmacht zum großen Vernichtungskrieg. Zweifellos hat Colette damals das Geschehen in Europa verfolgt. Und jede Gefahr gespürt, man sagt ihr nach, sie habe den Instinkt eines Tieres besessen. Hier, unter Colettes Fenster, begreife ich, wie nahe sie damals der Machtzentrale der Deutschen war, die Rue de Rivoli ist nur ein paar Steinwürfe entfernt. «Die Deutschen lebten mitten unter uns», heißt es bei Jean-Paul Sartre, auch von ihrem Bettfloß aus konnte Colette diese täglich sehen.

Beim «Freiluftlesen» – so nannte es Colette – wandern die Gedanken gern, wohin sie wollen. War es im Frühling 1941? Oder erst im Frühsommer? Zum ersten Mal seit langem erinnere ich mich, wie mein Vater davon sprach. Von den sechs Wochen als Soldat in Paris – er war der erste Mensch in meinem Leben, der mir von den Schönheiten der Stadt, vom Louvre, vom Moulin Rouge, erzählte. Das Flair, auch das Gigantische der Paläste, der Straßenschluchten hatten ihn sehr beeindruckt. Er war gern hier, es war, abgesehen von einigen Erlebnissen in der Normandie, das einzig Gute, was mein Vater über den Krieg zu berichten wusste. Sehr wahrscheinlich ist er 1941 im Garten des Palais Royal gewesen, er hätte der Schriftstellerin begegnen können. Wusste er, der als Besatzungssoldat Zugang zu rar gewordenen Leckereien hatte, wie kümmerlich die meisten Pariser lebten?

Colettes Rezepte aus besagtem Frühjahr: Knoblauch, bevorzugt wild wachsender, sein Genuss stellt Kranke auf die Beine und macht Mut. Fenchel roh für diejenigen, die den Anisgeschmack lieben, gekocht als Suppe oder als Belag auf einen jener «butter-, zucker- und eierarmen Teige, die wir alle zu kneten verstehen und die gut sind, wenn man sie gerade vom Ofen wegisst. Fenchelkuchen, Kuchen aus Konservenerbsen, Sauerampferkuchen, Kuchen aus ...» Steckrüben, sie spricht das allseits verhasste Gemüse nicht aus und schweift ab. Apropos Teig, ihr fällt das köstliche Fladenbrot ein, das sie 1922 in Algerien aß, nur Mehl und Hefe, Wasser und Salz. Dazu sauer gewordene Milch, liebe Hausfrauen. «Ich menge Salz, Pfeffer und rohe Zwiebel darunter» – und eine Portion Humor, «Fontainebleau 41» tauft sie das Essen.

«Ich glaube, dass kein einziger Erfolg meiner Karriere als Schriftstellerin jenem gleichkommt, den mir das im letzten Winter in einer Tageszeitung veröffentlichte Rezept der ‹Flognarde› einbrachte. Es vergeht keine Woche, dass man mich nicht wieder darum angeht.» Ihr scheint die Rolle der *grande dame* nicht zu fehlen, hier spricht eine ländliche Großmama. Warum von fünfzig Arten Salat nur vier oder fünf essen? Schon mal die Spitzen der Luzerne probiert? Oder das Kreuzkraut der Vögel? Von Erdmandeln, einem Sauergrasgewächs mit ölhaltiger Knolle, das die Hirtenkinder im Limousin ausgraben und roh knabbern?

Paris in Not – was erfasst Colette davon? Wenig, könnte man mit einigem Recht sagen. Geschichten am Rande, verglichen etwa mit Jean-Paul Sartre. Sein berühmter Text «Paris unter der Besatzung», der nach der Befreiung erschien, zeichnet ein Bild existenzieller Verzweiflung. Die Dramatik bestand für ihn vor allem in der Demütigung, zu erleben, vier Jahre lang ertragen zu müssen, dass Paris verkümmert. «In jedem Augenblick spürten wir, dass die Verbindung zur Vergangenheit abgerissen war … Paris war tot.» Ausgebrannt vor Wut, gelähmt von Angst, beschämt durch die eigene Tatenlosigkeit, sei die Lebensfreude jedes Einzelnen gestorben.

Während Sartre seinerzeit durch Frankreich reist, um den intellektuellen Widerstand zu organisieren, sitzt Colette an ihrem Fenster. Die Hunde und Katzen werden weniger, beobachtet sie im zweiten Jahr der Besatzung, und die Sittiche in den Volieren sind fast verschwunden. «Aber die dezimierten Gattungen klammern sich ans Leben. Unser Viereck besitzt als Nachwuchs eine sehr hübsche Dohle, die wer weiß von welchem Kirchturm herkommt.» In dem warmen Sommer, der in einen milden Herbst übergeht, wimmelt es von Tagpfauenaugen, beim Lesen spüre ich die Zufriedenheit der Schriftstellerin mit dem, was sich da bietet. An einem Oktobertag treibt es sie wieder in den Bois de Boulogne – Bucheckern auflesen, genug, um einen halben Liter Öl zu pressen, das Walderlebnis können ihre Verehrerinnen wieder in der vom Feind kontrollierten Presse nachlesen.

Da die Artikel in Buchform nicht datiert sind, kann ich den Schrecken, der im nun folgenden Winter in Colettes Leben einbrach, ihrer Chronologie der Naturereignisse nicht genau zuordnen. Es geschah irgendwann zwischen Bucheckernzeit und dem ersten Schnee: Goudeket wurde verhaftet. Am 12. Dezember 1941 wurde er ins «Camp de

Royaillieu» bei Compiègne gebracht. Sollte Colette bis dahin der Realität der Besatzung ausgewichen sein, jetzt war sie selbst betroffen. Es gelang, mit Hilfe mächtiger Freunde, ihren Mann zu retten, am 6. Februar 1942 wurde er freigelassen. Sicherheitshalber begab er sich in den unbesetzten Teil Frankreichs, zunächst nach St. Tropez. Colettes einziges Kind, eine Tochter aus zweiter Ehe, Colette de Jouvenel, hatte sich inzwischen der Résistance angeschlossen.

Sie war einsam, wie Freunde später sagten. Und sie schrieb auch jetzt weiter für die Presse, Colette zog sich nicht aus der Öffentlichkeit zurück. Immer öfter gab es Fliegeralarm, gegen die Bombergeschwader aus England wurde im Garten des Palais Royal Flakabwehr installiert. Auf ihrem Bettfloß liegend lauschte die Schriftstellerin den Vogelrufen und ob in der Ferne wieder ein Rauschen aufkam. «Es ist der abgestufte Gesang der Flugzeuge, der unheimlich schnell anschwillt. Das Herz verteidigt sich und schlägt rascher. Wir haben Angst. Ich habe Angst.» Wenn es am Himmel donnerte, fand sie Ablenkung beim Kartenspiel, oder sie beschäftigte sich mit ihren Stickereien. In den Luftschutzkeller nahm sie ein dickes altes Buch mit, das sie nach Südafrika entführte, «auf eine ehrwürdige, mit Schlangen und Lianen geschmückte Reise», den lieben Leserinnen zur Nachahmung empfohlen.

Weiter entfernt als von meiner Bank im Garten des Palais kann der Krieg kaum sein. Deutsche Pfadfinder, die ihre Isomatten ausbreiten, von rechts ziehen Englisch sprechende Indonesier vorüber. Mindestens vier Sprachen habe ich im Ohr, der Luftraum über dem Park ist erfüllt vom Lindenblütenduft. Auf den geschwungenen kleinen Wegen pickt ein schwarzer Müllmann leere Coladosen aus den Rosenbeeten, tägliche Routine am Ende des Mittagspicknicks der Banker und Ministeriumsangestellten. «Colette?», frage ich ab und zu jemanden, der sich neben mich auf die Bank setzt. Ihr Name ist den meisten bekannt. Gelesen hat sie keiner, mit Ausnahme einer drallen Schönheit aus Guadeloupe.

Die heutige Anlage des Gartens soll seinen früheren Zuständen sehr ähnlich sein. Es fehlen die beiden großen Esskastanien aus Colettes Zeit. Nicht, wie ich vermutet habe, ein Kriegsschaden, «nur Altersschwäche», erzählt mir die betagte Besitzerin des Tapisseriewarenladens. Ihre Vorvorgängerin, weiß sie aus einem Buch, habe Colette die Muster für ihre Stickereien vorgezeichnet, in den Kriegsjahren vor allem Schmetterlinge und Vögel. Der Garten des Palais Royal sei in dieser Zeit verwildert, aber keineswegs völlig. Anders als die Parkanlagen an den Tuilerien oder im Jardin des Plantes, wo auf Befehl Tomaten und Kartoffeln angebaut wurden, habe die deutsche Besatzung ihn als Erholungsort weitgehend respektiert. «Vielleicht wegen der Französischen Revolution», witzelt sie und meint es dann doch ernst: «Sie hatten Respekt, die Nazis, weil hier der Sturm auf die Bastille ausgerufen wurde.» Sofort nach der Befreiung, noch 1944, habe man begonnen, den Garten zu restaurieren, und ihn später bei Bedarf immer wieder nach demselben Muster erneuert.

Einer der Gründe, glaube ich, warum Colette ihn mochte, war, dass seine geometrische französische Disziplin ihrem eigenen Bemühen entsprach, in Form zu bleiben. Maniküre hilft, das Alter zu ertragen, einen blauen Seidenschal umzulegen gegen Mutlosigkeit, so war ihre Meinung. Leichtigkeit, leichten Schritts zu gehen, helfe bei jeglichen Beschwernissen. In dieser Hinsicht war sie erfahren und, angesichts ihrer Gebrechen und zunehmender Schmerzen, jetzt wieder eine Lernende. Intensives Beobachten gehörte auch in die Reihe der probaten Hilfsmittel. Auch dies konnte sie immer schon, sie war eine Meisterin der Genauigkeit; um sich in der Sache wie im Wort zu schulen, zog sie sehr oft handwerkliche und naturkundliche Bücher zu Rate. Doch ein und denselben Garten täglich aus dem Fenster zu besehen und ihm etwas abzugewinnen, ist eine noch eine andere, noch größere Kunst. Vielleicht gaben die Artikel darüber zuallererst ihr selbst Halt?

Auch wenn sie die Wirklichkeit im besetzten Paris zu großen Teilen ausblenden, naiv und harmlos sind sie nur auf den ersten Blick. En passant vermitteln sie etwas, das ins Zentrum trifft: Schaut, hört, riecht, verehrte Leserinnen, vergesst eure Zunge und den Tastsinn nicht! Nichts schützt besser gegen die sich ausbreitende dumpfe Fühllosigkeit, die Depressionen von Paris, als bei Sinnen zu bleiben. Da spricht eine Psychologin, Colette bringt hier etwas zum Ausdruck, das in all ihren Romanen – von Liebe, Eifersucht, pubertären Nöten – versteckt enthalten ist. Ebenso wichtig, sagt sie, ist es, die Phantasie schweifen zu lassen: Stellt euch den Geschmack reifer Orangen und kandierter Feigen vor! Den allerbuttrigsten Kuchen! Die früheren Blumenausstellungen am Cours de la Reine!

Diese Haltung hat Colette nach dem Krieg hier und da noch einmal erläutert und nachträglich ihr Plädoyer für die Lebensfreude als ihre Form des Widerstands bezeichnet.

Es hätte dieser moralischen Überhöhung nicht bedurft. Im zerstrittenen, tiefgespaltenen Nachkriegsfrankreich war Colette, seit 1945 Mitglied der Académie du Goncourt, eine der wenigen weithin akzeptierten Persönlichkeiten. Als erster Frau – und bislang einziger – wurde ihr,

Anfang August 1954, ein Staatsbegräbnis zuteil. Rings um das Palais Royal versammelten sich damals gut sechstausend Pariser und begleiteten sie zum Friedhof «Père Lachaise». Ungefähr zeitgleich kamen ihre Romane in der Bundesrepublik an – und wurden Bestseller. Junge Frauen waren geradezu süchtig danach, bei der Überwindung der deutschen Prüderie war Colette maßgeblich beteiligt.

«Sie sollten sich beeilen, Madame!», ruft mir der schwarze Müllmann zu. Nachdem er minutenlang einem Stück Papier hinterhergejagt ist, hat er aufgegeben, der Wind ist zu stark geworden. «Messieursdames! Vite! Vite!» Energisch scheucht er die letzten Besucher aus dem Garten, es donnert bereits, über dem Louvre zuckt der erste Blitz. Alles flüchtet unter die Arkaden, zwei Schulmädchen rücken für mich etwas zur Seite. Es wird ein heftiges Gewitter, der Garten vor uns wird grau und verschwindet fast, bald sieht man nur noch verschwommenes Grün. Um mich herum breitet sich Langeweile aus, bis einer Yvette einfällt, ihr Handy rauszuholen. Sie fotografiert – in die Richtung, wo es regnet, und zeigt das Bild auf dem Display der Freundin. «Nichts zu sehen!», schreit diese. «Nichts zu sehen!» Einer nach dem anderen zückt das Handy, eine ganze Schulklasse knipst den Regen. «Nichts zu sehen!» Sie jubeln. Und können sich nicht mehr beruhigen. «Absolument rien!»

Colette hätte ihr Vergnügen nicht verstanden. Einen Garten durch ein Medium betrachten? Natur auf der Leinwand zum Beispiel fand sie, obwohl sie das Kino durchaus schätzte, furchtbar. Besonders den Zeitraffer, der langsames Wachstum in ein «wütendes Losstürmen» verwandelte. So notierte sie in «Flora und Pomona», der Veröffentlichung, die «Paris de ma fenêtre» folgte. Mittlerweile war ihr Mann Maurice Goudeket wieder in Paris, er versteckte sich zwei

Jahre lang im Palais Royal, nachts in einer Dienstbotenkammer. Und überlebte, dank vieler Helfer und glücklicher Umstände. Zuletzt dank der Tatsache, dass General Choltitz, der – in der nahen Rue de Rivoli – telefonisch Hitlers Befehl entgegennahm, Paris anzuzünden, in jenem August 1944 nicht mehr dazu kam, ihn auszuführen.

«Flora und Pomona» ist übrigens die wichtigste Äußerung Colettes zum Thema Garten – eine Hommage an die Gärten Frankreichs, von Paris über Burgund nach Südfrankreich bis Marrakesch, an Bauerngärten und die Parks einiger ihr bekannter Herrensitze, sie fasst zusammen, was traditionelle Gartenkunst einmal ausmachte. Literatur, die sie liebt, und mündlich Überliefertes passieren Revue, eine der schönsten Passagen gilt der Weisheit eines von ihr bewunderten Gärtners, der Analphabet war. Unter anderem klingt ein neues, epochales Thema an, das damals noch fast unbemerkt war, die Schrecken des Krieges verdeckten es noch: die Zerstörung der Vielfalt der Kulturpflanzen. Colette sah dies kommen, ihr Text von 1943 ist einer der ersten grundlegend kritischen.

«Nicht nur die Gutmütigkeit einer früheren Epoche haben wir verloren», schrieb sie. Auch «die Mannigfaltigkeit» ist uns «abhandengekommen». Am Horizont ein «Übel, das uns Amerika gebracht hat mit seinen zwei Äpfeln, dem roten, mit der lebhaften Farbe und der Geschmacklosigkeit rohen Gemüses, und dem weißen, mit dem ein wenig eigenartigeren, süß-säuerlichen Saft. Gleich wollte auch der hiesige Apfelzüchter ‹selektionieren› und begann von Kaliber, Transport und Konservierungsverfahren zu sprechen … Der Rassenwahn hatte kein Ende, und nur ein paar Kochäpfel waren ausgenommen. Wird sich Paris, wenn wir wieder Birnen haben, mit schlichten einheimischen Sorten begnügen?» In dem ihr eigenen leichten Ton rief sie noch einmal einige ihrer Lieblinge auf: «Entsteht vor mir, Schatten meiner Birnbäume! Wer kennt heute noch die Messire-Jean? Wer besingt sie? Wer pflanzt sie? Wer weiß noch, dass sich hinter ihrem rötlich-grauen Kleid und einer fast kugeligen Gestalt ein mürbes Fleisch verbirgt und ein eigener Geschmack, erhöht durch die angenehme Herbigkeit der Art?»

Glück des Zufalls – ein Mann fällt mir auf, weil er sich um das Wohlergehen der Linden kümmert. Ausgerechnet der Erste, den ich an diesem Junitag anspreche, ist Colette persönlich begegnet. Henri heißt er, seinen Nachnamen möchte er nicht genannt wissen, er ist Bewohner des noblen Palais Royal, auf dessen Klingelknöpfen nur Initialen stehen. Ein Advokat und, wie er vorsichtig andeutet, Staatsbeamter im Ruhestand, seine vierundachtzig Jahre sieht man ihm nicht an.

«Sind Sie aus England?» Fragt er mich plötzlich, mitten im Gespräch über Colette.

«Nein, Deutschland.»

«Ach. Ich war mal dort, im Schwarzwald. Sechzehn Monate, während des Krieges.»

«Zur Zwangsarbeit?»

«Ja.»

Damit ist das Thema beendet. War da eine Wolke am Himmel? Erfreut, Gesellschaft zu haben, fährt der alte Herr fort. Und erzählt von dem Blumenmeer im Garten des Palais Royal, 1954, beim Begräbnis von Colette. Er habe vom Rande aus zugesehen. «Dahlien, es waren vor allem Dahlien.»

Nachwort und Dank

«Früher hat man bei uns die Nachgeburt unterm Apfelbaum begraben», erzählte mir eine alte Dorfhebamme im hessischen Lohra. «Man warf sie nicht einfach fort, denn sie hatte das Ungeborene genährt. Sie zu ehren sollte dem Kind Glück bringen und es vor bösen Geistern schützen.» Das letzte Mal, erinnerte sich die Hebamme Lydia Willershausen, habe dieses kleine Ritual Ende der 1950er Jahre stattgefunden. Bei einem Rundgang durchs Dorf zeigte sie mir die Stelle, wo der glückliche Vater die Nachgeburt des kleinen Kurt (aus dem ein tüchtiger Psychiater wurde) in die Erde gelegt hat. An diesem Wintertag gingen wir an vielen Gärten vorbei, alles war grau, alles kahl, und doch schienen sie mir belebt – ein Apfelbaum, ein Birnbaum, ein Rosenstock, darunter die Nachgeburt von Marie, Elsbeth, Johann.

Eine der Geschichten, die mir zuflogen und die ich unbedingt aufschreiben wollte, aber es wurden im Laufe der Jahre einfach zu viele. Wann mein Interesse an Gärten begann, weiß ich nicht. Vielleicht war es unbewusst schon immer da? Es kam hinterrücks, wie eine langsam, aus dem Verborgenen herankriechende Schlingpflanze, die mich schließlich, liebevoll und energisch, umarmte und nicht mehr freigab. Gärten kamen mir in die Quere, ohne dass ich danach gesucht hätte, zunächst vor allem im Osten Europas und in Russland. Dort, wo das Gärtnerische dem Bäuerlichen noch näher war. Beides schien in den Notjahren nach 1989 vorübergehend wieder miteinander zu verschmelzen – ein Nutzgarten, das Schwein, eine Milchkuh im Stall waren damals überlebenswichtig.

Ich beobachtete, wie Menschen auf Wegen und Straßen Pferdeäpfel als Dung für ihren Gemüsegarten sammelten. Selbst in den Städten waren die Busse voll mit Gartengerätschaften, man war immerzu mit Eimern und Hacken unterwegs, auf dem Boden lag Erde. In einem sibirischen Spätsommer half ich beim Einmachen von Unmengen Kohl und beim Einlagern von Zwiebeln und Roter Beete für den Winter.

In diesen Jahren habe ich verstanden: Im Garten sind gesellschaftliche Veränderungen oft deutlicher sichtbar als im Haus. Pflanzen werden manchmal sogar zum Thema der Politik, zum Beispiel während des Kampfes der Litauer um ihre nationale Unabhängigkeit, den ich hautnah miterlebte – damals wurde die unscheinbare Raute zu einem Symbol der Befreiung und der Rückbesinnung auf die eigene Tradition. Zur besonderen Atmosphäre der Wende in Europa gehörten Düfte – der Wind der Freiheit wird in meinen Erinnerungen an Odessa immer nach Akazien riechen.

Rosen sind in harten Zeiten besonders wichtig! Lernte ich von der ostpreußischen Bäuerin Lena Grigoleit. Sie war 1910, unter dem letzten deutschen Kaiser geboren, unter Hitler, unter Stalin immer wieder aus ihrer dörflichen Welt herausgerissen worden – Blumen waren für sie ein Trost, der Garten eine der wenigen Kontinuitäten in achtzig Jahren. Ein paar Jahre später verfolgte ich, im Rahmen einer drei Kontinente umspannenden Recherche auf den Spuren der russlanddeutschen Familie Pauls, den historischen Weg einer Pflanze – der «Ochsenherztomate», sie wanderte mit den von Stalin Deportierten von der Wolga in die kasachische Steppe, 1989 nahm Anastasia Pauls sie mit an den Oberrhein.

Viele der Interviews für meine Bücher habe ich in Gärten geführt. Es ergab sich so, ohne besondere Absicht. Mir war inzwischen klar geworden: Im Garten, unter freiem Himmel und doch geschützt von der Außenwelt, ist leichter reden. Im Haus verlaufen Gespräche meist ganz anders.

In der Literatur über Gärten wurde diese Besonderheit oft beschrieben: ein luftiger, freundlicher, manchmal glückseliger Ort, angesiedelt zwischen dem festen Haus und der großen Welt jenseits des Zauns.

«Mein Paradiesestor,
Dahinter alles Blumen,
Und alles Dorn davor.»

Wie es die westfälische Schriftstellerin Annette von Droste-Hülshoff ausdrückte. Ein uralter Menschheitstraum, eine ewige Sehnsucht. Die Bibel und der Koran, die Mythen der Völker, Dichter und Maler erzählen davon. Und dieses Wünschen hört nie auf: Dornen, all das Bittere, Böse, ungebetene Gäste, die Politik, der Krieg, sie mögen draußen bleiben. Doch wir wissen alle nur zu gut: Die Grenze, die da errichtet wird, die Mauer, der Zaun, die Hecke, ist durchlässig. In dem kleinen Reich zwischen dem Drinnen und dem Draußen kann sich alles und jedes tummeln.

Ich kenne Männer, denen fällt beim Thema Hecke nichts anderes als der Konflikt mit ihren Vätern ein. Hecke scheren! Eine Bitte, oft im Befehlston, für den Sohn schwang dabei die ganze Nazizeit mit, und mancher Vater hätte dem Jungen, der sich der Pflicht entzog, am liebsten mit der Heckenschere die langen Haare abgeschnitten. Solche Geschichten haben mich interessiert – der Garten, als ein von Gesellschaft und Biographie erfüllter Ort.

Nachdem ich im Osten meinen Blick geschult hatte, entdeckte ich nach und nach die Gärten meines eigenen Landes. Einiges über deutsche Gartenwelten habe ich zusammengetragen, fast ohne Systematik, was mir eben so begegnete oder was ich bereits kannte. Ich musste nur neu darauf schauen, wie auf den hundertjährigen Birnbaum in Ahlen und den ihn umgebenden Hausgarten, der die Geschichte der Familie meines Mannes spiegelt.

Irgendwann in all dem Nachdenken über Menschen und Gärten fing ich an, mein eigenes gartenloses Leben merkwürdig zu finden. Zum Beispiel das Pflanzenmonster in unserer Küche – es erinnerte mich daran, was mir fehlt, seit ich mit achtzehn Jahren von zu Hause fortging. Der große wunderbare Garten meiner Kindheit stand mir vor Augen, er wurde immer lebendiger. Es war der letzte und entscheidende Impuls, dieses Buch zu schreiben. In meiner Familie tauchten alte Schmalfilme wieder auf: Gartenmomente von drei, vier Minuten – wir Schwestern auf dem Fahrrädchen, vorn die langbeinige, strahlende siebenjährige Gitti, ich, die etwas Ältere, hinten auf dem Gepäckträger, wir jagen über den buchsbaumgesäumten Mittelweg, verfolgt von den beiden Brüdern Hans und Helmut … Gitti und ich einige Jahre früher, wir tanzen untergeärmelt, in roten Popelinekleidern, auf dem Rasen, mal wirft sie mich herum, mal ich sie. Wenn ich die Szenen mit Hilfe des Computers verlangsamte oder anhielt, konnte ich genau erkennen, wann die Pose für die Kamera ins Spiel übergeht, oder mich Bild für Bild an den Augenblick herantasten, in dem Gittis Ellbogen meine Taille berührt. Kinderglück, wie man es selten zu fassen bekommt, und am Rande des Geschehens Rittersporn, Erbsenbeete, Himbeerhecken, die Ordnung des Gartens, den unsere Eltern schufen.

Dieses Buch entstand aus vielen, oft langen Gesprächen. Ich danke den Hauptpersonen der hier abgedruckten Geschichten für ihr Vertrauen, ihre Geduld – ich hoffe, niemanden mit meinen Worten verletzt zu haben.

Der ständige Gedankenaustauch mit meinem Lektor Uwe Naumann hat mich beflügelt, seine Fürsorglichkeit ist für mich ein großes Geschenk.

Für ihre Freundschaft und Mitarbeit in verschiedenerlei «Gartenfragen» danke ich Andrea Fischer, Irena Karklelienė, Enida Karklelienė, Reinhard Karow und Mady Mainz, Christel Köhle-Hezinger, Annelen Kranefuss, Jutta Mason, Angelika Nette, Rita Pauls und ihrer Familie, Gunhild Pörksen, Birute Ramanauskienė, Ursula Schulde, Astrid Skornia, Irena Veisaitė, Zita Vollmer, Beate Zimmermann und ganz besonders Barbara Duden für ihre Inspiration über viele Jahre. Ich danke Nils Christie und den Bewohnern von Vidaråsen Landsby, wo ich bei der Kräuterernte helfen durfte. Ich danke Else Graf, mit der ich als Kind im Garten gespielt habe. Hans-Hugo Kramer für das Gespräch über Quitten. Hae-Kyung Lee für das Lied vom «Heideröslein». Katja Jag und Fritz Hartmann, die mir halfen, das Leben der Blinden zu verstehen.

Dank von Herzen meiner Mutter Marianne Demes, meiner Schwester Brigitte Demes, meinen Brüdern Hans Demes und Helmut Demes und ihren Familien. Und meinem Mann Winfried Lachauer – mit ihm zusammen werde ich jetzt im Frühling beginnen, einen Garten zu bewirtschaften.

Neujahr 2008